野中信二

直虎と直政

JN163292

人物文庫

学陽書房

目次

直虎と直政

井伊直虎・直政関係系図

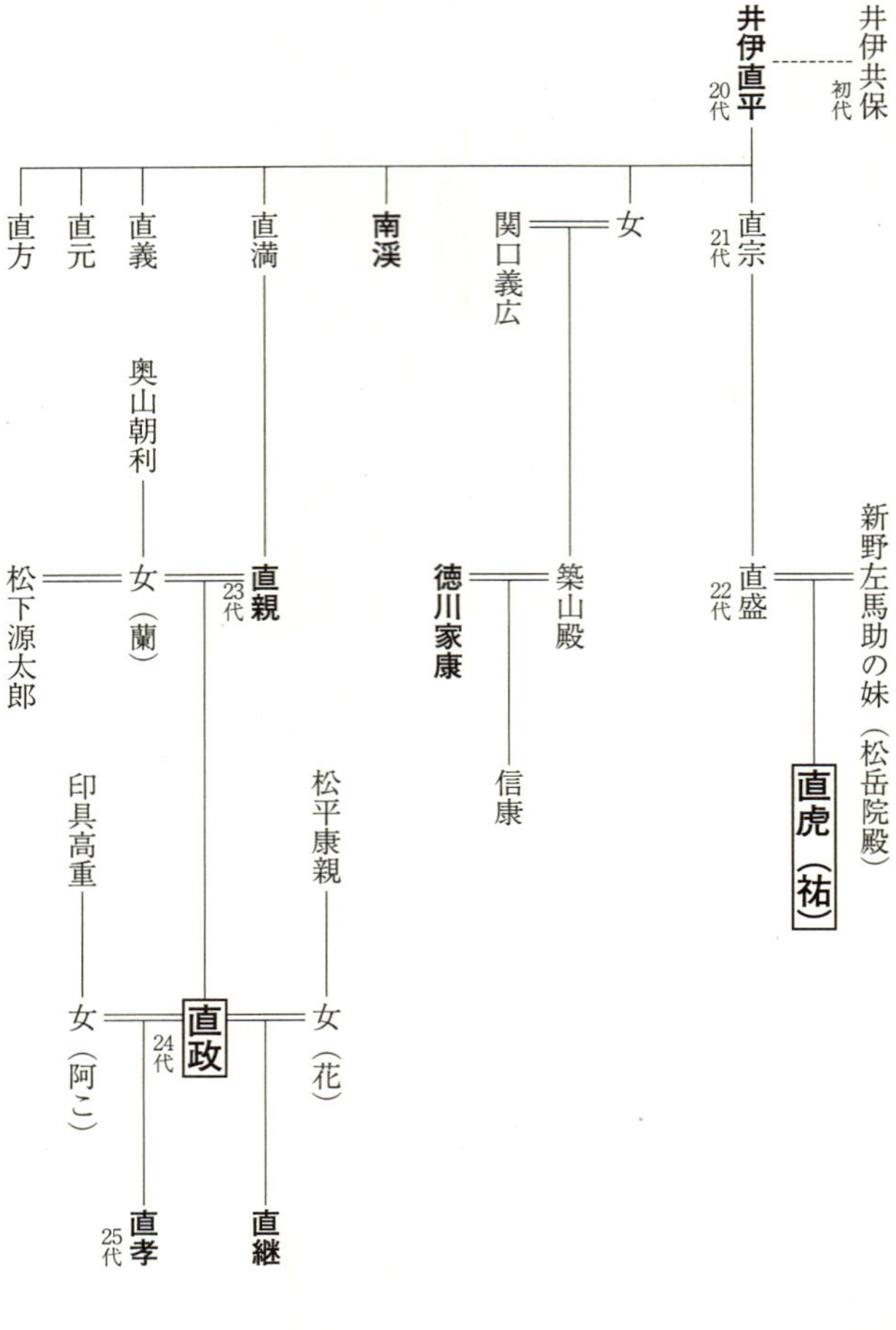
井伊共保
初代
井伊直平
20代
直宗
21代
女
関口義広
南渓
直満
直義
直元
直方
新野左馬助の妹（松岳院殿）
直盛
22代
築山殿
徳川家康
奥山朝利
直親
23代
女（蘭）
松下源太郎
直虎（祐）
信康
松平康親
印具高重
女（花）
直政
24代
女（阿こ）
直孝
25代
直継

井伊谷

「あの三つの峰を持つ山が三岳山《みたけやま》で、井伊谷《いいのや》を守ってくれておるのだ。美しい姿をしているだろう」

幼い祐《ゆう》（のちの直虎）は父が誇らしげにこの山を自慢していたことを思い出す。

井伊谷から外に出たことのない祐はこの山を見る度に、父が言うようにこの山ほど立派な山はどこにもあるまいと思う。

三岳山の西にある城山の山頂に井伊家の城が聳《そび》え、その山裾に祐が暮らす井伊谷の城下が広がっている。

九歳になった祐は今でもよく父と一緒に三岳山に登る。

今日は一族の幼なじみの亀之丞《かめのじょう》と一緒だ。

父の直盛《なおもり》は三十を少し越えたばかりの井伊家の当主で、小柄だが逞《たくま》しい体つきだ。

だが、彼にも悩みがある。

子供は一人娘の祐だけで、後継ぎの男児がいないのだ。

「側室を持て」と親類から勧められるが、妻が今川家の遠縁にあたるので、妻の実家に遠慮して、いまだに側室を持てずにいる。

直盛の父、直宗《なおむね》は二年前に戦死しており、直盛の叔父は五人いる。

長男の直宗から三男の直満《なおみつ》、四男の直義《なおよし》、直元《なおもと》、直方《なおまさ》と続き、二男の南渓《なんけい》は龍泰寺《りようたいじ》の住職となって井伊家の菩提寺を守っている。

叔母は一人いたが、井伊家が今川との戦いに敗れると、人質として駿府の今川へ連れていかれ、関口義広の妻となっていた。

直盛の父だけが正妻の子だが、他の叔父たちは父親の直平《なおひら》が歳いってから入室した側室の子であり、直盛とそう歳は変わらない。

だから直満の子の亀之丞は祐と同じ歳で、兄弟姉妹のように育った。

三岳山は六百メートルほどの山だが、見るからに峻険な岩山で、登り始めは緩い坂が続くが、中腹の水場を過ぎると勾配が急にきつくなる。

「祐、大丈夫か」

直盛が振り返ると、二人とも汗だくになり、直盛に遅れまいと必死だ。

「ここらで一服するか」

直盛が祐に水の入った竹筒を渡すと、「喉など乾いてはおりませぬ」と祐は亀之丞に竹筒を回す。

「それがしも疲れてはおりませぬ」と、竹筒に口もつけずに返した。

「お前たちの負けん気が強いところは祖父の直平様譲りだ。祐が男だったらと思う度に悔しくなるわ」

祐は父からこの言葉を何度耳にしたかわからない。

その度に、娘しか生めずに悲しい表情をする母親に代わって父親を睨んだ。

直盛は一人娘の祐に、亀之丞を添わせ、彼を自分の養子にしようと決心した。

三岳山の山頂からの素晴らしい眺めに、祐と亀之丞は思わずため息を吐いた。

北は南信濃の山々に囲まれ、南は平野が広がり、その先には遠州灘が望める。

東に目をやると蛇のようにうねる天竜川の川面が銀色に光り、川下の引馬《ひくま》から西にかけて三方ヶ原《みかたがはら》台地が浜名湖周辺まで続いており、その台地は北の井伊谷の手前まで迫る。

東からは都田《みやこだ》川が西の浜名湖の方へ流れており、北から流れる井伊谷川と神宮寺川とが井伊谷盆地で合流して、一つになった川は都田川と一緒になって浜名湖に注ぎ込む。

秋の稲刈りが済んだのか、田の藁を燃やす煙があちらこちらから立ち昇り、浜名湖から吹いてくる西風で煙が東へ流される。

湖面が黄金色に輝く浜名湖には船の白い帆が風にたなびき、気賀《きが》の港に荷を降ろす船からの威勢の良いかけ声が山頂まで響いてきそうだ。

この奥浜名湖と呼ばれる井伊谷は古代から「井の国」として開けたところで、水が湧き豊かな地域であった。

「どうだ。井伊谷はもちろん、この目の前に広がる景色そのままがそなたの祖父でもある直平様のものだったのだぞ」

「引馬におられる直平様がですか」

亀之丞は時々井伊谷を訪れる直平がそんな偉い人だと思わなかった。いつも今川の目を気にして、井伊家を守ることに汲々としている老人に思われたからだ。

「お前たちが生まれた井伊家は後醍醐《ごだいご》天皇の皇子にまで遡る由緒ある家柄なのだ」

二人はまた始まったと思った。

祐は父親のお家自慢を聞くことが嫌いではない。井伊家が今川家に圧迫されている鬱憤を自慢話で晴らそうとする直盛の気持ちがよくわかる。

井伊家は直平の代で大きく領土を広げたが、遠江《とおとうみ》に侵攻してきた今川に膝を屈して三岳城を明け渡した時期があった。

娘を今川の人質に出すことで、三岳城を戻してもらい今川と和睦した。

これは井伊家にとっては屈辱的な出来事であった。

井伊谷にいた直平が引馬に移って六万石を領し、旧領の井伊谷は嫡男・直宗とその息子の直盛に譲り、直宗が六万石を仕置きすることになった。

井伊家は引馬と井伊谷で十二万石を領する遠江でも有力な国人であったが、その後は今川の勢力下に置かれた。

直盛が今川を憎む気持ちは、幼い二人にも痛いほど伝わる。

「宗良親王《むねよししんのう》と申される方ですね」

「亀之丞はよく知っておるな」

直盛は微笑した。

二人は龍泰寺の境内の奥に立派な墓があることを知っている。

「井伊家は一族である奥山氏と一緒に宗良親王を守り、この地方の南朝方の中心となって三岳山のお城に籠もったのだ。だが圧倒的多数の足利軍に攻められ、あの太平城を経て、宗良親王は越後、信濃へと落ちられたのだ」

直盛は東に見える山を指差した。

「その時、井伊家の娘である重姫から宗良親王の子供が誕生したのですね」

祐は井伊谷から本坂道沿いにある気賀の金地院を訪れた時、重姫の墓がこの地にあることを父から聞いたのだ。

「近くにある二宮神社には宗良親王の皇子尹良《ゆきよし》親王と重姫様が祀《まつ》られている」

直盛の声に井伊家の誇りが響くと、祐と亀之丞の心にも熱いものが湧いてきた。

「龍泰寺は井伊家の菩提寺だが、亀之丞はその南にある八幡宮の井戸のことを聞いておるか」

亀之丞は「耳にたこができるほど、父が繰り返していますので…」と前置きすると、「平安時代の一条天皇の頃と聞いていますが、井伊八幡宮の御手洗の井戸の傍らに生まれたばかりの男の子が捨てられており、その子は眉目秀麗でいかにも賢そうで貴人を思わすお顔立ちであったそうな」と直満から聞いた話を続けた。

「この子を見つけた井伊八幡宮の神主は、御手洗の地蔵尊で産湯を使わせ、自分の家に連れて帰ったのです。この子が七歳になった頃、遠江国村櫛《むらくし》（浜松市西方）に住んでいた備中守藤原共資《ともすけ》という者が、いつも井伊八幡宮へ願掛けに通っていたところ、この話を耳にしたのです。彼ら夫婦には男の子がいなかったので、彼は神主からその男の子をもらいうけ、その子が十五歳になると元服させ、自分の娘と一緒にさせました。その子は共保《ともやす》と名付けられ、その後共保は井伊谷に帰って、そこに住みつき井伊姓を称するようになりました。この人が井伊家の初代の人です」

「直満殿は倅によく井伊家のことを伝授してくれておるわ。祐はなぜ井伊家の幕紋が『井桁《いげた》』で衣類の紋が『橘《たちばな》』なのか知っておるか」

直盛は真剣に彼の話に耳を傾けているわが娘に問う。

「御手洗の井戸が『井桁』の格好をしているし、神主が赤ん坊を見つけた時の橘の木が今でも井戸の脇に繋っております。幕紋も衣類の紋も共保様にあやかって作られたのでしょう」

祐は小さい頃から八幡宮で村の子供たちと一緒に遊んだので、井戸の横にある橘の木が空高く、鬱蒼と繁っており、子供心にもその木が神聖な雰囲気を醸し出していたのを覚えている。

「そろそろ屋敷へ戻ろう」

真上にあった太陽が西に傾きかけると、急に肌寒くなり、静かだった浜名湖の湖面に漣《さざなみ》が立ちだした。

下りは楽だが、昨日の雨で地面がぬかるんで滑りやすい。

注意しながら下りてゆくと、登り口に家臣たちが集まっている。

「何事だ」

家臣たちは亀之丞の顔を見ると一瞬お互いに顔を見あわせたが、思い切ったように口を開いた。

「彦次郎殿と平次郎殿が亡くなられてございます」

「何！」

直盛の脳裏に元気に駿府へ出かけた直満、直義の顔が浮かんだ。

彼らは今川義元に命じられて駿府へ出向いたのだが、思いもよらぬ結果となった。

二人は武田のことで駿府へ行ったのだ。

武田信虎《のぶとら》が甲斐の国主であった頃は、信虎の娘が今川義元の妻となり、武田と今川との間は上手くいっていた。

だが天文《てんぶん》十年になり、武田信玄が父、信虎を追い出し、彼が甲斐の国主となると、野心家の信玄は天竜川を下って信州伊那《いな》地方や天竜川の西の井伊谷周辺まで侵略してきた。

今川と武田は同盟を結んでいるので、武田が今川傘下にいる井伊家の領土を攻めることは、その同盟関係を破ることになる。

（武田の侵略に抗議するため、駿府へ行った直満と直義が義元に殺されるとは…）

直盛は茫然としている祐と亀之丞を屋敷へ連れて帰るよう家臣に命じた。

（小野和泉守め。二人が武田と手を結ぼうとしているなどと、あらぬことを義元に告げ口したのか）

小野兵庫助は直平の代から井伊家に仕えた男で、直平は彼の能力を買い家老に抜擢したのだ。

和泉守はその嫡男で、浜名湖寄りの気賀に近い小野村に領地を持ち、今川家との折衝にあたっていた。

小野和泉守が帰国した二、三日後に直満と直義の死骸が井伊谷に送られてきた。

斬られた二人の首は洗い清められて白木の首桶に収められていた。

目を閉じてはいたが、斬られた時の苦渋に満ちた表情は、理不尽な仕打ちに憤怒したことを示していた。

慌てて引馬から馬を駆ってきた直平は、倅が殺された経緯を聞くために、その場に立ちあった小野和泉守を城へ呼びつけた。

「なぜ二人は殺されねばならなかったのか。和泉守、訳を申せ」

本丸の上段の間には激高する直平をはじめ、板間には親類衆と重臣たちが小野を取り囲むように座り、彼の返答しだいでは斬り棄てようと殺気立っていた。

小野はそんな連中を眺め回す。

「義元公は『二人が井伊谷に兵を集めて、今川に盾つこうとしていたことは明白である』と申されたので、それがしはお二人が無実であることを随分と弁明しました。だが、今川の重臣たちまでもが口を揃えて義元公を支持し、それがしの意見は全く取り合ってはもらえませなんだ」

「二人が兵を集めたのは、南下してくる武田軍に備えたまでのことだ。今川と武田は同盟している。それにもかかわらず井伊谷付近まで武田兵たちが荒らしにやってきたことを、お主は十分に伝えたのか」

「『武田と今川は同盟国じゃ。武田が井伊谷を侵略することはあるまい』と義元公は断定されて、評議はそれで済んでしまったのです。今から思えば二人を殺すことは前から決まっていたように感じました」

小野が冷静である分だけ、直盛は逆上し、親類衆や重臣たちも小野に詰め寄った。

「それでお主は追腹も斬らずに、すごすごと戻って参ったのか」

小野は俯《うつむ》き加減であったが、これを聞くと背筋を伸ばした。

「これは義元公のご伝言でござる」と前置きすると、「『わしの仕置きに不服なら戦さの準備をなされよ』と申されてござる」と開き直った。

「おのれ、義元めが」

「小野、お主も義元の片割れか。殺してやるわ」

激怒した重臣たちは刀を抜いて小野に斬りつけようとした。

小野は近寄ってきた重臣を平然と横目で睨みつけると、「拙者を斬ってお腹立ちが収まるなら斬りなされ。拙者は井伊家のために義元公に抗議しましたが、取り上げてもらえなかった。この上の弁明は当家が不利になると思い、さらに異議を申し立てることを控えました。これ以上拙者が申し上げることはござらぬ」と静かに立ち上がり、重臣たちに背を向けて本丸を後にした。

「くそ！　和泉守め。おのれの保身のために義元を盾にとるとは…」

「やつは井伊家の獅子身中の虫だ。今夜やつの屋敷を襲い斬り殺そう」

親類衆や重臣たちが直盛に許可を求めた。

「止めておけ。わしも一時逆上してお主らと同じことを考えておったが、もし小野を殺すと義元めに井伊谷を攻める口実を与えることになる。腹が煮えくり返るほど悔しいが、今小野を暗殺するのは拙い」

直盛の諌めで、重臣たちは不承不承ながら納得し、彼らの屋敷へ戻っていった。

後に残った直平は二男の南渓を呼びにやり、当主の直盛を中心にして、これから取るべき方針について相談した。

「和泉守めはわしが父親の兵庫助を取り立ててやってから、いささか増長しておる」

直平は不満を漏らす。

「いつか折りを見てあやつに鉄槌を下さねば腹が収まりませぬ」

直盛が直平に了解を求めると、直平は、「わが家中にあやつほど百姓から税を上手く取り上げたり、今川との交渉に長《た》けた者がいないのが残念だ」と愚痴をこぼした。

「小野のことは後で考えるとして、問題は亀之丞のことだ。義元は亀之丞と祐とを添わせ、彼を井伊家の世継ぎにさせるということを知っている。何としても井伊家を潰したい義元は、今度は亀之丞の命を狙うだろう。亀之丞にまで義元の手が及ばぬようにしておかねばならぬ」

「祖父様、どのようにすればよいでしょうか」

直盛は七十歳を越えても矍鑠《かくしゃく》としている直平に問う。

「まず亀之丞を無事にここから脱出させねばならぬ。小野めは悪知恵が回る男だから、やつめにわからぬように細心の注意を払う必要がある」

直平はしばらく考え込んでいたが、「そうだ」と両手を叩いた。

「直満と直義の葬儀の日に亀之丞を井伊谷から逃がそう。行き先は松源寺が良い。あそこなら南渓の伝《つて》がある」

松源寺は龍泰寺の開祖黙宗和尚が修行した寺で、住職は南渓も旧知の仲だった。

この寺は市田郷を治める市田松岡城の城主、松岡家の菩提寺でもあり、当主の松岡貞利《さだとし》は直盛とも顔見知りで、今川とは仲が悪いので好都合だ。

「それは良い案ですな」

南渓は同意した。

「小野を葬儀に呼びつけ、百姓一揆のように装って小野村を焼き払う。驚いて小野が領地に向かう隙に亀之丞を逃がしましょう」

直盛の策に、慌てて葬儀の場から戻る小野の姿を想像し、直平は頬を緩めた。

「供は目立たぬよう、できるだけ少ない方が良い。勝間田《かつまた》藤七郎ではどうじゃ」

直平は直満の家臣から信頼の置ける男を選んだ。

「やつなら間違いはございませぬ」

直盛は藤七郎をよく知っている。

彼は今川義忠に滅ぼされた勝間田城主の子孫である。

翌日になると三人が予想したように、今川家から、「井伊谷の亀之丞の身柄を駿府へ送るように」と通達がきた。

護送役には小野和泉守が指名されている。

「義元めは、本気で井伊家を潰そうとしておるわ。こうなればこちらも意地でもやつの思い通りにはさせぬわ」

直平は今川に三岳城を明け渡した戦さを思い出し、吐き棄てるように言った。

直満と直義の葬儀が龍泰寺で密やかに行われた。

主人の首が収められた白木の箱を胸にした直満と直義の妻たちを、直盛より少し若い南渓が先導する。

その後ろを直平、直盛が歩き、一族や重臣の者たちが続く。そのうちには小野の姿もある。

亀之丞の姿が途中で消えたのを誰も知らなかった。

龍泰寺は二万坪を越える臨済宗の寺院である。

長い参道を歩いてゆくと、白土塀が続き、瓦屋根の山門が見えてくる。

山門を潜ると、城のように積まれた石垣を右に曲がり、なだらかな坂を登ってゆくと正面に大庫裡《くり》が姿を現わす。

その西に本堂が建ち、さらに石垣で一段上がったところに朱塗りの二層から成る楼閣造りの開山堂があり、渡り廊下を歩くと井伊家の霊屋に突き当たる。

本堂の奥には庭園があり、井伊家歴代の墓が開山堂のさらに西に配置されている。

全員が本堂に入ると、本堂の上座に白木の箱が安置され、南渓がよく通る声で経を唱え出した。

その時、小野の家臣が閉めきった本堂の板戸から顔を覗かせ、何かを告げた。

急いで本堂から退出する小野を、直平と直盛は横目に見てほくそ笑んだ。

勝間田に伴われた亀之丞は一旦井伊谷山中の黒田の郷に身を潜めたが、小野の探索が厳しいことを知ると井伊谷から信州の伊那を目指した。

勝間田はこの使命の重さに、妻と子供とを実家に帰し、今村と名前を変えて亀之丞の逃亡に一身を捧げようとした。

二人は膝までくる雪を掻き分けながら、山中の炭焼き小屋で泊まった。

落ち葉に火をつけて、農家から手に入れた握り飯を温め、寒さと飢えを凌いだ。

天竜川に沿って信州の伊那に入り、市田郷の松源寺に到着した時は、井伊谷を出てから七日も経っていた。

「思いのほか心細いところだのう」

九歳の亀之丞は雪に埋もれた、あまりにも山深い景色に落ち込んでしまっている。

「若殿、そんな気弱なことをおっしゃるな。『臥薪嘗胆《がしんしょうたん》』という言葉をご存じか」

今村は『史記』に出てくる唐《から》の国の話をした。

胆《きも》を嘗《な》め、薪の上で寝ることの痛さで敵に敗れた屈辱を忘れまいとし、敵への復讐を誓う夫差《ふさ》の心中を思うと、幼いながらも亀之丞は今村の言わんとする意図を汲みとった。

「わしも夫差のように気を強く持とう。もしわしが弱気に映れば、容赦しないで叱ってくれ」

健気に訴える亀之丞の姿に、今村の目頭が濡れた。

松源寺の和尚も二人を大切に扱ってくれ、惜し気もなく村人からもらった野菜や川魚を振る舞ってくれた。

村人たちも二人の落人が寺に潜んでいることを薄々知っていても、誰も今川に告げ口をする者はおらず、二人は帰還の命令を待ちながら松源寺で暮すようになった。

一方、亀之丞の許婚《いいなずけ》の祐はこの事件以来人が変わったように大人しくなり、外に出かけることが好きだった彼女が一人で部屋に籠もることが多くなった。

食事も摂《と》らなくなった祐を心配した直盛が遠出に誘うが、彼女は部屋から出ようとしない。

祐は亀之丞が生きて二度と井伊谷に戻ってこぬものと絶望し、現世を捨てて尼になることを決心した。

言い出したら聞かない娘の強情さを知っている直盛は困り果て、南渓に相談した。

「何か良い知恵はないかのう。祐の強情さが恨めしいわ」

「祐は直盛殿に似ておられるからのう。父としては心配でしょうな」

南渓はしばらく考えていたが、「こんな手はどうでしょうか」と昨夜から考えていた案を披露した。

「井伊家は宗家の嫡男が『次郎』の名を与えられるしきたりです。それに祐は今度出家を望まれておられるので、法師と連ねて『次郎法師』というのはどうでしょう」

直盛は南渓の意図を知った。

「今は一時法体《ほったい》となるが、何かあれば『次郎』として還俗できる訳じゃな」

「その通りです」

「しばらくは祐の言うようにせずばなるまい」

直盛は祐が法体となることをしぶしぶ認めた。

直親

今川が武田と手を組んだことで、今まで今川と同盟関係にあった北条氏綱《うじつな》が怒り、義元の領地の駿河の富士川以東の地域を占領した。

天文十年になり、氏綱が没して、家督が氏康《うじやす》に代わると、武田・今川対北条という構図に変化が生ずる。

義元の軍師である太原雪斎《たいげんせっさい》はいつまでも北条と戈《ほこ》を構えることの不利を義元に説き、信玄の軍師である駒井高白斎《こうはくさい》と駿河の善得寺《ぜんとく》で会見した。

雪斎は武田、今川、北条の講和を成功させ、氏康に富士川以東から軍を引かせた。

義元は東が安泰になると、後顧の憂いなく西を目指し、東三河に侵攻した。

一時伊勢に亡命していた松平広忠《まつだいらひろただ》が岡崎城へ戻ってきたが、三河の松平の勢力が弱まったと見ると、天文九年に織田信秀《のぶひで》が三河安祥《あんしょう》城を落とした。

今川軍は織田に対抗するという名目で三河に腰を据え、三河の松平領は実質的に今川の保護国となり、三河は織田と今川の狭間となる。

天文十七年に三河小豆坂で信秀と義元軍とが戦い、今川軍が信秀を破り、翌年に安祥城を取り戻すと、その時尾張で人質となっていた広忠の息子の竹千代は人質交換として尾張から駿河へ連れてゆかれた。

その年に松平広忠が二十四歳で家臣に討たれると、松平領は完全に今川に併合されてしまった。

天文二十年には義元を手こずらせた信秀が没して十八歳の信長が家督を継いだ。

翌年、義元の妻である武田信虎の娘が死ぬと、信玄は義元の娘を自分の嫡男・義信の妻として武田、今川の同盟を再構築した。

天文二十三年には今川、武田、北条の大国が太原雪斎によって同盟を結んだ。

これで今川は三河から尾張を、北条は関東を、武田は信州を侵攻することに専念することができるようになった。

今川の支配下に喘いでいた井伊谷にも、遅い春が巡ってきた。

天文二十三年の夏になると、井伊家を煩わせていた小野和泉守が病に伏せった。

直盛は和泉守を見舞うために祐をつれて彼の屋敷を訪れた。

急に萎んだ和泉守を見た祐は、こんな卑小な老人に命を狙われて伊那に逃亡しなければならなかった亀之丞を哀れに思った。

(亀之丞が逃亡してからもう十一年になるのか。彼が生きておれば二十歳の若者になっている訳だが…)

祐には幼い亀之丞の姿から逞しく成長した彼を想像することはむずかしかった。

ちょうどこの頃、亀之丞を匿ってくれた松岡氏は武田が伊那地方に侵攻してきたので、苦しい立場に立たされていた。

守護である小笠原氏に付くか、勢力を急伸させてきた武田に付くか、松岡城中が揺れていたのだ。

そんな時、直盛からの使者が松源寺を訪れた。

根雪は融け、天竜川沿いの土手には若葉を付けた雑木の緑に混じって、山桜の薄く赤い花びらが遅い春の訪れを告げていた。

「直盛様は『小野和泉守が死に、義元公の許しも出たので、もう亀之丞が井伊谷に戻っても大丈夫だ』と申されております」

「小野和泉守は亡くなっても、小野一派はわしを狙っておろう」

「義元公が帰国を許された以上、小野一派が手を出すことはまずないでしょうが、用心に越したことはありますまい。『まずは亀之丞を奥山屋敷へ連れ帰り、しばらく様子を見てから井伊谷に連れ戻るように』というのが直盛様からのご命令です」

奥山氏は親類筋で一番勢力を持っている井伊家の一族だ。

奥山家では亀之丞を迎える準備で大わらわとなり、奥山朝利はもちろん、奥山家一族それに彼の妹婿の新野左馬助らが集まってきた。

亀之丞の姿が奥山屋敷に現われると、彼らは目に涙を浮かべて祝福した。

痩せ気味で小柄だった彼は十年あまりの今村藤七郎の武芸の鍛練によって、子牛のような体付きに変貌していた。

「直盛殿がこのように逞しい亀之丞様をご覧になれば、涙を流して喜ばれよう」

奥山朝利は顔をくしゃくしゃにして泣き笑いのような表情を浮かべると、一座の者も思わずもらい泣きをした。

朝利の娘は亀之丞の隣席に座り、彼の盃に酒を注ぐ。

亀之丞は若い娘の髪から立ちのぼる椿油の匂いにむせた。

奥山家の一族の者たちに囲まれて、地元の言葉を聞いていると、亀之丞には久しぶりに故郷に戻ってきた実感が湧いてきた。

すると井伊谷にいる祐のことがしきりに思い出された。

一方井伊谷で次郎法師となった祐は、亀之丞は死んだものと諦めていたが、彼が帰国したことを耳にすると、驚くとともに心の底から喜びが湧いてきた。

それと同時に、今川や小野の目が光っていることを察すれば、手紙を書きよこすことなど無理なこととはわかってはいたが、無事なら無事となぜ知らせてこなかったのかと彼を恨んだ。

彼が帰国することはまず有り得ないと思い、絶望のあまり法体となったのだった。

亀之丞が無事に帰国した今、祐の心は揺れたが、十一年の歳月を元に戻すことは不可能であると無理に自分に言い聞かせようとした。

亀之丞が奥山郷から井伊谷に戻ってくると、噂を聞いた村人たちが、一目彼の姿を見ようとして街道に溢れた。

直盛は亀之丞が城に入るのを待ちきれず、井伊八幡宮の井戸のところまで出向いて彼を出迎えた。

「よく無事で帰ってきてくれた…」

後は言葉が続かなかった。

井伊城の本丸で亀之丞の祝宴が開かれたが、そこには祐の姿はなかった。

翌日祐が霊屋で先祖の位牌に向かって経を唱えていると、突然霊屋の板戸が開き、若い男が入ってきた。

祐が振り返ると、男は一瞬驚いたような表情をしたが、彼の視線は祐に注がれた。

「祐殿か？」

男の声は大人のものになっていたが、子供の頃の癖が残っていた。

「亀之丞様ですね」

男は頷くと、「他国にあってもわしは一時も祐のことを忘れたことはなかった…」

とぼそりと呟き、懐から手垢で擦り切れた赤い布を取り出した。

「それは、あの時の…」

祐は十一年前、亀之丞が井伊谷を脱出する前夜のことを思い出した。

赤い布は祐が彼に渡してやったものだった。

「雪の日や眠れぬ夜はこのお守りを握りしめ、きっと井伊谷に戻ると誓っておったのだ。やっと夢が叶ったが…」

「……」

「お守りがあったお陰でわしは十一年もの間、遠国で生き延びることができたのだ」

「わたしも十一年間、亀之丞様のご無事を祈っておりました。よもや生きてこの世で会えるとは…」

「山国で井伊谷からの便りを耳にする度に、井伊家はどうなっているのか、いつ帰国できるのか、身も心も焦《こ》がれる思いであったが、そのうち世の中は思うようにはいかぬと諦めておった。そんな時に帰国の知らせが届いたのだ。十一年ぶりに故郷に帰れると知った日は喜びで眠れなかった。お守りを囲んで藤七郎と酒を酌み交わし、帰国すれば真っ先に祐に会い、わしの変わらぬ気持ちを伝えたかったのだが…」

男の切れ長の目と、鷹のように高くて細い鼻梁は昔のままだった。

男は、「なぜ自分が戻るまで待っていてくれなかったのか」と詰《なじ》るような眼差しを向けたが、やがてそれは悲しみを湛えた色に変わった。

「十一年間も連絡しないでいたそれがしが悪かったのだ。祐殿許してくれ」

「……」

祐は亀之丞と出会えば彼の十一年間の音信不通にさんざん愚痴を言ってやろうと思っていたが、雪深い慣れぬ土地での苦節を刻んだ彼の顔を見ると、「よくぞ御無事で戻られました」と言うのがやっとであった。

泣くまいとすればするほど、祐の目には涙が溢れてくる。

それを見ると、亀之丞は顔を歪めた。

「祐殿には苦労をかけたな…」

「亀之丞様こそ…」

亀之丞のその一言で、十一年間祐の心の中で支《つか》えていたものが氷解したような気がした。

二人は十一年の歳月がお互いの運命を別なものに変えたことを知った。

亀之丞は元服し、「直親《なおちか》」と名乗った。

「法師とはいえ女一人で生きていくことはむずかしいことですよ。結婚すれば子も出来、毎日の生活にも張りがでます。ましてそなたは一人娘。われらが生きている間はよいとしても、親が死んでそなたも老境に入れば、誰も頼れる者はおりませぬぞ。今からでも遅くはない、還俗して直親殿と一緒になりなされ」

母親は一人ぼっちで生きてゆかねばならない娘を哀れんで還俗することを迫る。

「祐、還俗して直親と結婚せよ」

直盛も懸命に祐の決心を変えようとするが、両親の説得にもかかわらず、祐の決心は変わらなかった。

直親は十一年前の子供の頃の亀之丞ではなく、山国での孤独な生活が彼を逞しくしていた。

子供の頃は何かと年上の祐が亀之丞の世話を焼き、姉が幼い弟の面倒を見るような心境だったが、久しぶりに目の前に現われた亀之丞は祐には眩しく映った。

十一年という歳月は待つ者に、客観的に人を看ることを強要し、祐を距離を置いた保護者のような気持ちにさせた。

（苦しい境遇を生き延びてきた亀之丞はもう立派な一人前の男だ。彼にならば井伊家の運命を任せられる。わたしは出家のまま彼を見守ろう）

結局、直親は烏帽子親となってくれた奥山朝利の娘を娶《めと》ることになった。

直盛は直親を自分の養子とし、後継ぎを得ることができたが、そのかわり自分の娘を犠牲にするという結果となってしまった。

直親たちは井伊谷から一里ほど南に離れた祝田《ほうだ》村に屋敷を建てて住んだ。

ここは山あいの井伊谷の盆地から離れ、三方ヶ原《みかたがはら》台地の北端にあるので、実りの良い水田が続いている。

直盛は直親を養子にする許可を義元に取りつけるため、駿府へ発った。

井伊谷から祝田に出て、三方ヶ原台地を横切り、台地の東端にある引馬城の直平のところに寄った。

義元の家老の掛川《かけがわ》城の朝比奈泰朝《あさひなやすとも》に挨拶をすると、牧之原台地を東に向かう。

ここから大井川を渡るとそこは駿河の国だ。

駿河の海は遠州灘へと続いているが、海風が遠江ほど強くないのか、海岸に植えられている松の木はまっすぐに立っている。

安倍《あべ》川を渡り東を眺めると、松林の切れ目に雪を被った富士の山が映る。

「うあーッ。美しい山だ」

一行から歓声があがる。

富士の山が近づくにつれて、今まで疎《まば》らに建っていた漁師小屋は、裕福そうな商人の町並みに変わり、そのうち商家が密集し始めると、街道を行き交う人々の声まで上品に響く。

駿府館に近づくと今度は閑静な武家屋敷が姿を現わし、土塀に囲まれた屋敷が整然と建ち並ぶ。

玄関の松飾りが正月気分を残していた。

「美しい町だのう。田舎者には眩しく映るわ。着物まで垢抜けておるぞ」

直盛の家臣たちは道ゆく人々を好奇の目で見回す。

「あの西に見える山が賤機《しずはた》山だ。東の小山は愛宕山と呼ばれておる。義元公の館は二つの山のちょうど真ん中に建っているのだ」

直盛は北を指差す。

「われらの井伊谷と違い、海が近く平坦な土地が広がっておりますなぁ」

家臣たちは駿河が初めての者ばかりだ。

「あの東の方に大きな山が見えるだろう。あれを有度《うど》山と呼び、あの山頂の平らなところを日本平といい、そこから見る富士の山は日本一だという話だ」

「三保《みほ》の松原というところもここから近いのですか」

「そうだ。安倍川から流れた土砂が、江尻の港を挟んで砂州を作り、それが海に向かって伸びている。砂州の先まで六万本もの松が植えられており、それは見事なものらしい」

直盛も駿府館には以前に行ったことがあるが、三保の松原は噂でしか知らない。

「そこには羽衣の松と呼ばれる長寿の松があり、その松に天から舞い降りてきた天女が羽衣を掛けたという昔話が伝わっているそうな」

「ぜひ見たいものですなぁ」

「まず臨済寺へ行こう。そこで義元公に会えるよう、太原雪斎殿から根回しをしてもらおう」

臨済寺は賤機山の麓にある臨済宗妙心寺《みょうしんじ》派の禅寺である。

義元の兄の氏輝《うじてる》が急逝したため、還俗して家督を継いだ義元は、当寺に氏輝を葬り、善得院と呼ばれていた当寺を臨済寺と名を変更し、京都妙心寺霊雲院の大休宗休を開山として招き、今はその弟子である太原雪斎が寺の運営を司っている。

寺は賤機山の山麓を削るようにして建っている。

一行が山門を潜り、瓦塀が両脇に続く坂を登ってゆくと、山麓に瓦で屋根を葺《ふ》いた本堂が見えてきた。

本堂の入口に額が掲げてあり、「勅東海最初禅林」と読める。

「これはこの寺が駿河の勅願寺《ちよくがんじ》であることを示しておるのだ」

「立派な寺院じゃ。だが龍泰寺の方が大きいぞ」

彼らの基準は井伊谷である。

本堂の入口で案内を請うと、若い修行僧が顔を出し、用件を聞くと奥へ消えた。

しばらくすると、さっきの僧が再び出てきて直盛を書院へ導く。

玄関から長い廊下が続き、その右手に階段があり、その急な階段を登ってゆくと、手前に小部屋があり、文机が置かれている。

その奥に二十畳ほどの座敷が二つ並んでおり、奥座敷に床が敷かれて、老僧が布団の中で横たわっていた。

年の頃は六十に手が届くぐらいで、枯れたような体にもかかわらず、目だけは武将のような精悍さに溢れていた。

直盛が部屋に入ってくるのを見ると、雪斎は布団の上に起き上がった。

「養子縁組の件でこられたのか。これははるばるご苦労なことだ。わしは風邪を引いておってな。こんな格好で失礼をする」

雪斎は手焙りの火鉢に手をかざしながら、鋭い視線を直盛に注ぐ。

雪斎の頭の中は尾張に攻め入ることで忙しかった。

そのためには、西遠州で最大の勢力を有する井伊家を懐柔することは重要である。

「直盛殿には娘が一人しかいないと聞いておる。養子縁組の件はわしから義元公に念を押しておこう。二、三日中にもそなたが義元公に会えるよう取り計らっておくぞ」

雪斎はさっきの僧に命じて閉めきった障子を開かせると、部屋の中に急に冷たい空気が入り込んできた。

「ご覧あれ。わしはこの部屋から見る庭が駿河一だと自負しておる」

賤機山の斜面に創られた石庭の周囲には、椿や山茶花《さざんか》が植えられている。

その濃い肉厚の葉の緑と、赤や白い花が庭の景色を際立たせていた。

「駿河の緑茶は風邪によく効く。これを飲めば気分まで壮快になる。直盛殿も一服いかがかな」

雪斎は修行僧に命じて茶を持ってこさせると、天目茶碗に入った緑茶を旨そうに飲んだ。

「ところで、関口殿の奥方には会われたかな。お主の叔母にあたるらしいな」

井伊家が三岳城を今川軍に攻め落とされた時、今川方の人質となった叔母が関口義広の元に嫁いでいた。

（彼女には祐より少し年下の娘がいるらしい。久しぶりに叔母にも会ってみたい）

「折角駿府にこられたのだ。関口殿の奥方に会ってから、駿府館に寄り、義元公に養子縁組のことを承知してもらえばよい」

雪斎は京都の建仁寺《けんにんじ》や妙心寺で修行しただけに、人の気を逸らさぬ配慮は一流で、誠意を込めた物言いをするが、決して本心からではない。

「雪斎殿に養子縁組の取りなしを約束してもらえましたので、それがしは、これから叔母を訪ねてみようと思います」

「そうなさるがよい。それではこれから関口殿のところへ使いを遣ろう。何年も会っておられぬことゆえ、積もる話もあろう」

直盛は臨済寺を去ると、賤機山の南山麓にある浅間神社に立ち寄る。

ここには神部神社、浅間神社、大歳神社の三社が鎮座する。

大国主命《おおくにぬしのみこと》を主祭神とする神部神社の歴史は古く、崇神《すじん》天皇の頃まで遡り、また木《こ》之花咲耶姫《のはなさくやひめ》が主祭神の浅間神社は平安時代の延喜《えんぎ》元年に、富士山本宮浅間大宮の御分霊を勧請して富士新宮として建てられた由緒ある神社だ。

直盛は本堂の前で両手を合わせると、井伊家の武運長久を祈った。

関口氏の屋敷はすぐにわかった。駿府館の大手門のすぐ手前にある広大な屋敷だ。瓦で葺いた築地塀が長く続く建物は、素朴な井伊谷の屋敷を見慣れた直盛の目には雅なものに映る。

案内を乞うと小者が出てきて、奥に取り次ぐと、間もなく若い娘が出てきた。

「直盛様ですか。お待ちしておりました。雪斎様から連絡をもらい、母も直盛様がいつこられるかとそわそわしております」

瀬名《せな》と名乗る娘は祐より少し年下のようだが、はきはきと物を言い、人慣れしているのか、人を見ても動じる様子がないので実際より年上に見える。

目鼻立ちが何となく祐と似ている。

「内へ入って下さい。ただ今母が挨拶に参りますので」

娘は渡り廊下を先に立って歩くと、直盛を客人用の離れへ案内した。

「ここから庭越しに駿府館がご覧になれます。あそこが義元公が客人と会見なされる建物で、母親の寿桂尼《じゅけいに》様の離れは高い銀杏《いちょう》の木がある隣りの建物です」

娘が指差す方向を眺めると、京の御所を思わせる真っ四角の敷地に、貴族風の粋な建物が並んでいた。

その豪華な建物は今川の勢いを反映しているようだ。

静かな足音が廊下に響くと、叔母が部屋に入ってきた。

「よくお越し下さいました。ほんに何年ぶりでしょうか…」

直平の年の離れた娘なので、直盛とそう年齢が変わらない。

「直満様、直義様は残念なことでした」

直盛は叔母の兄弟の死を悔んだ。

「今川に盾つく者は殺されます。今川の力を見くびってはなりませぬ」

叔母は声をひそめて注意した。

「犠牲はわたし一人で十分です」

彼女の言葉は直盛の胸を抉《えぐ》った。

「寿桂尼や雪斎様が健在なうちは今川の勢いは続くでしょう。直盛殿は軽々しく動いてはなりませぬ。直満や直義の二の舞は二度とご免じゃ」

彼女は井伊家の降参の証として人質となり、駿河へ送られた惨めな過去を思い出したのか、顔をしかめた。

「二人が殺されたのは小野の讒言《ざんげん》によるところが多いが、二人が今川を離れ武田に与《くみ》しようとした素振りを今川に見透されたのじゃ。直盛殿は亀之丞と申す直満の倅を養子に迎えるらしいのう。彼を補佐してしっかりと井伊家の舵取りをやって下されよ。義元はこれまで今川家に盾ついてきた井伊家を潰そうと様子を窺っております。くれぐれも気配りを欠かさず、宗良親王からの血筋を絶やさぬよう頼みましたぞ」

彼女は幼い頃過ごした井伊谷のことを思い出したのか、目に涙を浮かべた。

「叔母上、安心して下され。それがしが粉骨砕身《ふんこつさいしん》して井伊家を絶やさぬよう力を尽しまする。ところで関口殿はお元気ですか」

「関口は敵だらけの今川家にあって、頼り甲斐のある男で、幸いにもわたしは二人の娘に恵まれました」

直盛は不自由なく暮らしている叔母の様子を知って安堵した。

数日すると、直盛が滞在している宿へ義元から使いがやってきた。

直盛ら一行が彼の館へ向かうと、家臣らは別館で待機させられ、直盛だけが義元が待つ客間へと導かれた。

部屋は庭園に囲まれた数寄屋《すきや》風の建物で、義元らしき男と、尼とが上段の間に座わっており、下段の間には男が一人いた。

「よくこられた直盛殿、関口殿とも初めてだったな」

義元は三十代後半ぐらいの恰幅の良い男で、年は直盛とそう変わらない。

義元に言われて初めて、目の前の男が叔母の主人であることを知った。

「これは、家内がいつも言っているようなお方だ。お祖父様によく似ておられるわ」

関口は磊落《らいらく》な男らしい。義元の前でも遠慮せずに思ったことを口にする。

関口を見て直盛は、昨日見た娘の性格は父親似だと思った。

「養子縁組のことは雪斎様から聞いておる。一人娘ではしかたがない。直親殿がそなたの後継ぎになることを許そう」

義元は微笑を絶やさないが彼の鋭い目は、（養子縁組のことは許してやるが、今後わしに逆らうことは一斉許さぬぞ）と語っていた。

「よかったのう。これで井伊家も安泰じゃ」

尼が傍らから口を挟んだ。

（今川家がここまで伸びてきたのはこの寿桂尼と雪斎の力だ）

直盛は尼御台《あまみだい》と呼ばれる寿桂尼の笑みに潜む威圧をひしひしと感じた。

対面は無事に済み、肩の荷を降ろした直盛ら一行は帰国の途についた。

しばらく井伊谷には比較的穏やかな日々が続いた。

義元は甲相駿同盟により三河を支配すると、今度は尾張制圧を目指した。

弘治《こうじ》元年に雪斎が没したが、義元の尾張への侵攻意欲は衰えなかった。

尾張の海西郡と知多郡の国人たちはすでに今川方となっている。

伊勢湾に流れ込む天白《てんぱく》川沿いの鳴海城、大高城が、尾張領への今川方の最前線であった。

信長は父の死で家督を継ぐと、叔父信光と謀って守護代の織田彦五郎信友を殺して清洲城を奪い、那古屋城から清洲城へ移った。

その後、家臣たちが弟の信行を立てて信長に背くと、信長は弟を謀殺し、永禄《えいろく》二年には岩倉城の織田信安《のぶやす》を追放して尾張平定に近づいた。

義元は信長の動きを封じるために、まず大高、鳴海城を取り囲んでいる織田方の砦を落とし、尾張領に攻め入ることを決めた。

井伊谷の直盛にも出陣の軍令がきた。

「引馬の直平は七十歳を越えているので、出陣は井伊谷の直盛がいたせ。引馬から二百、井伊谷からも二百の兵を出せ」

義元はあわよくば尾張に討ち入り信長の首を取ってやろうと思っている。

「やれやれ、また今川の戦さに駆り出されるのか。堪らんのう」

井伊谷の兵たちは不満を口にする。

「聞くところによると、三河、遠江、駿河の三ヶ国から集まる兵は少なく見積もっても二万五千は下らず、織田方は三千がせいぜいらしい。信長めは戦わずして降参するか、清洲城で籠城するかだ。どう転んでも今川が敗れることはまずないわ。すぐに井伊谷へ戻れるさ」

井伊家の重臣たちは嫌がる兵たちを宥《なだ》めた。

出陣の準備で忙しい直盛のところへ珍しい客が訪れた。

駿河で人質生活を送っている松平元康《もとやす》が妻同伴で三河衆を率いて井伊谷にやってきたのだ。

二千四百人ほどの部隊で、冑《かぶと》や鎧は地味だが、兵たちの目は精悍だ。

直盛が祐と直親を連れて元康を出迎えると、元康は新妻の瀬名を紹介した。

「物見遊山の旅ではないのだと、一緒にくることを何度も断わったのだが、わが奥方は母の故郷を一目見たいと言い張って、それがしの申すことを聞き入れませぬ」

元康は苦笑した。

十九歳の彼は初陣で気負っているが、小柄でずんぐりとした体型なので、落ちついているように思われる。

瀬名の方が年上だが、元康の方が老けて見えた。

「こんな時でないと、井伊谷を訪れる機会はありませぬ。母から『井伊八幡宮の井戸と龍泰寺の宗良親王の墓はぜひ見てくるように』と言われております」

瀬名は母に代わって故郷の地を踏み、様子を知らせてあげようと、一歳になる嫡男竹千代を連れて井伊谷へ行くことを元康に承知させたのだ。

「わたしが案内しましょう。瀬名様とはぜひ一度お会いしとうございました」

祐は年の近い瀬名に親近感を覚えた。

「あなたが祐様ですね。あなたの父上が駿府館へこられた時、わたしの家に寄られたのです。やはり親子ですね。お顔立ちがとてもよく似ておられますわ」

初めて出会う祐は、人怖じしない瀬名がすっかり気に入ってしまった。

瀬名は竹千代を乳母に預けると、祐と一緒に井伊八幡宮の井戸のところへ行った。

井戸の隣りには巨大な橘が大きく枝を伸ばしている。

「これが井伊家に伝わる井戸ですか。この井桁と橘とが井伊家の家紋となっているのですね」

瀬名は井戸から身を投げだすようにして、井戸の中を覗いた。

奥は冷んやりとしており、井戸の底を流れる水音がする。

「井戸の水が枯れない限り、井伊家の血も絶えませぬ」

祐が井伊家の誇りを口にすると、瀬名も頷く。

「母の故郷をわが目で見ると、わたしにもこの井戸の水のように井伊の血が流れていることが実感できます。昨年生まれた嫡男の竹千代には今川と井伊と松平の三家の血が流れているのですね。できることなら三家が争うことなく、仲良く付き合って欲しいものですが……」

瀬名の声はしみじみとした調子で響いた。

龍泰寺の宗良親王の墓を見た後、祐は自分が井伊谷で一番好きな場所に瀬名を連れていった。

そこは龍泰寺の北で、井伊谷の奥に入ったところで神宮寺川が西に流れる山裾だ。昔からこの辺りは「井の国」の水霊を祀る祭祀の場と呼ばれるところだ。

井伊谷に住む人々にとってこの地は聖地であった。

岩盤から成る小丘陵の頂上から斜面にかけての山肌には巨石が点在しており、それらは神宮寺川まで続く。

丘陵の杉木立が日の光を遮り、夏でも冷んやりとしており、ここに座っているだけで、神と対話しているような錯覚に捕らわれる。

「良いところですね。心が洗われるような気がします」

「はい、わたしも悩みや心配事がある時、ここにきて座っていると、自然に心が落ちついてきて、また明日から頑張ろうという気持ちが湧いてきます。井伊家の先祖の人たちも、自分たちが運命の岐路に立たされた時、この地にきて心を無にして井伊家の将来について、あれこれと思いを巡らせたことでしょう」

瀬名は力一杯大きく息を吸い込むと、それを吐いた。

「ここは海が近い駿河と違い、空気が澄んでいて山の匂いがします。母上は素晴らしい土地で生まれ、育たれたと感じます」

瀬名は母と同じ場所に立つことができたことを感謝した。

「井伊家の血が流れている祐様や直盛様、それにわたしや竹千代だけでなく、今川や松平家の誰もが仲良く暮らせる世が早くきますように…」

瀬名は巨石に手を合わせた。

次郎法師

意気揚々と尾張へ出かけた今川軍であったが、思わぬ事が起こった。

信長の奇襲にあって義元が討たれたのだ。それに、先鋒を務めていた直盛も討死にし、彼を援けようとした多くの井伊家の兵たちが死んだ。

直盛の死骸は生き残った兵たちによって龍泰寺へ運ばれてきた。

本堂で直盛の死骸と向きあっている直平は祐を呼んだ。

祐が本堂へ入ると、線香の煙でむせそうになる。

本堂には直平と南渓と奥山孫市郎が、棺に入った直盛の死に顔を眺めていた。

奥山は桶狭間で直盛の最期を看取った男だ。

「ここに座れ」

直平が傍らの席を祐に勧めると、祐は言われるまま座った。

「今から直盛の最期の様子と彼の遺言を伝えるので、祐も心して聞くように」

直平が奥山を促すと、彼は涙ながらに訥々《とつとつ》と語り始めた。

「義元公の本隊に先立って、われら井伊隊と二俣城の松井様が先陣を命じられました。尾張を目指した今川軍は池鯉鮒《ちりゅう》（知立）につくと、義元公の本隊を待ってここで軍議が開かれました」

「どのような内容だったのか」

南渓は義元が尾張へ侵入し、本当に信長の首を取ろうとしたのか知りたかった。

「義元公はこの戦さで信長の清洲城を奪い取るつもりで、あわよくば彼の首も土産にしようと意気込んでおられました。そもそも清洲には城の乗っ取りを手引きする者がいたのです」

「何！　誰だ、それは」

直平は驚いた。

「清洲城で食客となっていた斯波義銀《しばよしかね》です。この男は尾張の守護・斯波義統《よしむね》の嫡男で、父の義統は清洲城で討たれたのです」

この時代、下剋上など珍しいことではない。

「父を討たれた義銀は助けを求めて守護代と反目している那古屋城の信長のところへ駆け込んだので、信長は彼を庇護しておりました。だが、義統暗殺の黒幕が実は信長であったことを知った義銀は、義元を使って信長を滅ぼそうと思ったのです」

「どのようにしてだ」

南渓が膝をのり出す。

「義銀は尾張戸田庄にいる石橋義忠を通じて二之江（弥富《やとみ》市荷之江）の僧徒の服部左京亮と相談し、左京亮が『舟を大高城まで寄せて、大高城にいる今川勢を舟に乗せ、五条川を遡り清洲城まで誘導しよう』と義元に持ちかけたのです」

「義元公は鳴海・大高城の周辺にある織田方の砦を焼き落として、信長が清洲城から出撃してくるところを討ち取ろうというだけでなく、もし信長が籠城しても舟から清洲城を狙おうとされたのか」

直平は大規模な清洲城乗っ取りの計画に驚く。

「池鯉鮒から今川軍は大高道と鎌倉道との二手に分かれて進軍し、尾張の平地ではなく尾張、三河の山間の狭隘なところへ信長を誘い込んで逃がさぬようにしておいて、討ち取る手筈でした。万が一、信長が尾張に戻ろうにも、鳴海の岡部真幸様と笠寺砦の葛山《かつらやま》備中様が退路を断つという計画でした」

直平も南渓も思わずため息を吐く。

「なるほど、義元公が氏真殿に家督を譲られたのは、この尾張侵攻の策を錬っていたためか」

直平は義元が隠居した訳がわかった。

「本陣を池鯉鮒において、先備《さきぞな》えは沓掛《くつかけ》の近藤景春《かげはる》と、桶狭間には瀬名氏俊様が先行され、われらは松井様と一緒に桶狭間のまだ西にある高根山《たかねやま》・幕山《まくやま》・巻山《まきやま》の三山に籠もりました。鳴海城と大高城に攻めてくる信長を見張るためです」

「完璧の備えではないか」

直平も南渓も信長がなぜこのように厳重な包囲網を破って義元を討ち取ったのかわからない。

「五月十八日には元康様が大高城への兵糧を携えて出発され、翌日の夜明けには大高城にいる朝比奈泰能《やすよし》様が織田方の砦の鷲津《わしづ》砦を、元康様が丸根砦を攻撃される予定で、義元公は輿に乗って悠々と大高城を目指されました」

(信長めも絶体絶命だな)

直平、南渓と祐も思わず生唾を飲み込む。

「われらは先行し、桶狭間の西の巻山と申す小高い丘に、松井様はその北の高根山に布陣されました。高根山からは鳴海城とそれを取り巻く織田方の丹波、善照寺、中島砦が指呼《しこ》の距離に見えます。しかもこれらの砦へ通ずる手越縄手道と申す鎌倉街道が手越川沿いに走っており、この山から見張ればこれらの砦から討って出てくる信長の姿をまず見落とす恐れはありませぬ」

直平は首を捻る。

「それなのになぜ義元公は信長に討たれたのか。その方は義元公の旗本衆に混じっておったのだからその様子を見たまま申せ」

南渓は先を急がせた。

「五月十九日の朝八時頃、沓掛を出発した義元公が桶狭間に来られたのは正午頃でした。ちょうどこの時、『朝比奈様や元康様が丸根、鷲津砦を落とされた』という戦勝の報が届きました。この日は鎧や冑を付けていると身体がべとついて、動くのも疲れるぐらいことのほか、蒸し暑い日でした。義元公は大高道を守る瀬名様の出迎えを受けられて、われらや松井様が布陣している高根山・幕山・巻山の前線を視察するために桶狭間の中でも一番高い山に登られ、作戦通りの布陣で御満足の様子でした。信長軍が中島砦から『長坂道』に攻め登ってきたのは、それからしばらくしてからでした。松井様が坂の上から迎え撃ち、直盛様が応援に駆けつけ、三百人ほどの信長勢を討ち取り、その首を桶狭間の義元公の本陣へ届けると、義元公は、『信長の首を土産に駿府へ戻るのもそう長くはかかるまい』と申され、幔幕《まんまく》を張り謡《うたい》をうたわれ大層寛がれている様子でした」

「義元公は緒戦に勝って油断したのか」

直平は義元が「魔が差したのだ」と思った。

(二つの砦を落としたなら、休憩を取らずにそのまま大高道を西進して大高城へ入るべきなのに、いつもの用心深い義元には似合わぬ態度だ)

直平は戦勝気分に浸っている義元を哀れむ。

「この時です。今まで晴れていた空が一変して真っ黒になり、叩きつけるような横殴りの雨が北から降ってきました。立っておれぬほどの強風が襲ってきて、われらは樹木の後ろや狭間に下りて風雨を避けようとしました。恐ろしいぐらい風が激しくて、目の前で何本もの松の木がものすごい音を立てて倒れました。義元公も風雨を避けるため樹の陰で休まれておりますと、しばらくして雨は小降りになり雲の切れ間から日が差し、今までの嵐がまるで嘘のように晴れてきました。何やら義元公の本陣が騒いでおりますと、突然地響きがして北の山の上から何者かが襲ってきました。初めは味方同士の喧嘩かと思いましたが、旗印を見て驚きました。織田軍の奇襲だったのです」

「信長は今川勢に見られずにどのようにして義元公の本陣までこれたのか」

直平も南渓も不思議に思う。

「信長が桶狭間にくるには、手越川に沿う縄手道を通る以外、他に道はございませぬ。確かに彼はこの道を進んだのですが、何しろこの辺は周囲に瘤が連なっている複雑な地形をしています。西の『鎌研』まではまだ瘤が少ないので、巻山や高根山から信長の動きが見えますが、さらに東へ進んで『生山《はいやま》』辺りになると、瘤は増え凹凸も大きくなるので、瘤の底に隠れておれば、山頂からは見えませぬ。特に『釜ケ谷《かまがたに》』と呼ばれる窪地は兵二千人が隠れるぐらいの広さがあります。多分信長はこの場所をはじめから知っていたのでしょう。信長は手越縄手道を直進して桶狭間に近づき、雷雨に紛れてこの窪地に潜んでいたと思われます。雨が止むと彼は義元公が休憩されている『武路山《たけじ》』と呼ばれる山頂に立ち、幔幕と輿の位置から義元公の居場所を見つけたのでしょう。彼らは山から一気に駆け降りてきました」

「義元公の周りには旗本たちはいなかったのか」

（慎重な義元公が、なぜ手越縄手道に兵を出していなかったか。桶狭間で休憩する予定はなかったので、高根山からの間道のことしか調べていなかったのか。それよりも戦勝報告を聞き、雷雨にあって桶狭間に長居し過ぎたわ）

「義元公の周りには三百人ほどの旗本が真ん丸になって義元公を囲んで守っておりま

したが、やがて五十人ぐらいになってしまい、南の大高道に出ようとされましたが、南は平地ですが一面の湿地で逃げようにもぬかるみに足を取られて前進できませぬ。急なことなので、鳴海や大高城からの援軍も間に合いませぬ。本陣の急を知って松井様や井伊隊が山を駆け下りて援軍にきましたが、勢いに乗る織田軍は湿地の中までもわれらを追い回し、ついに義元公は信長の郎党に首を掻かれてしまいました。直盛様も義元公のところに行きつくまでの戦闘で傷つき動けなくなり、それがしを呼んで遺言を残されると腹をお斬りになられました」

「直盛が最期にお前に伝えたことをわれらの前で申してくれ」

直平が奥山を促すと、彼は直盛の最期を思い出したのか声は湿りがちになり、訥々と語り始めた。

「直盛様は苦しい息の下で、それがしに最期の言葉を残されました。『井伊領は中野越後守に預け置き、直親様が領主としての力をつけられるまで、中野殿に後見を務めてもらうように』と申され、直親様が家督を継がれた際には、『いずれ直平様が井伊谷に移って欲しい』と言われ、直盛様は『もう思い残すことはない』とおっしゃって腹をお斬りになりました」

これだけを言うと、奥山は泣き崩れた。

奥山が本堂を去ると、代わって直親が呼ばれた。

直親は直平から直盛の遺言を聞くと、最初は不満気だったがやがて納得したようだった。

「直盛様がおっしゃる通りにいたしましょう。それがしは若輩で未熟者です。まだ井伊家の柱石を背負えるほどの力はありませぬ。当分の間は中野殿の采配に従います」

彼は素直に自分の力量を認めた。

「よし、中野なら家老の小野但馬《たじま》も無理は申すまい」

直平は頷いた。

この時から井伊城は城主がいない城となった。

直盛の葬儀は南渓が導師となり龍泰寺で行われ、寺の名称も、「龍潭寺殿天運道鑑大居士」という直盛の法名から、龍潭寺《りようたんじ》と改名された。

直盛だけでなく桶狭間で戦死した数多くの家臣たちも龍潭寺の境内に埋葬された。

永禄三年は井伊家にとって厳しい年となったが、翌年直親の妻が男の子を出産するという慶事もあった。

子供は虎松《とらまつ》と名付けられ、この子が井伊家を飛翔させ、徳川四天王の筆頭となる井伊直政《なおまさ》である。

祐の母親は直盛の葬儀が済むと髪をおろして祐椿尼《ゆうちんに》と名乗り、龍潭寺の境内に小院を建てて夫の菩提を弔い経を唱えるようになった。

父の死で祐の身の回りも寂しくなる中、瀬名の夫となった松平元康の噂が井伊谷にも伝わってくる。

「桶狭間の戦いで生き残った松平元康は岡崎城に戻ってからは、西三河で織田方の城を次々と攻め落としているようだ」

南渓は元康の動きを注視していた。

(元康の勢力が東に伸びてくると、今川一色に染まっていた遠江に新しい波がくるかも知れぬ)

「元康は氏真が弔い合戦をしないことで、評判の悪い今川を見限ったのか。氏真のために働いている振りをして、今川の軛《くびき》から逃れようとしているかのようだ」

南渓の言葉で、祐は井伊谷へやってきた瀬名と元康とのことを思い出した。

瀬名が元康と結婚し、嫡男の竹千代がちょうど一歳の頃であった。

「外見も見栄えがせず、はっきりと物を言うことをしないので、賢いのか馬鹿なのかわからぬお方だ」

瀬名が元康のことを祐にこっそりと言っていたのを覚えている。

（ぼおっとして見えるのは世間を韜晦《とうかい》しているだけで、本当はずる賢い男なのかも知れぬ。義元公が討死にしたのを独立への千載一遇の機会として、これを十二分に利用しているのだ）

今川に育ててもらった恩義を忘れずに働いている振りをしながら、せっせと自分の勢力を拡大している元康という若者が、祐には不気味に思われた。

（瀬名と竹千代（信康）は駿府にいる。もし元康が今川から離反すれば瀬名たちはどうなるのだろう）

短気な氏真のことを思うと、祐は瀬名たちの身が急に心配になってきた。

弔い合戦を行わない氏真の態度に、奥三河の田峯、長篠、野田城の国人たちが次々と今川から離反すると、氏真は彼らへの見せしめに三河の吉田城に集めていた彼らの妻子を龍拈寺《りゅうねん》で串刺しの刑にした。

これがきっかけとなって、元康も今川から離れる決心をしたのか、西三河の制圧に盛んに動き出した。

永禄四年の暮には元康は西三河を完全に押さえ、五年に入ると、「元康が信長と同盟を結んだ」という噂が、井伊谷まで伝わってきた。

西三河から東三河に進出した元康は、鵜殿長照の守る西郡城を落とすと、元康が、長照の二人の子供と瀬名と竹千代と前年に生まれた亀姫との二人の子供とを交換したことを聞いて祐は安堵した。

その後しばらくして、瀬名の父である関口義広が氏真から去就を疑われて自らの屋敷で切腹をして果てたという噂が伝わってきた。

(若いにもかかわらず、したたかな元康をはじめ、次々と離反する三河の国人たちに疑心暗鬼になった氏真は、彼に忠実な関口義広まで殺した。こんな情けない男のために、井伊家は働かねばならぬのか)

祐の心は晴れなかった。

元康の働きが活発になると、奥三河の野田城から菅沼定盈《さだみつ》の使者が人目を忍んで祝《ほう》田《だ》村にいる直親のところへ訪れるようになった。

家督を継いで間もない直親の双肩には井伊家の重圧がずっしりとかかってくる。

西三河を手中に入れた元康が今度は東三河を制圧すれば、その勢力は井伊谷にも及ぶ。

奥三河の国人たちは野田城の菅沼定盈に続いて次々と元康に付くと、直親の心が元康の方へ揺れるのを知ってか、小野但馬の姿が井伊谷から消えた。

彼の不在から数日経つと、新野左馬助が血相を変えて直親の屋敷にやってきた。

「今、新野村からの知らせで、『小野但馬が井伊家が三河の松平に内応していると訴えた』と伝えて参った。これは困ったことになったわ」

　直親は新野を信頼している。

「すぐに駿府へ参られ、氏真公に無実を弁明された方が良い。小野めが何を氏真公に吹き込んだかわからぬが、直親殿自らが直接氏真公の前で申し開きするべきだ」

　直親の頭の中に一瞬、十四年前に但馬の父である和泉守の讒言《ざんげん》で父・直満が駿府で殺されたことが過《よ》ぎった。

「氏真公は今川の一族であるそれがしに会ってくれましょう。わしが一足先に駿府へ参り、氏真公に直親殿が無実であることを言上しましょう。直親殿は後から参られよ」

　これだけを言い置くと左馬助はすぐに井伊谷を発った。

　直親はあまりに多人数で駿府へ行くと逆に疑われると思い、氏真の疑惑と警戒心を解くため二十人を選んで平装で駿府へ向かう。

　一足先に駿府館で氏真に面会した左馬助は氏真に直親の無実を説いた。

「井伊谷の井伊家は引馬の直平殿をはじめ、孫の直盛殿まで今川家に忠誠を尽くしてきた家柄です。直盛殿は義元公の先陣を命じられ、桶狭間では義元公を守って家臣ともども討死にした者です。その息子の直親殿は織田家に恨みこそあれ、どうして松平と手を結んで今川と争うなどと思いましょうや」

義元亡き後、寿桂尼が氏真を補佐していたが、彼女も病がちになり、朝比奈などの老臣は遠ざけられ、氏真の側近には三浦右衛門らの阿諛追従《あゆついしょう》の者しかいない。

苦労知らずの氏真は酒宴遊興に耽り、政事は家臣に任せ、人望も落ちていた。

左馬助の訴えは側近の者たちの意見に左右され、左馬助は氏真から確約を取りつけることができなかった。

井伊谷を発った直親一行は、引馬城に立ち寄ってから駿府へ向かう。

直親らが掛川城下を通り過ぎようとすると、氏真の命を受けた掛川城主の朝比奈泰朝の二、三百の武装した兵が彼らの行く手を遮った。

「何をする。われらは駿府の氏真公のところへ話し合いに行くだけだ」

朝比奈の兵たちは彼らの訴えを無視し、直親らを取り囲み、一斉に槍を構えた。

「無礼な。われらが戦うつもりでないことは、この姿を見ればわかるだろう」

直親の言葉が終わる前に、朝比奈の兵たちが突っ込んできた。

直親は討死にを覚悟した。

彼は抜刀すると、家臣たちも続く。

彼らは大声をあげて敵兵と斬り結ぶが、多勢に無勢で、直親らは次々と敵の槍の穂先にかかって討死にした。

翌日になると、白木に入った直親の首が井伊谷へ送られてきた。

直親の首には紙が括《くく》りつけてあり、「氏真公に反旗をひるがえした罪で成敗した」と直親を討ち取った理由が付け足しのように記されていた。

井伊谷に戻ってきた左馬助はこれを目にすると、「氏真めが、血迷ったか」と大声で怒りを露《あらわ》にした。

城代の中野は拳を握りしめて悔しさを噛み殺した。

「最早、今川は信ずるに足りぬ。小野めを血祭りに上げて松平と手を組もう」

引馬から駆けつけてきた直平は、激高する二人を宥《なだ》めた。

「氏真めは殺しても飽き足りぬやつだが、今は旗幟《きし》をはっきりさせる時期ではない。松平は西三河を手に入れたが、遠江はまだ今川の勢力下だ。松平の傘下に入っても、今川軍が井伊谷に迫ってきた時、松平には援軍を出す力はないだろう。松平に付くのは松平が東三河を制圧してからでも遅くはない。今はどのような氏真の仕打ちにも堪えて、今川寄りの姿勢を取るべきだ」

重臣たちも長老の直平の命令にしぶしぶ従う。

七十歳を越えた直平には、直親が殺された一件があってから、さすがに気落ちしたのか気力の衰えが目立つようになった。

今川の井伊家に対する仕打ちは父や叔父たちでよくわかっていた筈だった。

祐は直親の駿府行きを止めなかったことを悔いた。

(直親様の子供の虎松はまだ幼いし、直平様に何かあれば、井伊家はどうなってしまうのだろう。井伊家は絶えてしまうのか)

かつての許婚を失った悲しみも深かったが、祐は井伊家の将来を憂えた。

龍潭寺で直親の葬儀が行われた。

喪服の直親の妻に抱かれた二歳になる虎松は、多くの人々が集まってきたので喜んでいる。

その無邪気な姿が皆の涙を誘う。

(二歳の幼な子が元服するのを待つしか、井伊家の未来はないのか)

龍潭寺に集まった重臣たちは、井伊家の存続を危惧した。

直親の死に追い打ちをかけるように、氏真から、「直親の子の虎松も殺せ」と厳命がきた。

「氏真め、どこまでわれらを苦しめれば気が済むのか」

積み重なる今川の謀略に重臣たちの怒りが爆発した。

「今度も小野但馬めが氏真と裏で手を結んでやったことだ」

「そう言えば小野は駿府に出仕したままだ」

「裏切り者の小野を殺せ！」

（このまま憤怒に任せておれば井伊家は滅んでしまう）

左馬助は激高する重臣を前に大声を張り上げた。

「直親様の駿府行きを勧めたのはこのわしだ。どの面さげてここで意見できるのかと皆はお怒りだと思うが、一言だけ言わせて欲しい」

左馬助の悲愴な表情に、重臣たちは一瞬声を潜めた。

「もう一度わしが駿府へ行って氏真と会って、直親様の無罪を説いてくる。直親様が朝比奈に討たれたのが、氏真の本心から出たものかどうか、それを質《ただ》してくるつもりだ。もし氏真が本気で井伊家を潰そうとしているなら、その時は井伊家は松平と手を結び、今川と戦おうではないか。わしが戻ってくるまで短慮は控えて下され」

切々と訴える左馬助の言葉に、怒りで燃えていた本堂は静けさを取り戻した。

「新野殿がそこまで言われるのなら、われらは貴殿が戻られるまで待ちましょう。もし氏真が本気でわれらを滅ぼそうとしているのなら、その時は叶わぬまでも今川と一戦しよう」

中野直由の一言で左馬助の意見が通った。

（わしの交渉如何では井伊家の不満は爆発し、そして井伊家は滅ぶであろう）

そう考えると左馬助は自らの役目の重大さに思わず身震いした。

駿府館で左馬助は氏真と面会した。

「井伊直親は弁明のために駿府へ向かっていたのに、なぜ氏真公は罪もない直親を討たせたのか」

氏真は正論を吐く左馬助をまともに見ることができない。

「あれはわしが命じたのではない。朝比奈が勝手にやったことだ」

彼は部下に責任を負わせようとする。

「それでは氏真公は直親の無実を信じておられるのですな」

左馬助が念を押すように氏真に迫ると、彼は不承不承《ふしょうぶしょう》に首を縦に振った。

「されば直親の子の虎松や母親には何の罪もないのですから、それがしに二人を預からせて下され。それがしの命に代えても二人を許してもらいたい」

左馬助の必死の形相に、氏真は思わず怯《ひる》んだ。

「口約束では心もとなく存じますれば、念書を今ここでいただきたい」

新野家は義元の代から重んじられていた今川家の一族だ。

左馬助は予め用意していた文書を氏真に渡すと、それに目を通した氏真は文書にしぶしぶ自分の花押型を押した。

左馬助が井伊谷に戻り、交渉が成功したことを重臣たちに告げると、彼らは安堵のため息をついた。

左馬助は小野一派に気付かれぬよう、虎松と直親の妻を自分の屋敷に引きとった。

永禄六年三月になると、元康は嫡男・竹千代に信長の娘の婚約を整え、織田との同盟を更に強固なものとし、今川から与えられた元康という名を家康と改め、今川との決別を明らかにした。

勢力拡大が順風に推移しているように思われた家康だったが、九月に入ると三河の国に一向一揆が勃発した。

氏真は家康が一向一揆の平定に躍起となっている隙を狙って、三年目にしてやっと父の弔い合戦をやろうとした。

東三河の吉田城に兵を進めた氏真から、「井伊家も出陣せよ」という命令が伝えられた。

直平は七十五歳となり、気力も衰えていたが、氏真の下知を拒否できない。

浜名湖の西岸白須賀に布陣した時、家老の飯尾豊前守は今川に逆らい、家臣に命じて付近一帯に火を放ち、騒ぎを起こして氏真を討とうとしたが、その意図に気付いた直平は兵を引馬に帰した。

飯尾は元々の直平の家臣ではない。氏真に命じられて直平の監視のために付けられた家老で、いわば目付のような役目をしていた男だが、その彼が氏真を見限ろうとしたのだ。

直平の機転で氏真への反乱は未然に防がれたが、氏真は直平の忠誠心を試すため、今度は天野左衛門尉が守る遠江八城山城攻めを直平に命じた。

天野氏は天竜川以東の北遠江を支配していた国人で、信濃と遠江を結ぶ街道が彼の領地を通過しているため、武田も今川も天野氏の去就を重視していた。

本城の犬居《いぬい》城主である天野景貫《かげつら》は今川から離反して武田と手を結んでおり、多くの遠江北辺の国人たちが武田に従っていたのだ。

飯尾の妻のお田鶴が天野左衛門の縁者であるところから、飯尾の立場はむずかしいものとなった。

この前の放火騒ぎにより、飯尾が今川と手を切りたがっていることは明らかである。

「飯尾殿には留守を頼む」

直平の命に飯尾が頷くと、彼の妻は、「安心して出陣あれ。本来はわが夫が出陣すべきでしょうが、氏真公たっての下知とあればしかたがございませぬ。老体である直平様を煩わすことは心苦しいのですが、お許し下され」と、直平にしきりに酒を勧めた。

直平は天野の支城を攻めることに、異議を唱えない飯尾の態度を不審に思いながらも直平は盃を傾けた。

「それでは出陣しよう」

直平が馬に乗ると家臣たちが続く。

途中酒が回ってきた直平は、年のせいだと気に止めなかったが、有玉の旗屋の宿までくると急に腹痛がひどくなり、気を失って落馬した。

慌てた家臣たちが直平を抱き起こすと、正気付いた彼は口から血を吐いた。

「飯尾めに謀られたわ」

これが直平の最期の言葉となった。

直平と一緒に出陣した兵たちは、引馬城を攻め落とそうとしたが、大手門は厳重に閉じられており、彼らを見ると城兵たちは鉄砲を撃ちかけてきた。

「こら！　大手門を開けろ。裏切り者の飯尾の首を討て」

直平の兵たちは城内にいる仲間たちに叫ぶが、引馬城にいた直平の家臣たちも飯尾の手で毒殺されたり、脅されて無理やり従わされており、城からは鉄砲玉が飛んでくるので、直平の兵たちは開城させることを諦めて、井伊谷に向かった。

この時から引馬城は飯尾が城主となり、彼ははっきりと反今川の旗幟を示すようになる。

直平の遺骸は従者の大石作左衛門が三岳山の北東にある川名村の山中に埋葬し、本人も自刃してしまったので、どこに埋められたのかわからなかった。

とりあえず龍潭寺では直平の葬儀が営まれたが、長老の直平を失い、井伊谷を守る人々の心は暗かった。

「直平様は飯尾の妻に毒殺されたのだ。飯尾豊前守とその妻の田鶴を殺せ」

井伊谷の者たちは激高するが、飯尾は貝のように城に閉じ籠もって、付け入る隙を与えない。

翌年永禄七年には、氏真から新野左馬助に、「飯尾を討て」という命令が下った。

井伊城の兵だけでは不十分なので、左馬助が氏真に援軍を求めると、氏真は二千の兵を送ってきた。

左馬助は弟の式部少輔之規と城代の中野とを本丸に呼んだ。

「飯尾はともかく、彼の妻だけは討ち取らねばなるまい。彼女が直平様を毒殺したという噂は氏真公の耳にまで達しているようだ」

飯尾は新野や中野と同じ遠江の国人で、気心が知れた仲である。

(飯尾は自分の一族を守るために、氏真を見限って今川から離反したのだ)

「引馬城の中にも井伊谷の者が多くいる。これも戦国の世では珍しいことではないが、いずれにしても気が重い戦さとなろう」

新野と中野も気が進まなかったが、井伊谷の者たちは飯尾を許す気はないので、どうしても性急な攻めとなる。

城攻めを焦った彼らは引馬城の東を流れる安間川に架かる天間橋で鉄砲玉に当たって討死にしてしまった。

龍潭寺では新野兄弟、中野らの葬儀がしめやかに行われた。

「これで三年続いての葬儀だ。井伊城は領主不在の城となってしまった。頼みの綱である虎松様はまだ四歳の子供だ。井伊家はこの先どうなってしまうのか」

葬儀に参列した家臣たちは不安気に呟く。

それを聞く祐の心は重かった。

葬儀が済むと、南渓は祐を霊屋へ招いた。

南渓は先祖代々の位牌に目をやりながら、「お前が男であれば問題ないのだが、今はお前しか残っておらぬ」と真剣な表情で呟いた。

「そうは言われても…」

祐は言葉を詰まらせた。

「井伊家は今や崩壊寸前となっておる。お前もよく知っているように、井伊家は宗良親王に繋がる名家だ。先祖たちはこれまで幾多の存亡の危機を命がけで守ってきたのだ。このまま井伊家を潰すのは忍びない」

南渓の声が湿っぽくなった。

「お前を出家させたわしが言うのも虫のよい話だが、女のお前が還俗して領主となり、虎松が一人前になるまで井伊家を預かってもらいたい」

いつも冗談を飛ばしている南渓が、目に涙を浮かべて祐に頭を下げた。

その姿は滑稽というより悲劇に近い。

「南渓様の思いはわたしにもよくわかりますが、母ともよく相談してみないと…。一日考えさせて下され」

祐は霊屋を去ると母のいる松岳院に向かう。

村人たちから祐椿尼と親しまれている母は、龍潭寺の境内にある庵で夫の位牌に向かって経を唱えていた。

祐が部屋に入ってくると、母親はいつもと異なる娘の様子に気付いた。

「何かあったのですか」

「実は…、南渓様からわたしが還俗し、井伊家を継ぐように勧められました。それで迷っているのです…」

「そうですか。そなたに見せたい物があります。そこに座っていなされ」

そう言うと母親は立ち上がって、箪笥《たんす》のところへゆき、引き出しを開くと、古びて変色したものを取り出し、それを祐の目の前に置いた。

「この紙切れは何ですか」

母親はそれには答えず、紙の皺を伸ばし始めた。

紙には見慣れた骨太の文字で直虎と書かれていた。

「これは父の文だわ。誰ですか、この直虎という人は」

思わず祐は母に問いかけた。

「あなたの名前です」

「ええっ」

母親に驚く祐の目を正面から見据えて言った。

「あなたがわたしの腹の中にいた頃、あなたの父上は『今度生まれてくる子は絶対に男だ」と言い張り、井伊家の嫡男は代々『直』の字が付けられるので『直虎』と名付けようとしたのです。『この名は虎のように逞しく、井伊家に繁栄を齎《もたら》す名だ』と自慢されておりました」

結局生まれたのは女の子で、父は女らしい「祐」という名前を付けたのだ。祐の脳裏には残念がる父の様子がありありと浮かんだ。

「父上の井伊家に賭ける思いを継ぐのはそなたしかおりませぬ」

従順な母の姿を見慣れていた祐は、毅然とした母の態度に驚いた。

「女が領主となって国を守ることは非常に困難なことですが、父上の思いを噛みしめて大役を果たしてやってみなされ」

母の言葉で励まされた祐は頷いた。

(母の言うように直虎となって、父や先祖の人たちの思いを果たそう。それが井伊家に生まれてきた者の取るべき道だ。武田や今川といった強豪の境目にある井伊家のような小国は、旗幟をはっきりさせれば生きていけない。それでも直親様は氏真の代になって勢力が衰えてきた今川を見限り、勢力をつけてきた徳川と関係を持とうとされた。苦労人の直親様であったからこそ周囲に目配りができたのだ。わたしには荷が重いが、力一杯やってみよう。それが直親様への供養にもなる)

祐は決心すると、この思いを伝えるために先祖が眠る墓に向かった。

井伊家の墓所は霊屋の西側にあり、初代の共保と直盛の墓が上座に置かれている。その左右に縦に二列墓が並んでいて、右列には二代から十四代の直宗の墓が配され、左列には十六代の直親が眠っている。

その二列の墓石群の中央に土が盛られていて、法事が今も続いていることを示していた。

祐は先祖一人一人の墓に向かって両手を合わせて頭を下げ、自分が井伊家を守り抜くことを誓った。

「お前ならやれる」

「しっかりやれ。わしらが見守ってやろう」

直平の太いだみ声がしたかと思うと、父の懐かしい胴間声が祐の耳に響いた。

「祐がどのように領民と付き合っていくのか、今から楽しみだな」

直親がからかう。

「正直に申しますと不安で一杯で、今夜は眠れそうもありませぬ」

「いやに自信がなさそうだな」

「祐は女です。政事のことは学んだことがございませぬ」

「わしだって十一年間も山国で暮らしておって、最初は何もわからなかったわ。だが領民と接しているうちに、彼らが何を考え、何を望んでいるのか少しはわかるようになったのだ。政事は領主の都合で行うのではなく、領民のためを思って行うことが肝要だ。領民が豊かになれば、井伊家も栄える。そこさえ間違えなければ、祐なら必ず領民から慕われる領主となろう」

「まずは領民のためですか」

「そうだ」

「直親様の言葉を聞いておりますと、何やら自信が湧いてきました」

「そなたの顔付きもいつもの祐らしくなってきたぞ」

直親の声が笑っているように響いた。

祐は先祖に挨拶を済ますと、龍潭寺の南正面にある井戸のところへ行った。

井戸の底にはいつものように水を湛《たた》えており、井戸の隣りには橘の大木が井戸縁まで枝を垂らしていた。

「井戸の水を枯らしてはならぬ」

祐は直盛の声がしたように思った。

領主となった直虎のところに、引馬城の噂が伝わってきた。

氏真は朝比奈泰能、瀬名親隆らに命じて、昼夜を分かたず引馬城を攻めさせたが、飯尾はよく防戦した。

戦さが長びくことを嫌った氏真は、飯尾の姉婿である二俣城の松井郷八郎に命じて、「開城すれば助命しよう」と交渉させた。

交渉に応じた飯尾が甘言に釣られ駿府にきたところを、氏真は飯尾と息子ともども殺してしまった。

城主不在の引馬城では家臣の江間安芸守と従弟の加賀守が城を守ることになり、一方井伊谷の者たちは飯尾が殺されたことを知ると溜飲を下げた。

永禄七年の二月末になって、家康は長く苦しめられていた一向一揆をやっと鎮圧した。この一揆の鎮圧で家康の力が強まり、一揆側に属していた勢力が追放されてしまった。

五月には東三河の二連木《にれんぎ》城の戸田重貞が、永禄九年五月には牛久保城の牧野成定が今川から離反した。

六月になると、家康は東三河で今川の唯一の橋頭堡《きょうとうほ》であった小原鎮実《しずざね》が守る吉田城を攻略し、三河全領土を制圧した。

これで家康の勢力が井伊谷にも迫ってきた。

直虎となった祐にはいろいろな問題が山積していたが、一番厄介なのは徳政令であった。

永禄九年になると、氏真は井伊谷一帯に徳政令を出すように命じてきた。徳政令というのは貧困に苦しむ農民の救済策で、生活苦の農民たちに土地を無償で返還したり、賃借関係を破棄させるもので、徳政令を出すということは、農民の声に支配者領主が屈することを意味した。

氏真は農民を焚きつけることで、直虎の力を削ごうとしたのだ。

直虎は再々氏真からの要求をはね除《の》けて、徳政令を出すことを拒んだ。

永禄十一年になると、祝田村の農民たちが立ち上がり、一揆を起こし始めると、小野但馬が裏で糸を引いているとの噂が井伊谷に伝わってきた。

氏真は小野を操って井伊家の勢力を摘みとろうとしたのだ。

小野の力が伸びることを危惧したが、直虎はひとまず彼らと妥協せざるを得なくなった。

十一月になると駿府から、瀬名の父親の関口義広の一族である関口氏経《うじつね》が井伊谷へやってきた。

「井伊谷の徳政のこと。去る寅年にご判形《はんぎょう》をもってご命令になったとはいえ、井伊直虎が私的譲歩をして、祝田郷中並びに都田上下の給人衆中が今も徳政を行なっていないと、本百姓が現在訴訟してきたので、ご判形の通りせよ」と、関口は氏真の書状を読み上げた。

「それに直虎殿にはもう一つ申すことがある」

関口は狐のような狡猾な目を直虎に向けながら、氏真の命令を告げた。

「井伊直虎は井伊谷の領主としての統治力不足によって、地頭職を召し上げる」

これを聞いた直虎から血の気が引いた。

直虎の脳裏には直盛や直平の顔が過《よ》ぎった。

「この城を今川などに渡すものですか」

むきに言い張る直虎に、「お屋形様は『小野但馬を城代とする』と申されておる」と氏経は告げた。

「但馬、お主はこのことを事前に知っておったのか」

直虎には小野が氏経と示し合わせたように映った。

「いえ、初めて聞く話で…」

但馬はお茶を濁した。

「わたしは絶対にこの城を手放しませぬぞ」

氏経は哀れむように直虎を見た。

「それでは今川と戦さとなり、井伊家の多くの者たちの血が流れよう。直虎殿は賢明なお方だと耳にしていたが、案外物わかりが悪い人のようだな」

語調が説得から脅しに変わった。

「もう一つお屋形様から言いつかっていたことを忘れるところだった」

氏経は口調を改めた。

「直親殿の遺児・虎松をこちらへ渡していただこう」

「何！　井伊家の城だけでは飽き足らず、虎松の命まで取ろうというのか」

「いや、命までいただくとは申しておらぬ。人質として駿府へ来てもらうだけだ」

「国人たちが信用できず、幼な子まで人質に取らねばならぬとは、今川家ももう終わりですね」

直虎は精一杯の皮肉を言いながらも、彼女の頭の中はどこへ虎松を逃そうかと考えていた。

（いずれにしても早急に龍潭寺の南渓様と相談せずばならぬ。翌朝になれば、氏経らが必死で虎松を捜し出そうとするに違いない）

その夜、直虎は南渓のいる本堂を訪ねた。

直虎から事情を聞くと、南渓は決断した。

「すぐに虎松を逃そう。伴は奥山朝利の息子の六左衛門にしよう」

六左衛門は虎松の母親・蘭の兄である。

本堂に呼ばれた六左衛門は二十歳に満たぬ若さだが、父の朝利に似たしっかり者だ。

蘭に連れられて本堂に入ってきた虎松は、集まった者たちの切迫した雰囲気に緊張した面持ちになった。

「虎松よ、しばらくの間井伊谷を離れなければならぬことになった。お前の父親も今川の目から逃れるために一時信州へ身を潜めたことがある。お前ももう八歳だ。父がしたことならやれるな」

懸命な眼差しの虎松に、南渓は噛んで含めるように説明する。

「お前はこれから奥三河の鳳来寺というところへ行くのだ。ここにいる六左衛門も一緒だ。寂しくはないな」

虎松は涙を堪《こら》え、黙って頷く。

その健気な様子に蘭や直虎は目に涙を浮かべた。

「母上と一緒なら、虎松は寂しくなんかない」

当然母も同行すると思っているのだ。

「いや、母上と一緒では敵の目に付き易い。母ではなく六左衛門と一緒じゃ」

南渓の言葉に虎松は一瞬泣きそうな顔をしたが、しばらくして頷いた。

「さあ、そうと決まれば出発は早い方がよい。今すぐ発て」

南渓が急かすと、蘭は虎松のところへ歩み寄った。

「母は虎松が無事に帰ってこられることを祈っております。お前なら父上のように立派に鳳来寺で堪えることができると思っています。鳳来寺でもしっかりと学問と武芸に励んで下され。食べ物に注意して堅固で過ごすのですよ」

「母上もお達者で…」

虎松が言い終わるのも待たず、六左衛門は虎松の手を引き、龍潭寺の庭を抜けて裏口から忍び出る。

外は真っ暗闇で、空には満天の星が輝いていた。

「鳳来寺はここから遠いの？」

虎松は心細くなってきた。

「いや、途中山吉田城を通るので、そこで一服しよう。城主の鈴木様は虎松の祖母様の実家なので、祖母様は虎松を見れば随分と喜ばれるぞ。山吉田には虎松も行ったことがあるだろう」

「うん」

六左衛門から握り飯を貰った虎松は、いつもの元気さをとり戻した。

虎松が去ると、祐に戻った直虎は井伊城から先祖代々の鎧や冑などを一族の者たちと手分けして龍潭寺に運ぶ。

「これでもう城に戻ることはないのですね」

悲しみに満ちた祐を、「虎松が無事に戻ってくるまで、この井伊谷を守ることが、ここに残された者の務めだ」と、南渓は励ました。

（直平様が今川軍に敗れて、この城も三岳城も奪われてしまったことがあった。叔母が今川に人質として取られ、井伊家が今川に帰属することで城は再び戻ってきた。戦国は弱肉強食の世だ。だが、強者がずっと栄え続けることはない。今川も義元の頃に比べてその勢力は落ち目だ。いつの日にか先祖から預かったこの城を取り戻してみせる。必ず井伊家を再興してみせる）

直虎はぎゅうと唇を嚙みしめた。

だが、井伊谷を乗っ取ろうとした氏真の目論見は信玄と家康によって破られた。

十二月になると、二人は今川領を分割しようと協定を結び、信玄は駿河を、家康は遠江へ侵攻を始めたのだ。

家康の狙いは引馬城だ。その他の城は力攻めを避けて調略で落としたい。

家康は井伊谷に近い野田城の菅沼定盈に井伊谷の様子を尋ねた。

「都田村のわが一族の菅沼忠久と山吉田の鈴木重時それに宇利《うり》城の近藤康用《やすもち》の三人を味方に付ければ、井伊谷は戦わずして手に入りましょう」

定盈の進言に家康は頷いた。

家康は引佐《いなさ》郡の井伊谷の三人衆と呼ばれる菅沼忠久、鈴木重時、近藤康用に道案内をさせ、牛久保から加茂、中宇利を経て小畑に着陣すると、柘植山の鞍部を越える陣座峠を通り、奥山の方広寺《ほうこう》に布陣した。

徳川軍が奥山まできたことを知ると、井伊谷は騒然となった。

村人たちはこの村が戦場となることを恐れて、裏山に避難したり、荷車に家財道具を積んで引馬を目指す者で城下は混雑した。

城代となった小野但馬は一戦も交えることなく、城を棄てて逃げ出した。

混乱を極める井伊谷の城下に、井伊三人衆の一人である近藤康用が、徳川の先鋒としてやってきた。

城が空であることを知ると、彼は龍潭寺を訪れ、直虎と南渓に報告した。

「もうすぐ、家康殿の本隊がここにやってきます。われら井伊三人衆が引馬城攻めの先陣を承りました。家康殿は、『井伊谷は井伊家の領地なので、井伊谷の者たちが手向かいしないなら、戦わずに通過しよう』と申されておられます」

近藤はすでに家康の了承を取っていることを強調した。

「小野但馬はどうする」

南渓が問うと、「やつだけは許せませぬ。草の根を分けても捜し出し、獄門にかけても飽き足りませぬ」と近藤は憎悪を剥き出しにした。

直虎は家康の意向を確かめるために、彼と直に会って話がしたかった。

「近藤殿、わたしを家康殿の本陣まで連れて行って欲しい。直親様の思いを家康殿に伝えたいのじゃ」

「……」

「康用、わしからも頼む。直親殿は今川と手を切り家康殿と手を組みたかったのだが、それを但馬めが、氏真に密告したのだ」

南渓が助け船を出した。

「わかりました。直虎様が直接に家康殿にお目通りされ、井伊家が徳川に付くことを表明されれば、井伊谷は戦火を免れるでしょう」

家康は奥山の方広寺にいた。

ここは後醍醐天皇の皇子無文元選禅師《むもんげんせんぜんし》によって開かれた寺院で、本堂、開山堂、半僧坊真殿《はんそうぼうしんでん》、三重塔が境内に建っており、龍潭寺に引けを取らないほど広大な寺院である。

「これはようお越しになられた。一別以来ですな」

父・直盛が尾張に出陣する前、瀬名と一歳になった竹千代を連れて井伊谷を訪れた家康を、直虎が目にしてからもう九年が経っていた。

(あの時、家康との出会いが、直親様が家康に近づくきっかけとなり、直親様の運命を変えてしまったのかも知れぬ。この男は井伊家にとって何かと因縁の深い男だ)

この時、家康はすでに二十七歳の青年となっていたが、韜晦しているような顔付きは昔と変わらなかったが、三河を統一したという自信が身体全体に溢れていた。

「家康様も随分立派になられて…」

(直親様が生きていたらちょうど家康ぐらいの青年になっていたろうに…)

「いや、いや、今日わしが生きてこられたのは直盛殿や直親殿のお陰です。お二人には随分世話になった、改めて祐殿に礼を申す」

(この人の慇懃無礼《いんぎんぶれい》ぶりは相変らずだ。まだ幼少期からの人質生活から抜けきってい

ないかのようだ）

直虎には容易に心の底を見せない家康という男が不気味に映った。

「瀬名からも井伊家のことはよく耳にしております」と家康は前置きすると、本題に入った。

「大体の様子は近藤から聞きましたが、井伊谷での戦火は避けましょう。井伊谷と小野但馬のことは井伊三人衆に任しております。何かあれば彼らにお命じ下され」

家康は井伊谷の城下を焼かないことを約束した。

これだけを言うと、家康は引馬城へ去った。

但馬の行方は知れなかったが、四月に入ると、但馬が三岳山の裏山に潜んでいるところを見つけられ、井伊氏の処刑場である蟹渕に連れてゆかれた。

処刑場には竹矢来《たけやらい》が作られ、その中には磔台が用意されており、一人の男が後手で縄で縛られて座らされていた。

井伊家の家臣や村人たちは但馬が捕まったと知ると、彼の処刑を一目見ようと竹矢来の周囲に詰めかけた。

但馬は数ヶ月の逃亡生活で服は破れ、身体からは異臭を発し、髪は伸び放題になっていた。

「せめて侍として腹を斬らせてくれ」

切腹を懇願する但馬を嘲笑《あざわら》い、近藤は但馬の顔に唾を吐きかけた。

「お前は自分が侍だと思っておるのか。笑わせるな。お前は井伊家の獅子身中の虫だ。虫は虫らしく押し潰されて死ぬべきだ。無実の直親様を氏真に密告した大悪人めが」

近藤は座っている但馬を足蹴《あしげ》にした。

「おのれ、近藤めが。お前など家康めに利用されるだけ使われ、用済みとなれば棄てられるだけの男よ」

俯《うつむ》いた但馬が言い返すと、「蛆虫《うじむし》めが何をぬかすか」と近藤は再び蹲《うずくま》っている但馬を蹴った。

「磔台へ運べ」

近藤は役人を急き立てた。

磔柱に架けられ、両手両足を縄で縛り上げられた但馬は狂ったように髪を振り乱して叫ぶ。

「わしが氏真公と懇意にしておったからこそ、井伊家もここまで安泰でこられたのだ。そうでなければとっくの昔に滅んでおるわ。わしは井伊家のために尽くしてきた大恩人である。その恩人であるわしを磔《はりつけ》にするとは何事だ」

「大恩人か。笑わせるな。虫は泣き言を吐かずに黙って死ぬものだ」

近藤は槍の柄で但馬の腹を叩いた。

竹矢来の外から井伊家の者たちが大声で叫ぶ。

「近藤殿、早く処刑を始めてくれ。いつまでもこの悪人を喋らせておくことに我慢がならぬわ」

近藤が手をあげると磔柱の但馬の腹に槍が深々と突き立てられたが、但馬は激痛に堪えてそれでも何かを叫ぼうとしたが、やがて首が前に垂れると喋らなくなった。

一方引馬城を包囲した家康は、戦わず開城させようとした。

「城代の江間安芸守と加賀守がこの城を渡すなら、飯尾の幼な子とその母親の命を助け、城内の家臣たちも召し抱える」

城を任されている二人は、飯尾の妻の田鶴《たづ》に相談するが、彼女は開城を拒んだ。

籠城を続けているうちに、安芸守は武田を頼り、加賀守は徳川に内応しようとしたので、安芸守が加賀守を殺害した。すると今度は安芸守が加賀守の家臣に殺されてしまった。

二人の城代が死んでしまったので、城は田鶴が指揮することになった。

「城を固めて、敵を一歩たりとも城内に入れるな」

田鶴は二人の城代以上に厳しく城を閉ざし、守り抜こうとした。

徳川方は女城主の城などひと揉みすれば落とせると総攻めするが、城内からは鉄砲が乱射され、徳川方が怯んだところを、城兵が突出してきた。

その勢いに徳川方は押されて撤退した。

「女相手にあまりにも不甲斐ない戦いぶりだ。酒井忠次と石川数正を呼べ」

二人がくると、家康は、「直ちに城を攻め落とせ。徳川の戦いぶりを城のやつらに教えてやれ」と二人に下知《げち》した。

さすがに戦さ巧者の二人は城攻めも鮮やかで、城兵の激しい防戦にもかかわらず三の丸を奪った。

(このままだと二の丸も危うい)

田鶴は緋威《ひおどし》の鎧に同じ毛の冑を身に付けると、長刀をひっさげて本丸から三の丸に斬り込んだ。

彼女の後に武装した侍女七、八人が続くと、女に負けじと城兵たちが五十人、百人と本丸から討って出た。

数に勝る徳川軍を相手に、女たちは長刀を振り回し、敵兵を斬り立てると徳川軍の陣型が崩れた。

「これはいかぬな。女だからといって遠慮はしておれぬわ。可哀想だが鉄砲で狙え」

焦った家康は鉄砲隊に向かって手をあげた。

轟音と煙硝で三の丸は一瞬真夜中のようになったが、すぐに霧が晴れるように煙が消えると、三の丸には女たちの死骸が転がっていた。

城主の討死にが知れ渡ると、城兵たちは武器を棄てて開城した。

「引馬の城下から僧侶を呼び集めて、女たちを手厚く葬ってやれ」

家康は後仕末を忠次に命じると、岡崎へ戻った。


「昨日も蘭がここへやってきて、虎松を鳳来寺から龍潭寺に戻すことを頼んで奥山へ帰っていった。蘭の後姿が哀れに思えて、わしは思わず涙したわ」

南渓は直虎とその母親に愚痴をこぼした。

「家康は引馬城を落とし、武田に駿府を追われた氏真は掛川城に籠もっている。武田は駿河を手中にしたが、今川と同盟している北条が駿河へ押し寄せ、彼らは薩埵《さった》峠で戦っている。そのような時に、虎松を龍潭寺に戻すのは危険だ。だが、悲しそうな蘭を見るとわしの決心もつい鈍るわ」

「蘭様は龍潭寺を訪れる度に、境内のお地蔵様に向かって虎松の無事を祈られています。その姿を見れば、子供を持つ母親なら誰もがわが子をできるだけ早く自分の手元に取り戻したく思う母親の気持ちはわかります」

祐椿尼は蘭の心の痛みを訴える。

「蘭様がお地蔵様の隣りに植えられた梛《なぎ》の木は幹も太くなり、大人の背丈を越えるようになりました」

直虎は母親と一緒にお地蔵様に花を生けるのを一日も欠かさないので、蘭がお地蔵様の前で一心不乱に祈る姿を何度も目にしている。

そんな折り、蘭の兄である奥山六左衛門がひょっこりと龍潭寺に顔を見せた。

奥山家は家康が井伊谷を手中に入れた時から、徳川の家臣となり、引馬と奥山とを行ったり来たりしている。

「実は妹に再婚の話があり、それを直虎様と南渓様とに相談しようと参上しました」

少し見ないうちに六左衛門は立派な若者になっていた。

「相手というのはどのような方なのか」

南渓は興味が湧いた。

「引馬の町の北にある頭陀寺《ずだじ》城の城主の松下加兵衛という者の義兄にあたる松下源太

郎と申す男で、先頃妻に先立たれて再婚を望んでいるそうです。加兵衛は元は飯尾豊前守に仕えており、その縁で源太郎は直平様が引馬におられた時、一時家臣として働いていたことがあると聞いています」

「年の頃はいかほどなのか」

「三十過ぎの真面目そうな男と見ましたが」

「子供はおるのか」

「虎松より年長の娘が一人おるとのことです」

「よい話ではないか。蘭殿もまだ三十歳にもならぬ若い身空だ。このまま後家で一生を通すには惜しいわ。よし、わしが一度源太郎に会ってきてやろう」

六左衛門の話に南渓は乗り気になった。

南渓が源太郎と会ってみると、なかなか気さくな男で、彼は一遍に気に入った。南渓の太鼓判もあり、奥山家もこの縁談に乗り気になり、話はすんなりと決まり、蘭は奥山郷から源太郎が住む引馬城下の松下屋敷へ嫁入りした。

永禄十二年五月に氏真は最後の砦であった掛川城を家康に明け渡し、これで家康は遠江をほぼ手中に入れることになった。

ここに数代にわたって井伊家を苦しめていた今川家の支配が終わった。

竹千代と呼ばれていた嫡男・信康に岡崎城を預けると、家康は引馬を浜松と改め、ここに城を築き始めた。

信玄は家康の勢力が拡大するのを黙って見ているような甘い男ではない。

彼は家康を押さえようとした。

「大井川を挟んで駿河は武田に、西の遠江は家康の好きにせよ」という約束を平気で破り、大井川を越えて盛んに遠江を侵すようになった。

その信玄にも家康以上にもっと気になる男がいた。それは今急激に力をつけてきている新興勢力の信長であった。

信玄は北条氏康亡き後、家督を継いだ氏政《うじまさ》と甲相同盟を結び、信長を牽制するため西上を狙うようになる。

熱心な仏教信者の信玄は「打倒仏敵信長」のために、将軍義昭を核として、石山本願寺、浅井、朝倉、毛利と「反信長統一戦線」を作り上げた。

信玄の二万八千の兵が動いたのは、元亀《げんき》三年の十月であった。

諏訪から伊那谷を抜けて信州街道を南下し、青崩《あおくずれ》峠を通って北遠江に出ると、犬居城の天野景貫が武田軍を出迎えた。

彼を先導役として信玄は天竜川沿いの二俣城を攻めた。

二俣城は天竜川と二俣川とに挟まれた天然の要害で、城代の中根正照《まさてる》が城兵を鼓舞してなかなか落とせない。

攻めあぐねた武田軍は、城方が天竜川から水の手櫓を築いて水を確保しているのを見つけた。

「水を断て」

信玄の命令で、武田軍は天竜川に大量の筏を流して、それを櫓にぶつけて櫓を破壊した。

水の手を失った城方は急に戦意を失い開城した。

一方三州街道を南下して東三河に侵攻した山県昌景《やまがたまさかげ》率いる五千の武田の別動隊は、井伊谷の北にある井平《いだいら》城を襲い、城と城下を焼き払うと、さらに南下して井伊谷に迫った。

井伊城を預かる近藤康用は龍潭寺に駆け込んできた。

「井平城を落とした武田軍がこちらに向かっております、彼らがここに到着する前に避難して下され。われらはこれから武田軍を仏坂で防ぎます。それではこれで…」

近藤は慌しく元きた道を戻っていった。

「今度は徳川の時のように穏便という訳には参らぬ。武田軍は鬼と聞く。村は焼くし、女、子供を捕えて人買いに売り払うといわれている。寺に火をかけられる前に、龍潭寺から大切な物を持ち出さねばならぬ。さて、どこへ運ぶかだ」

直虎は父とよく行った三岳山を思った。

彼らが手分けして荷物を作っていると、馬蹄の響きがし、銃声が近づいてくる。

「武田軍が迫ってきたようだ。荷物は諦めよう。命さえあれば後は何とかなる」

南渓を先頭に直虎、祐椿尼、それに若い二人の僧侶が続く。

昊天《こうてん》と傑山《けつざん》と厳《いか》めしい名の僧たちは、南渓を慕って入山してきた若者だ。

昊天は祐椿尼を背負い、傑山は井伊家の先祖の位牌を風呂敷に包んで、それを両手に下げて走る。

三岳山の中腹まで駆け登り、一服しようと城下を眺めると井伊城からは黒煙が上り、見る見るうちに赤い炎が城を包み込んだ。

「城が燃えているぞ」

昊天が西の方を指差すと、傑山が、「火が城下に放たれたぞ」と叫ぶ。

火は浜名湖から吹きつける西風に乗って、火炎は地面を這うように走り、城下一面が火の海になった。

「ああ、井伊谷が焼けている。龍潭寺にも火が燃え広がったぞ」

五人は茫然と火の海を眺めた。

奥浜名湖随一を誇る本堂の屋根から火炎が吹き上がり、屋根が崩れていく音がここまで響いてきそうだ。

火勢は増すばかりで、本堂の火柱は周囲に広がり、西にある朱塗りの開山堂と東の庫裡に焼け移り、別々であった火炎はやがて一つになると、天を焦がす巨大な火柱となった。

火攻めにあった蛇が、悲愴な泣き声をあげて、のたうち回っているように映る。

（井伊家の菩提寺が燃えている。まるで落日の井伊家を象徴しているようだ）

直虎は頬に伝わる涙を拭って隣りを見ると、他の四人の頬も濡れていた。

「人間さえ無事なら、建物はまた作ることはできるわ」

南渓の呟きは強風で吹き飛ばされた。

武田の別動隊が立ち去ると、村人たちは次々と裏山から姿を現わした。

彼らは変わり果てたわが家の前で茫然として立ち尽した。

龍潭寺は石垣と墓石以外の建物はすべて焼け落ちてしまっており、焼けただれた屋根や梁からはまだ煙が燻っている。

「すっかり焼けてしまったわ。灰塵に帰すとはこのことだな。よし、また一から出直すか。ここまできれいさっぱりと焼けてしまえば、逆に諦めもつくわ」

南渓は泣き笑いのような顔をした。

その日から直虎たちも村人たちに混じって裏山に入り、仮小屋を建てるための木を探す。

若い昊天や傑山が斧で樹木を斬り倒し、村人たちと手分けして、それを村まで運び出す。

焼け残った村人の家から大釜を借り、村々から貯えてある食糧を持ち寄って、炊き出しをする。

村人たちは直虎と会うと稲刈りの手を休めて頭を下げ、道で出会うと野菜などをくれたりした。

直虎はそんな彼らと親しく話し合うことで領民の実情を知り、彼らの本音を聞き出そうとしたが、いくら直虎の方から領民に歩み寄っても、領民にとって領主は雲の上の人だ。

皮肉なことに、戦火にあった今、村人たちと井伊家の者たちが身分を超えて協力して、村の復興に全身全霊を捧げている。

(これが直親様が申された領民のための政事というものか)

直虎も額に汗して炊き出しを手伝う。

村人もそんな領主に気軽に声をかけ、直虎もまた村人に溶け込んだ。

煤で黒くなった顔が大釜の周りに集まり、欠けた茶碗を回しながら炊き出しを啜る。

直虎も南渓も急遽作られた掘っ立て小屋で寝た。

冬の澄み切った寒空に無数の星が輝き、吐く息も白かった。

直虎は四年間の女地頭を経験したが、村人たちと一緒に生活して初めて、村人あっての井伊家であることを実感した。

二俣城を落とした武田軍は、天竜川を渡ると秋葉街道を南下し、浜松城に迫った。

だが、有玉辺りで西に方向を変え、欠下辺りから三方ヶ原の台地を登ると、浜松城を尻目に、三方ヶ原台地を西へ横断し始めた。

そのまま西進を続けると、本坂道を通り三河へ向かうことになる。

直虎たちが武田軍の動きに気を揉んでいると、「浜松城から討って出た八千の徳川軍が三方ヶ原で大敗した」と近藤からの伝令がきた。

「戦さの神様の信玄にかかっては、家康など赤子の手を捻《ひね》るようなものだ。この調子では浜松城も危ういな」

だが、南渓の予想は外れて、武田軍は浜松城を素通りして、本坂道にある刑部で越年した。

翌年元亀四年の正月三日に、再び西へ向かった武田軍は野田城を囲むが、城主の菅沼定盈は四百足らずの城兵を指揮して武田の猛攻をよく堪えた。

信玄は戦術を変更し、甲斐から金掘人夫を呼び寄せると、城に穴を掘り井戸水を抜いた。

水不足になると城方の戦意は急速に衰え、二ヶ月にわたる野田城の籠城戦に終止符が打たれ、定盈は開城し信玄は長篠城に入った。

ここから武田軍の動きが妙に遅くなり、鳳来寺へ北上したという噂が流れた。

直虎たちは鳳来寺にいる虎松の身の上を危惧したが、武田軍は鳳来寺から伊那街道を田口、津具《つぐ》、根羽《ねば》と北上し、根羽から三州街道を平谷、浪合《なみあい》を通り、駒場の山中で再び動かなくなった。

噂によれば信玄が死んだという。

「ついに、一代の英雄も死んだか」

南渓がぽつりと呟いた。

井伊谷には常に信玄の影響が及んでおり、井伊家の当主たちの一生は絶えず信玄の去就を窺ってきた人生であった。

直平から孫の直盛の頃の井伊谷は、今川と武田との勢力の狭間で揺れ動いた時期であり、直親の頃はそこに徳川の勢力が加わった時代であった。

虎松

武田の脅威が去った天正《てんしょう》二年十二月十四日、龍潭寺では直親の十三回忌の法要が行われた。

村人の協力で境内には仮小屋のような本堂と庫裡《くり》とが建っている。

本堂の上座に先祖の位牌を並べ、南渓、直虎、祐椿尼をはじめ、元井伊家の重臣たちも顔を揃え、そこには十四歳になった虎松の姿があった。

虎松の母の蘭も法要に参列し、鳳来寺へ虎松を送った奥山六左衛門もいた。

親族が虎松の姿を目にするのは、実に六年ぶりのことであった。

見違えるほど逞しくなった虎松を見た直虎は、直親が信州の松源寺から帰ってきた時のことを思い出していた。

あの時九歳だった直親は、父の葬儀の日に今村藤七郎に連れられて信州へ逃げ、慣れぬ土地での苦難の末、やっと十年ぶりに戻ってきたのだった。

直虎の脳裏には、虎松が直親の姿と重なった。

法要が済むと、南渓は親族たちを集めて井伊家の将来について語った。

「虎松は来年十五歳となる。虎松を元服させて三河、遠江を治めている家康に仕官させようと思うが、皆はどう思うか」

「直親様の頃は今川の勢力が遠江まで及んでおり、家康に与《くみ》するには時期尚早でしたが、すでに今川は滅び、武田も代替りして息子の勝頼《かつより》は信玄ほどの力量はないようです。ここは家康殿を頼るのが一番かと」

奥山六左衛門は家康に仕えており、彼の実力と誠実そうな人となりを強調した。

直虎は黙って彼の発言を聞いていたが、この前会った時から家康の誠実そうな外見の裏に潜む強《したた》かさを感じていた。

（虎松があの老獪《ろうかい》な男の元で上手くやっていけるかしら。井伊谷の領主として井伊家を再興させるつもりなら、武田や北条といった選択は地理的に無理だ。今は遠江を支配した家康に虎松の将来を賭けるしかない）

「さて、どのようにして虎松を家康に仕官させるかだ」

南渓は一同を見回し、意見を求めた。

「瀬名様に頼むというのはどうでしょう」

直虎は瀬名が家康と揃って井伊谷を訪れたことを思い出し、ふと頰を緩めた。

(家康は勝気な瀬名を持て余しているようだったな)

「瀬名への文は直虎が書き、虎松が家康に仕官できるよう頼んでもらおう」

直虎が頷くと、控えめな蘭が、「わたしにも手伝わせて下され」と申し出た。

「夫の松下源太郎にも一肌脱がせましょう。彼の弟の常慶と申す者が家康殿の手足として働いておりますので」

「それはよい考えだ。松下殿は家康殿に仕官されているので都合がよいわ」

「それではわしらは瀬名の方から攻めてみるが、蘭殿は源太郎殿に今日の話をして、虎松が家康にお目見えできるように段取りをつけて欲しい。虎松はすぐにも蘭殿の手元に帰してやりたいが、まず源太郎殿に養子のことを申さずばなるまい」

南渓は虎松の方を振り返り、「虎松も帰ってきて早々なので疲れておろう。数日龍潭寺で静養した上で、わしと直虎とが浜松へ連れてゆこう。もう少しすれば母と一緒に暮らせるぞ」と声をかけた。

数日後、南渓と直虎は浜松城下の頭陀寺の松下源太郎の屋敷を訪れた。

「この度は虎松殿が鳳来寺より戻られて目出度いことですなぁ」

源太郎は笑うと目が消えてしまうほど細くなる。

「大きな屋敷に住まわれておるが、松下家は先祖代々、この地におられるのか」

南渓は蘭の再婚のことで源太郎と会っており、彼とは心安い。

「いえ、この屋敷は義弟・松下加兵衛のものでして、加兵衛は本家の跡取りで、そこへわしの妹が嫁いだのです。わしと加兵衛の四代前は兄弟の間柄で、われらには同じ松下家の血が流れております。松下家は元々近江の六角《ろっかく》氏の庶流で、六代前の高長と申す者が松下家の始祖でございます」

源太郎は先祖の自慢をし始めた。

「高長は三河の松下郷に住みついたところから松下姓を名乗り、何代目かにこの浜松城下にある頭陀寺に移ってきたのです」

「本家の加兵衛殿はどうされたのか」

「それが話すと少しややこしいのですが…」

源太郎は奇妙な男のことを話し始めた。

「加兵衛の父、長則のところへ日吉丸という百姓の倅が武家奉公にきたのです。その男はわしや加兵衛と同じぐらいの年頃で、顔に皺が多いところからわれらは彼を

『猿』と呼び捨てておりました。こやつは非常に愛嬌があり、陰日向なく働くところから、わしらは『猿、猿』と呼んで可愛がっておりました」

「それでその日吉丸という子供はどうしたのですか」

直虎はその子供に興味を持った。

「働き者でここで四年ほど務めておりましたが、他の奉公人からその働きぶりを妬まれてここに居づらくなったのでしょう。そこで長則様が彼を気の毒に思われ、十二分の給金を持たせて彼を手放されました」

「ところが驚いたことに」と、源太郎は声を荒げた。

「その日吉丸があの織田信長の家臣となり、木下藤吉郎と名乗る侍大将となっていたのです。それを知ったわしは腰が抜けるほど驚きました。藤吉郎は浅井攻めで戦功をあげ、浅井長政の旧領を拝領し、そこを長浜と改めて、城持ちになったのです」

源太郎はお茶で喉を潤した。

「義弟は藤吉郎からの誘いを受け、彼の家臣となり長浜で大きな屋敷を構えていると耳にしました。当の藤吉郎は持ち前の出世欲を大いに働かせて、織田家の家老の柴田と丹羽からの二文字を取って羽柴秀吉と名乗っているそうで…」

「ほう『猿』と申した男は大層な出世をしたものだ」

南渓は一介の百姓から侍大将にまで駆け上がった男がいたことを知り、虎松も家康に仕えることができ、藤吉郎のように目覚ましい出世ができるよう祈った。

源太郎の長話でお互いが解《ほぐ》れてきたところで、「源太郎殿は蘭の子供の虎松を養子にして下さらぬか」と南渓は切り出した。

「井伊家で育ててもよいのだが、本人が、『母と一緒に暮らしたい』と言うし、それに『将来は彼が井伊家を再興して欲しい』というのがわれらの願いだ。源太郎殿は徳川の家臣ゆえ、家康殿にいろいろな手づるがあろうかと思いお願いするのだ」

(わしはこのまま徳川家に奉公していても、特別な戦功を立てぬ限り出世は望めぬが、わしの養子に井伊家の跡継ぎがおるとなれば話は別だ。井伊家が再興すれば、わしは虎松の養父ということになり、あの『猿』のような出世も夢ではないわ)

源太郎は「猿」と呼び捨てていた日吉丸の顔を思い浮かべた。

「わかりました。養子の件はお受けいたします。虎松殿の家康殿へのお目見えのことも弟の常慶と図ってみましょう。弟は家康殿の元へ情報を知らせる役目を帯びておりますので、殿の動向をよく知っておる筈です」

虎松の養子と家康へのお目見えの件は意外にもすらすらと進んだ。

井伊谷への帰り道に、「よい方向に進みそうだな。後は瀬名からの返事待ちだな。

瀬名から頼まれればさすがの家康も嫌とは言えまい」と南渓は直虎に声をかけた。

数日すると待っていた瀬名からの便りがきた。

「この前出会ったといっても十四年も前のことでしたね。井伊谷を訪れ、祐様にお出会いしたのは。久しぶりに懐かしい方からの文を見て、あなたや直親様のことを思い出しました。さて、ご依頼の虎松殿のお目見えの件、夫に伝えておきました」と前置きした後に、「今は倅の信康が岡崎城の城主となり、信長の娘と夫婦一緒に暮らしております。岡崎城内には夫の母親も住んでおり、わたし一人だけが今川の出ということで夫が信長に遠慮してか、城外の築山というところに住んでおります。城外にいても世間でいう妻姑の関係で悩んでいます」と瀬名は直虎に愚痴をこぼした。

（妻である瀬名様を浜松へ連れていかなかったのは、家康が信長に気をつかってのことなのだ。それにしてもあの老獪な家康のことだ。今川が滅び、不要となった瀬名様をわざと置き去りにしたのだろう）

その日に、源太郎が龍潭寺へやってきた。

「常慶の話によると、二月十五日に家康殿は三方ヶ原で鷹狩りをやるそうです」

日時は瀬名からの便りと一致している。

「いよいよじゃな」

南渓は同じ境内に住む直虎と祐椿尼を本堂に呼ぶと、二人はこの日のために縫い上げた小袖《こそで》を持ってやってきた。

「立派な小袖ですなあ。わしはこんな上等なものを初めて目にしましたわ」

源太郎はしげしげと小袖を眺めた。

「生地は京都から取り寄せました。何といっても虎松にとって、この日が初陣のようなものですから。お目見えの日にはこれをぜひ虎松に着せてやって下され」

南渓の目が潤んだ。

彼は直虎と祐椿尼が夜なべをしてこの小袖を縫っている姿を思い出した。

「虎松には井伊家の再興がかかっております。直平様ら先祖の心が込もった小袖を虎松にぜひ着せてやろう」

直虎と祐椿尼は庵で語らいながらも、針仕事の手を休めない。

母が一心不乱で縫う姿を見ながら、直虎も一針、一針、虎松のお目見えが成功することを願いながら、入念に縫い上げた小袖だった。

「お二人の大切な宝物。この源太郎が必ず虎松殿にお渡ししましょう」

天正三年二月十五日は朝から晴れ渡り、鷹狩りには絶好の小春日和となった。

「家康殿は三方ヶ原の東端、有玉旗屋《ありたまはたや》の辺りで休憩をお取りになる筈です」

常慶から知らされた場所で、夜明けから源太郎と直虎、虎松、それに従兄弟の小野亥之助が待機していた。

「家康殿は武田に敗れた痛い思いを忘れぬため、毎年ここ三方ヶ原で鷹狩りをされるのです」

源太郎は弟から聞いた話をする。

「凡人ではなかなか真似できぬことですね。三方ヶ原での敗戦後、自分への戒めのために自らの苦り切った肖像画を描かせたと聞きましたが…」

直虎は家康の辛抱強い一面を知っている。

遠くで土埃が舞い、馬の蹄の音が響いてきた。

百人に近い騎馬がこちらへ迫ってくると、先頭の男が松の木の下にいる四人のところへ駆けてきた。

常慶は兄に似ず大柄な男で、柔和な兄と異なり目付きが鋭い。

彼は四人を見つけると大声を張り上げた。

「殿、この松の下にお目通りを願う者がいます。ここでお止まり下され」

小柄な恰幅のよい男がゆっくりと馬で近づいてきた。

茫洋とした表情で四人を眺めていたが、目は精悍な光を放っている。

「井伊谷を領していた井伊直親由縁の者でございます。この子は直親の一子・虎松と申します。なにとぞ徳川様のご家中に加えてもらいたく、本日家康様が鷹狩りをされると聞き、日の出から待っておりました」

直虎は怯まず家康からの視線を跳ね返した。

家康に初めて出会ってから十四年、奥山での再会から六年も経っており、初々しかった家康も三十の坂を越えていた。

馬から降りると、家康は床几《しょうぎ》に腰かけ、正面から虎松を見据えた。

「井伊直親殿の子か」

家康は一瞬驚いたような表情をしたが、すぐにいつもの韜晦《とうかい》する顔付きに戻った。

「して、尼殿はこの子の母か」

「いえ養母でございます。実母はこの源太郎殿に再嫁しており、この子は松下家の養子となっております」

「実は源太郎はそれがしの兄でして…」

常慶が照れながら兄を紹介した。

「そうであったか。いずれにしても直親殿の子が無事であったことは喜ばしいことだ。わしは直親殿には借りがある。彼は今川と手を切って徳川に付こうとされたが、わしが遠江へ行く前に、氏真によって命を落とされたと聞いた。わしの力不足であった。許されよ」

　家康は心底済まなそうに、直虎に頭を下げた。

「いえ、家康殿に謝ってもらうなど勿体無いことです。どうぞ頭をお上げ下され」

　直虎は家康の態度に誠実さを覚えた。

「ところで尼殿はもしや井伊谷の祐様ではござらぬか」

「そうでございます」

「やはりそうか。どことのう直盛殿と似ておられる。祐様とは引馬城攻めの折、奥山の方広寺で一度お目にかかりましたな」

「もう六年も前になります」

「おお、もうそんなにもなるか。確か女地頭として井伊谷を治めておられたのう」

「あの頃から直虎と名乗っております」

「女でありながら立派なものよ」

　家康は感心したように頷いた。

「ずっと前ですが、瀬名様とお二人で井伊谷においでになったことを覚えておられますか。ちょうど信康様が一歳ぐらいの時でした」

「そういえばそんなこともあったのう。可愛かった信康も今では岡崎城の城主でござる。本人は一人前だと思い父親の言うことを聞かず、わしも頭を痛めておる。もうどれぐらい昔のことになるかのう」

「十一年ほど昔でございます」

「ちょうど義元公が上洛を思いつかれ、われらが尾張へ向かった頃だな」

家康の目が昔を懐かしむ色を帯びた。

「義元公に命じられて、わしは大高城へ入り、直盛殿は義元公に付かれて桶狭間で討死にされてしまった。わしの身代わりになられたようなものだ。わしは井伊家の人々に随分と助けられてきたが、今度はわしが井伊家の恩に報いる番じゃ」

家康は虎松に目を向けた。

「虎松と申すか。いくつになる」

「十四歳になりまする」

堂々と家康に接する直虎を見習って、虎松もしっかりと家康を凝視する。

「なかなかよい面構えをしておる。どことのう倅の信康と似ておるわ。瀬名に流れる井伊家の血が入っているようだ」

家康は再び直虎に向き直った。

「預かってわしが一人前の男に仕込んでやろう。その暁にはこの子に井伊谷を任せよう」

直虎は思わず頭を下げた。

「どうぞよろしくお願いします」

「よし、それでは虎松よ、一緒について参れ」

家康が立ち上がると、小野亥之助が慌てて虎松の後を駆け出した。

万千代

虎松こと万千代《まんちよ》が家康に仕えるようになった年の五月に徳川と織田の連合軍は長篠、設楽ケ原《したらがはら》で武田勝頼と戦い、三千挺もの鉄砲で武田軍に壊滅的な打撃を与えた。

万千代は家康に初陣を願い出たが、家康は許さなかった。

万千代に勝報を齎《もたら》したのは市兵衛という男で、彼は養父の松下源太郎が付けてくれた甲賀者で、さまざまな道に通じており、小柄な平凡な顔立ちをした四十歳ぐらいの者だった。

「決戦はわれらの圧倒的な勝利で、勝頼は命からがら信濃へ逃げましたぞ」

「そうか、今まで武田には苦杯を嘗めさせられっ放しであった。殿が喜ばれる顔が目に浮かぶようだ」

「これでしばらく勝頼も大人しくなるでしょう」

「ご苦労だったな。市兵衛もしばらく休んで次の戦さに備えよ」

万千代が褒美をやろうとして席を外したとたん、市兵衛の姿は消えていた。

家康は長篠で勝利すると、六月から二俣城を包囲し、八月には諏訪原城を攻めると、城兵は戦わずして逃亡した。

二俣城は、勝頼の後詰めがないまま天正三年十二月に開城した。

遠江での武田方の拠点の諏訪原と二俣城を手に入れた家康は、次の目標を遠江随一の堅固さを誇る高天神城《たかてんじん》に定めた。

天正四年、「勝頼が高天神城に兵糧を運び込もうとしている」という情報がきた。

「お前もそろそろ具足《ぐそく》始めをしてやろう」

家康はこの戦いで万千代に初陣を飾らせてやろうとした。

「具足始め」とは「鎧着初め《よろいぎぞ》」とも呼ばれ、初陣に際して鎧を身に付ける儀式のことで、神から武勇の力を授かるようにと願う、武士にとっては神聖なものだ。

具足親は父親か親族が務めるのだが、万千代にはそれがいない。

「よし、具足親は菅沼定政《さだまさ》を付けてやろう。わしがなってやってもよいが、定政の方がわしより戦さが上手い。あやつは百戦錬磨の強者じゃ。お前も定政の武勇にあやかり、強くなれ」

定政は明智定明《さだあき》の嫡男で、父の定明が斎藤道三と戦って討死にすると、三河の母の実家の菅沼家に引き取られた。

叔父の定仙《さだのり》の養子となり、家康に仕えて、姉川、三方ヶ原や長篠、設楽ヶ原で戦功をあげ、定政の烏帽子親と具足親は家康自らが務めるほどの勇者であった。

「ご配慮有難く存じます。一層励んで名のある武将となるよう努めまする」

「よし、その心構えを忘れるな。忠勝や康政のように立派な武将となり、早くわしを楽にしてくれ」

立ち去ろうとした家康は再び万千代の方に歩み寄ると、「具足始めは侍にとっては一大事だ。ぜひ直虎殿にも晴れの姿を披露してやれ」と付け足した。

具足始めの儀式は出陣前の早朝に、浜松城の大広間で行われた。

大広間には忠次をはじめ、忠勝、康政ら主立った者が顔を揃え、龍潭寺からは直虎と南渓が万千代の一世一代の晴れ姿を一目見ようとやってきた。

儀式が済むと忠勝や康政が近寄ってきて、「これでお前はわれらの仲間になった。早く手柄を立てて、あそこにおられる一族の者たちを喜ばせてやれ」と励ます。

大広間の隅には直虎と南渓が温かい目で、具足を身に付けた万千代の凜々しい姿を見守っていた。

万千代が直虎のところへ寄ると、直虎は感動のためか目頭を押さえている。

「これでわたしも晴れて出陣することができます。父上以上の武功を立ててきます」

「手柄に気を取られて、あまり無理をしてはいけませぬよ」

万千代の姿が亡き直親と重なり、直虎は感極まってもうそれ以上言葉が続かない。

見かねた南渓が、「武運を祈っておるぞ」と言い添えた。

家康も近づいてきて、二人に声をかけた。

「直虎殿からの大切な預かり人だ。わしが目を配っているのでご安心下され」

勝頼は高天神城に兵糧を入れると、その西にある横須賀村近くまで兵を進めた。

慌てた馬伏塚城の大須賀康高《おおすがやすたか》が浜松に知らせると、家康は浜松から八千の兵を率い、また岡崎からは信康が横須賀村近くの柴原まで後詰めにやってきた。

この時、勝頼は長篠の恥を雪《そそ》ごうと気負っていた。

勝頼自らが三十騎ほど率いて徳川の陣の近くまで斥候に出ると、これを知った重臣の高坂弾正が高天神城から馬を駆って勝頼に追いつき、彼の馬の轡《くつわ》を握りしめた。

「大将たる者は軽々しく動くものではござらぬ。敵は昨年の長篠で勝ち誇っており、味方の兵たちの大半は新参の未熟者です。ここから浜松までは五里、われらは甲斐から五日の道程で、地の利は徳川にあります。もしわが軍が破れることがあれば誰一人として無事に帰国できませせぬぞ」

高坂は厳しく諫める。

「わしはここで家康と決戦するつもりだ。幸い信長はやってこず、家康一人だけだ。この時を逸すれば、長篠の仇討ちをすることはできぬわ」

勝頼は高坂の手を振りほどこうとした。

「信玄公時代の侍大将はそれがし一人が生きておるだけで、お屋形様はそれがしも殺そうとなさるのか」

高坂は勝頼の馬の轡を握ったままだ。

「お屋形様の欠点は強過ぎることです。大将が強過ぎるのは大敗する原因ですぞ。考え直されよ」

勝頼はしばらく高坂の手を振りほどこうとしていたが、やがて項垂《うなだ》れると馬首を高天神城へ向けた。

「それ、勝頼が引き上げるぞ。やつの首を取って高名とせよ」

徳川軍が騒ぎ立てた。

「馬鹿め、落ちつけ。今戦さを始めれば三方ヶ原の二の舞いになる。兵を退け」

内藤正成《まさなり》が逸りたつ若い兵を宥《なだ》めた。

家康は横須賀村から東に兵を進めると、柴原に布陣する。

高天神城までは三里しか離れていない。

夜半、万千代の部屋の板戸が音もなく開き、彼は人が近づいてくる気配を感じた。

「どうした市兵衛、何かあったのか」

「気を付けて下され。怪しい者が殿の本陣に紛れ込んだようです。それを知らせに参りましたので」

「勝頼方の刺客か」

「多分そのようで」

「宿直《とのい》の者を起こそう」

万千代が立ちかかると、「そんな隙《ひま》はなさそうですぞ」と市兵衛が刀を抜くと同時に板戸が開き、太刀を手にした賊が侵入してきた。

「ぎゃー」という悲鳴が起こり、賊の一人が倒れると、黒装束をした数人の者たちが廊下の奥へ走る。

「敵だ。敵の襲撃だ」

万千代は叫びながら抜いた太刀で賊の背中に斬りつけると、確かな手応えがして男が倒れた。相手の死を確かめている隙はない。万千代は倒れた男の背中から刀を引き抜くと、そのまま奥へ走っているもう一人の脚に斬りつけた。

その男は転んでも刀を手放さず、這うようにして奥へ進むが、万千代がもう一太刀斬りつけると、男はもう動かなくなった。

叫び声を聞いた宿直の者たちが廊下に飛び出し、家康の寝所を背にして槍を構えた。

「殿は無事か」

忠勝が槍を担いで廊下に駆け込んでくると、廊下には数人の賊が倒れており、生き残った者も傷を負っている。

彼らは忠勝に立ち向かうが動きが鈍く、忠勝の槍で串刺しにされた。

廊下は賊の死体から流れる血で滑り易く、万千代も何度も転んだ。

騒ぎが収まると、搔巻《かいまき》姿の家康は、「今日は万千代のお陰でわしは命拾いしたわ。

よくわしを守ってくれた。そちに恩賞をやろう。これはわしの気持ちだ。受け取ってくれ」と温かい眼差しで万千代を見詰めた。

「井伊谷で二千石を取らせよう。龍潭寺で暮らす直虎殿や南渓殿に知らせてやれ」

思いがけない褒美に、万千代は深々と頭を下げた。

一方勝頼は高坂の諫言を受け入れ、徳川との決戦を避けて甲斐へ戻る。

彼は居残った高坂に、「諏訪原城は落城してしまったので、高天神城への物資の搬入は陸路ではなく駿河湾から船で運び、海から陸揚げできるよう、御前崎の北にある相良に城を築くよう」に下知した。

天正四年以降、家康は高天神城を落とすため、その周辺の城攻めに専念した。

まず信濃から遠江への通路に当たる天竜川沿いの犬居城を落とし、天正五年には大井川の西岸の小山城を攻めるが、勝頼が後詰めにきたので兵を退いた。

天正六年になると、大井川を越えて田中城を攻める。

先陣の本多忠勝と榊原康政は猛攻を加えて堀を越え柵を破って外郭に入り込み、本丸まで攻め入ろうとした。

城将の一条信龍《のぶたつ》の手の者が二の丸と本丸とを繋ぐ土橋まで出撃してきた。

万千代は本丸への一番乗りを目指し、部下を先導して土橋の城兵を退けて本丸に雪崩込むが、後続がなかった。

城兵が本丸から出撃してきて土橋を固めたので、万千代隊は味方と遮断されてしまった。

城兵の必死の抵抗に家康は引き揚げを決意し、渡辺半蔵・半十郎が戦場を駆け回り、退兵を下知した。

誰も本丸まで入り込んだ万千代を構っている暇はなく、引き揚げようとした。

「万千代殿が本丸へ入ったまま出てきませせぬ」

市兵衛の必死の訴えを耳にした忠勝は、単騎で本丸目がけて馬を駆ると、土橋の城兵を追い散らし、その後を忠勝隊が続いた。

忠勝が本丸の入口付近に着くと、万千代は城兵の槍衾《やりぶすま》に囲まれていた。

「助けにきたぞ。それ、囲みを破れ」

忠勝の指揮で鉄砲隊が城兵目がけて一斉に弾丸を放つと、周囲は硝煙で包まれた。

視界が晴れて味方が倒れている姿を目にすると、城兵は逃げ腰となる。

「それ逃げるぞ。討ち取れ」

忠勝は万千代に替え馬を与えると、馬の尻を槍で突いた。

万千代を先頭に土橋を渡りきった忠勝隊は本丸から追いかけてきた城兵に向き直

り、再び鉄砲を放つと、怯んだ城兵は味方の死体を残して本丸へ退いた。

万千代は緊張と興奮のため顔は青ざめ、肩で息をしている。

「忠勝殿には命を救っていただき、その上戦さの駆け引きも教わりました。お礼申し上げます」

「万千代がしおらしいことだ。それにしても危ういところだったな。無茶はいかんぞ。これからは一騎駆けは慎め」

「身に染みましてござる」

「今日はいやに神妙だな。反抗してこない万千代を相手にしても張り合いがないわ」

忠勝が笑うと、重臣たちに哄笑《こうしょう》の渦が広がった。

天正六年の七月に入ると、高天神城の包囲のために、家康は馬伏塚と高天神城の中間である横須賀に城を作り始めた。

ここは小笠山の支流が南に延びて平地に接する地点で、海に近いので浜松城から天竜川を下り、遠州灘《なだ》を通じて兵糧を船で運ぶことができる。

家康が武田と遠江で凌ぎを削っている間に、岡崎では徳川家を揺るがす大事件が起こっていた。

高天神城

信長の娘で信康の嫁となった徳《とく》姫は、夫・信康への不満から父、信長に訴状を届けさせた。

徳姫は夫が信長を憎む築山《つきやま》殿の肩を持つので、夫婦仲が拗《こじ》れ、夫が武田家に所縁のある側室を置いたことを訴えた。

信長は信康が母親の意向に従い、武田に靡き、徳川との同盟に皹《ひび》が入ることを恐れた。

徳姫の訴えによる呼び出しで、安土城へ出かけた酒井忠次は、「信康を殺せ」という信長の命令を拒むことはできなかった。

家康は息子の命か、織田との同盟とを取るかで悩んだ末、徳川家の生き残りのため信長を選んだ。

信康を失ってからの家康は悲しみに暮れていたように映ったが、再び遠江や駿河の武田方の城を攻め始めた。

（殿は信長へ怒りをぶつけることができぬので、武田と戦うことで心の傷を癒そうとなされているのだ）

万千代には家康の気持ちが痛いほどわかる。

遠江の武田の最大の拠点は高天神城だ。

武田方も家康の意図を知って、城の守りを固めようとした。

大軍を率いて高天神城入りした武田勝頼は、今までいた兵を新手に入れ替え、城代は以前の横田尹松《ただまつ》から岡部真幸にした。

横田は江馬直盛とともに軍監となり、武者奉行は孕石元泰《はらみいしもとやす》が務め、その他にも栗田刑部、相木《あいき》市兵衛、大河内伝左衛門ら一千人が城に籠もることになった。

家康は攻め口を捜すために、万千代を連れて高天神城の周囲を見回る。

「この城はそれほど高いところに建っていないが、東南北の三方は断崖絶壁で、西は渓谷と険岨《けんそ》な尾根があの北の小笠山まで続いておる」

確かに切り立った尾根が小笠山からひとでの足のように走っている。

「小笠山から尾根伝いに攻め込めそうですが……」

「いや、小笠山からの尾根は西の二の丸に繋がっているが、この尾根は『犬戻り猿戻り』と呼ばれている難所で、人はおろか犬や猿さえも後戻りするといわれている険岨な尾根だ」

「すると攻め口はどこにもございませぬな」

家康は頷く。

「無理攻めは避け、兵糧攻めするしかあるまい。少々時間はかかるが…」

家康は城から南へ二十町ばかり隔てた三井山に砦を築くと、さらに北二十五町のところにある小笠山にも砦を構えた。

また城の南東の中村郷の城山にも砦を造り、天正八年に入ると、昨年の三砦に加え、城の東側に北から南にかけて獅子ヶ鼻、能ヶ坂、火ヶ峰砦の三つを追加した。

それでも城兵が西に突出してくることを恐れた家康は、城の北西の上土方《ひじかた》村の橘ヶ谷、入山瀬の風吹峠、安威《やすたけ》の三ヶ所に砦を急造した。

「これでやつらも鳥籠の中の鳥だ。羽でもない限り、どこにも逃げられまい」

(あの自慢しない殿が大口を叩かれておるわ。よほど自信がおありなのだろう)

万千代は頰を緩めた。

天正八年の秋になると、包囲網のため高天神城では兵糧が乏しくなり始めた。

家康は本陣を横須賀城に置いており、万千代は常に家康の警護をしている。

いつものように万千代が宿直《とのい》の部屋にいると、音もなく市兵衛が姿を現わした。外は真暗闇だ。

「万千代様、いよいよ高天神城内の兵糧も底をつきだし、岡部は勝頼に援軍要請の使者を送りましたぞ」

「城は周囲を取り囲まれているのだ。どうやって城から脱出するのか」

表情のない市兵衛の顔がにやりと崩れた。

「蛇の道は蛇でござる。出口は一つしかありませぬ。あの『犬戻り猿戻り』の難所しかござらぬ。黒装束の男があの尾根伝いを四つん這いになりながら月明かりの下を進んでおりましたわ」

「後を付けたのか。あの一歩誤れば滑落しそうな崖を」

「われら忍びの者に難所などはござらぬわ。わしが後を付けているとも知らず、男は味方の砦や土塁を猿のように潜り抜け、天竜川沿いの街道を北に駆けてゆきました」

市兵衛は途中で使者から密書を奪おうとしたが、思い止まった。

後ろから誰かが近づいてきたのだ。

身を潜めていると相手は、市兵衛に気付かず通り過ぎた。

（おかしい。別の使者がもう一人いるのか。一人は城代の岡部の手の者だが、もう一人は誰からの者か……）

　市兵衛は二人の後を付けて甲府まで潜入した。

「よく見破られずに勝頼の膝元まで入れたな」

　市兵衛は当然という顔付きだ。

「いや、甲府に潜んでいて驚きました。二人の使者は全く別の人物から送られた者でした」

「一人は岡部からの使者だが、誰だ、もう一人とは」

　万千代は首を傾げた。

「軍監に格下げされた横田です。彼は甲斐出身なのでなぜ自分が駿河衆の岡部の下に立たなければならぬのかと、岡部を恨んでおりますようで」

「それで手紙の内容までわかったのか」

　万千代は二人が高天神城の今後をどのように考えているか知りたかった。

「勝頼の屋敷がある躑躅ヶ崎館《つつじがさきやかた》は警戒が厳重で、忍び込むにはなかなか骨が折れました。床下から潜り込み、二晩かけて機会を窺っておりました。もう諦めかけていたところ、勝頼の部屋から重臣たちの声が響いてきましたので、耳を澄ますと軍議の最中でした」

「それで…」

「最初の使者はやはり岡部からの者でした。彼は『城は幾重にも包囲されて脱出することが不可能になり、付け城も堅固で城から討って出ることもできぬ。兵糧も乏しく、このまま籠城を続けることも困難になってきたので速やかに援軍を送って欲しい』と勝頼に懇願していました」

（鳥籠の鳥が大空に羽ばたきたくて、声を枯らして鳴いているようだ。まさに城兵たちの悲痛な叫びだ）

「もう一通の方は岡部とはまったく逆の内容でした」

「何！　援軍を断ったのか」

「はい、信じられませぬが…」

市兵衛は横田の手紙の内容をかいつまんで話す。

――勝頼様が後詰めにこられれば、あるいは高天神城を救うことができるかもしれませぬが、家康は本陣を横須賀城に置いており、六砦の守りを堅固にしております。これを打ち破ることは至難の技です。甲斐から武田軍が後詰めにくると、六砦から敵兵が現われ、武田軍を食い止めようとするでしょう。もし信長の援軍がくるようなことがあれば、武田は危急存亡のときとなるでしょう。信長軍が金谷、大井川、島田、藤枝の本道に出てきて駿府に侵入すれば、武田軍は退路を断たれることになり、また北条軍が駿河にやってくれば、武田軍は進退極まり敗北することは明らかです。武田家の安泰を考えれば高天神城を救うことは止めて下され。それがしが城の軍監である以上、なんで命を惜しみましょうや。城中一丸となって死を遂げんことは侍である者の務めです。だが、例えそのような事態になっても、それがしだけはどのようにしてでも城を脱出し、勝頼様の元に参り、高天神城の最後の報告に戻るつもりです。どうか後詰めはしないで下され――。

「敵ながらなかなか泣かせる話ですわ」

市兵衛は語り終わるとため息を吐いた。

「武田の軍議はどうなったのか」

万千代は苦境に立たされた勝頼が、それでも援軍を出す方を選ぶと思った。

「高天神城への後詰めについては、軍議は大いに揉めてすぐには決まりませぬ」

「それはそうだろう。もし勝頼が後詰めをしなければ、遠江や駿河の国人たちは武田を見限ろうし、後詰めをすれば長篠の戦さのような目にあうかも知れぬので、勝頼とすれば苦しい選択となろうからな」

「その通りで。信玄子飼いの真田《さなだ》昌幸《まさゆき》などは、『ぜひ高天神城の後詰めにゆくべし』

と真っ先に横田の考えに異議を唱えました」

「真田昌幸か。『お前はわしの目と耳だ』と信玄が評した男だな」

「真田は横田が武田家を思って援軍を断ったとは思っておらず、『高天神城に籠もる大半の駿河、遠江の兵を見棄てよ』と横田が主張しているように映ったのでしょう」

万千代にも横田が忠義面《づら》をしている男のように感じられた。

「横田は狷介《けんかい》で自己中心的なところがあり、城内でも孤立しているようでした」

市兵衛も横田を好かないらしい。

「軍議では結局岡部の考えが通ったのか」

「いえ、逆でして、長坂や跡部《あとべ》といった勝頼の側近たちが、横田の忠臣ぶりを褒め称えて、援軍を支持する真田を退けました」

「側近の甘言に弄されるようでは、武田も末だな」

市兵衛は気の毒そうに頷いた。

「これはまだはっきりとした証拠を握った訳ではありませぬが…」

市兵衛は口を濁す。

「調べたところによると、どうも横田は徳川と通じているように思われます」

「何！　横田が武田を売るというのか」

「横田からの矢文が味方の陣に届いたとか…」

（人の和の乱れから、固い結束を守っていた高天神城も綻ぶのか）

天正九年に入ると、城内の食糧不足は深刻となり、兵たちは山中や山麓の雑草や虫や蛇を捜し出しては口に入れ始めた。

援軍の要請のために、鷺坂《さぎさか》甚太夫が厳重に包囲された城を抜け、甲府との間を何度も往復するが、返事は、「そのうちに甲府を発つ」という空手形ばかりであった。

煮え切らない勝頼の態度から、城兵は後詰めがないと悟ると、彼らは「開城」か「城を枕に討死に」かで揉めた。

それを見透したように家康からは、「開城」の誘いがきた。

岡部は主立つ者を「千畳敷」と呼ばれる本丸に集めた。天正九年も三月の終わりになろうとしている。

「前年の十月から昼夜の境なく敵方が攻め寄せてきて、城内の食糧も枯渇し、弾薬も底を尽いた。このままだと勝頼様の後詰めもないであろうが、われらが今しばらく籠城を続ければ、敵国への聞こえもあり、勝頼様が後詰めにやってくるやも知れぬ。もしそうなれば長篠合戦の時のように武田軍は敗れるであろう。だからわれらが長く籠城を続けるほど、武田家に不忠をしていることになる。われらはそれで早々に城から討って出て、討死にして名を後世に残そうと思う」

苦しい胸中を語る岡部に、横田は猛反対した。

「敵に囲まれた以上、誰が命を惜しもうか。城を墳墓と討死にすることは容易だが、今や武田の威勢が日に日に落ちている時なので、高天神城で討死にすることは思い止まって欲しい。運命を賭けた時にこそ、討死にすればよいのであり、今や一兵でも多く武田のために残しておくべきだ。断っておくが、わしが何も臆病や卑怯からこんなことを言っているのではないぞ」

（わしが城代なら、何が何でも「開城」で城内を纏《まと》めるのだが…）

必死で抗弁する横田の態度に、岡部の一族である、帯刀《たてわき》が大声を張り上げた。

「横田殿は、『武田家の一大事にこそ命を棄てる』と申されるが、わしにはお主の話がさっぱりわからぬ。天下の織田信長と家康がわが高天神城に攻め寄せてくるのだ。ここで討死にせずしてどんな一大事があるのか」

帯刀が横田を睨み付けると、他の者も横田を嘲《あざけ》る。

「籠城して力尽きて運が開けぬ時、腹を斬るのは武士たる者の作法であり、この時不動の心でいられる者を大丈夫と呼ぶのだ。お主は甲斐へ戻らず早々に家康に降伏して、自分の保身と出世に励むがよかろう。随分と腰の引けた武田武士がいたものよ」

帯刀は横田に向けてぺっと唾を吐いた。

「おのれ、言わせておけば今川から武田に降参した者が何をほざくか。無礼者め」

横田は帯刀に斬りかかろうとして刀に手をかけると、驚いた安西平左衛門が二人の中に入った。

「二人とも止めなされ。逆心なされるのか」

安西の仲裁で横田はしぶしぶ刀を収めたが、腹の中は憤怒で煮えくり返っていた。

（絶対にわしは生きてこの城から出てみせる。こんなやつらと一緒に死ねるか）

横田の思いを感じたのか、岡部真幸は横田に哀れむような眼差しを向け、「われらは長篭城を止めて、後詰めがくる前に今夜城から討って出る」と決意を告げた。

これを聞くと今まで騒いでいた重臣たちの間に静寂が広がった。

「横田と重臣たちが軍議で揉めたらしいです。怒った横田が徳川の陣に、城兵の突出が近いと矢文で知らせてきたようです」

どこから仕入れてくるのか、市兵衛は早耳だ。

「そう言えば、幸若舞《こうわかまい》の謡《うたい》の名人がわが陣にいることを知った城中から、『太夫がひとさし舞うのを見て、この世の名残りとしたい』との申し出があったらしい。いよいよ討死にの覚悟が定まったようだ」

「万千代様の推察が正しそうです。岡部らは討死にを決心しましたな」

「長篭城もできず、援軍も望めず、岡部の心境を思いやると敵ながら哀れよのう」

市兵衛は黙って頷く。

家康は敵の申し出を知ると、重臣たちを集めて城兵の決意を伝え、今度は幸若与三太夫を呼び出し、高天神城の兵たちの望みを告げた。

「曲の選択はそちに任せる。このような折りには哀れを誘う曲がよかろう」

夕暮れが近づくと今まで散発的に聞こえていた銃声がやみ、高天神城の東崖下に簡単な舞台が作られ、篝火《かがりび》が煌々《こうこう》と焚かれた。

万千代が城を眺めると、幸若舞を一目見ようと、東峰の本丸や三の丸の兵たちが群れ集まっている姿が映る。

重臣たちは櫓に登り、雑兵たちは塀から身を乗り出すように舞台を見下ろすと、辺り一面には遠州灘の潮騒が響くだけで、静寂が広がった。

小柄な与三太夫が仮舞台に登ると、城を仰ぎ、「矢文を拝見しました。拙い芸ですが、『高館《たかだち》』をやりたく思います。これで皆様の心をお慰めしとう存じます」と一礼し、舞台衣装に身を包んだ与三太夫は舞台の中央に進むと謡い始めた。

日頃殺風景な城内で寝起きしている者たちの目には、篝火に輝く舞台衣装がまるで天女の羽衣のように映る。

義経が衣川《ころもがわ》の高館で討たれる場面になると、兵たちは感涙に咽《むせ》び、弁慶が仁王立ちになり、義経が切腹するのを助ける段になると、与三太夫の声は一段と哀愁を帯び、佳境に達した舞いは義経の無念さを存分に演出し、本丸や三の丸からはすすり泣きが漏れた。

謡を終えた与三太夫が城に向かって一礼すると、城内から一人の若武者が出てきた。

彼は茜色の陣羽織を身につけ、舞台の与三太夫のところまで進んだ。

「今宵の謡の引出物としてお納め下され。これでわれらは思い残すことなく死ぬことができます。家康殿によしなにお伝え下され」

こう言うと、彼は「佐竹大ほう」という紙十帖に厚板の織物一疋《いっぴき》に太刀一振りを与三太夫に手渡した。

「敵ながら、心に染みる光景ですな」

市兵衛の声が湿っている。

万千代は市兵衛にわからぬよう濡れた頰を手で拭った。

「彼らは今夜あたり、城から突出してきますぞ。殿の身辺をご用心下され」

「高館」が済むと、城兵たちの表情が一変した。

午後八時に最後の軍議が開かれ、同志討ちを避けるために合言葉を決め、十時になると一斉に城外へ討って出ることが知らされた。

突破口は敵の守りが薄いと思われる二ヶ所に絞られた。

八百に減った城兵は二手に分かれ、一方は北東の橘ヶ谷と、もう一方は北西の林ノ谷を目指す。

橘ヶ谷には軍監・江馬直盛を大将として三百人が続き、林ノ谷には岡部真幸が四百人を率いて突出する。

五千余りの徳川軍は橘ヶ谷には石川康通《やすみち》と水野勝成《かつなり》が、林ノ谷には大久保忠世が布陣していた。その他、竜ヶ谷には鈴木重時が、南東の池ノ段には松平康忠が、南の鹿ヶ谷には大須賀康高らが包囲網を張っている。

万千代は戦さに加わりたいが、本陣の横須賀城で家康の身辺警護の役目だ。

石川康通が守る橘ヶ谷は入江の様なところなので、徳川方もこの地が弱いことを知っており、周囲には深堀を巡らせていた。

軍監の江馬直盛、武者奉行の孕石主水《もんど》、粟田刑部ら三百余人が橘ヶ谷へ向かって突出するが、闇夜なのでどこに堀があるのかわからない。

徳川の兵たちは水音がすると、江馬らが突出したことに気付き乱戦となった。

各地で戦闘が始まったが、真っ暗なので敵か味方なのかはっきりしない。組討ちしながら堀へ落ちる者が続出した。

この騒ぎを聞きつけて、城の東側を守っている鈴木重時隊が救援に駆けつける。敵の来襲に慌てて篝火が焚かれるようになると、ぼんやりとではあるが敵の姿を識別できるようになり、数に勝る徳川軍が堀の方へ江馬らを押し包んだ。

江馬らは敵から逃れようとして堀に嵌《はま》り、堀から這い上がってきたところを徳川軍に討たれたり、堀の中で溺死した。

城代岡部ら四百人余りは二の丸から林ノ谷に向かう。

この方面は大久保忠世が守っていたが、家康は林ノ谷は山が険阻で、敵はとてもここには突出してこないだろうと思い、「番兵を常時六人ずつ置いておけば十分だろう」と安心して、忠世は離れた場所に陣を構えていた。

それでもまさかの時に備えて弟の平助（彦左衛門）を加えて十九人をこの地に配していた。

突然の岡部たちの来襲に驚いた平助たちは狼狽し、これが岡部率いる敵の主力だとは知らず、彼らは懸命に敵と斬り結ぶ。

鉄砲音や喚声が北の方で響くと、南から大須賀隊が、東からは鈴木隊が、それに横須賀城からは本多忠勝、榊原康政らが救援に駆けてきた。

万千代は駆け出したくてうずうずするが、家康は本陣目がけてくる敵に備え、出陣の許可を出さない。

応援の徳川兵たちは岡部らに弓矢や鉄砲を浴びせ、四方から槍で突き立てる。

小勢の岡部らは懸命に槍や刀で応戦するが、次々と討たれ、傷を負って動けない者はその場で立ち腹《たちばら》を斬った。

半分に数を減らした岡部真幸と帯刀らは、それでも群がり寄せる敵を十四回も押し返した。

二人は敵の返り血で、お互いに恐ろしく変わった相手の顔を覗き込んで苦笑した。

生き残っている者も負傷していない者はない。

「死に場所は城だ」

彼らは城に向かって後退し始めた。

帯刀は途中で敵兵二人と組み討ちになり、一人を組み伏せ首を掻いたが、もう一人の敵兵に背中から斬りつけられ、首を討たれてしまった。

城は指呼《しこ》の距離に見えるが、戦闘詰めの疲れと、全身の傷とで岡部の足は鉛のように重かった。

槍を杖代わりに足を引きずり城へ退き返そうとすると、二人の敵兵に出くわした。

大久保平助と仲間の本多主水だ。

彼らは岡部が腰に差している采配に気付くと、「かなりの身分の侍だ。ここで網を張って待っていた甲斐があったぞ」と相好を崩した。

「わしが首を取る。お前はそこで見物しておれ」

平助は岡部に向かって駆け寄ると、岡部もここで討死にする覚悟を決め、太刀を取って平助と斬り結ぶ。

平助は岡部の腕力に押されて太刀を弾き飛ばされると、素手で岡部の胴に食いつき、足を絡めて倒した。そのまま馬乗りになって首を掻き取ろうと小刀を抜くと、下になっている岡部は最後の力を振り絞って平助をねじ伏せた。

「主水、助太刀せよ」

下になった平助が叫ぶと、本多が援けにきて、岡部の脚を引っぱった。

立ち上がった岡部に、再び平助が組みつく。

二人は上になったり、下になったり組討ちをしていたが、さすがの岡部も力尽きて平助に組み敷かれた。

「主水、こやつの首を取れ」

本多は平助の許しがでると、猫が獲物に飛びかかるように岡部の首を押さえつけると、喉に小刀を突き立てた。

動かなくなった岡部を見て、「お前にこの首をくれてやる」と平助は言い残し、新手の敵を求めて城の方へ駆け出した。

横須賀城では、集められた首が洗い清められ、死化粧を施されている。

「わしは高天神城を落としたことで、胸に支えていた物を吐き出した気分だ」

上機嫌の家康は万千代に、「お前にも今日のわしの爽快な気持ちがわかるか」と表情も明るい。

「万千代、その方が皆の前で首実検の者たちの名前を読み上げよ」

本丸の庭先には城代の岡部真幸を筆頭に軍監江馬直盛、岡部帯刀、粟田刑部ら重臣たちと、一般の者たちの七百四十余りの首がずらりと三方に載せられている。

三方には札が置かれており、生け捕りの者の証言によって、首の主人の名前がその札に書かれていた。

万千代が並んでいる順番に首の主人の名前を告げてゆくと、十六、七歳と思われる若者の首のところで、万千代の声が止まった。

「どうした。続けよ」

家康は急かすが、「この若者の首が置かれている三方には札がございませぬ」と、万千代は狼狽えて言った。

その首は薄化粧をして、歯を黒く染めており、髪を長く撫でつけていた。

「それにこの首は男か女なのかわかりませぬ」

その首は顔立ちも美しく、どこから見ても女に見える。

「女が戦さに加わるとは不思議なことだ。その者の眼を開けてみよ。瞳が上に見返って瞼の内に入り、白眼ばかりなら女だ。瞳が明らかに見えれば男だ」

命じられるままに万千代が笄《こうがい》で眼を開いてみると、瞳が明らかであった。

「それがしには、あの幸若与三太夫にお礼を言上した若者のように思われますが…」

万千代の脳裏に涼やかな若者の姿が浮かんだ。

「この首の主人を知っている証人を捜せ」

やがて生け捕りの者から、粟田刑部の家臣がその首の前に引き出された。

「この者は粟田様の小姓の時田鶴千代です」

彼は呻《うめ》き声を上げると、その首に両手を合わせた。

「ああ、あの時の紅顔の若武者であったか。かわいそうなことをしたわ」

家康は目を潤ませた。

首実検を済ませると家康は城へ向かう。

城内にはいたるところに首の無い死体が転がっており、首にはどす黒い血が固まっていた。死体が身に付けていた、太刀や槍や具足といった金になりそうなものは、すべて奪われていた。

家康は身を呈して自分を守ってくれた万千代の働きを大いに褒めて、駿河の地で益《まし》頭《づ》郡方上ノ庄鷹峯の地、一万八千石を加増した。

万千代はこれで前の二千石と合わせて、二万石を領することになった。

伊賀越え

高天神城を見捨てた勝頼は家臣や国衆の信頼を失い、信玄時代に繁栄を極めた武田の勢力も低下していった。

木曽義昌《よしまさ》の謀反《むほん》をきっかけに、家臣団に動揺が広がり、織田・徳川の連合軍が武田領内に侵攻すると、天正十年三月十一日に、勝頼は天目山《てんもく》で自刃し、信義《のぶよし》以来の甲斐武田家は滅んだ。

武田家を潰した信長は安土に凱戦すると、功労者の家康を安土で饗応《きょうおう》し、彼を京、堺見物に遣った。

家康一行は六月一日の朝は堺で今井宗久《そうきゅう》邸で茶の湯、夕方からは堺代官の松井友閑《ゆうかん》邸で茶の湯の後、酒を酌《く》み交わしながら幸若舞を見て暮らした。

「このように戦さのことを忘れて、のんびりと酒を飲むなど初めてのことだ」

家康が呟《つぶや》くと、家臣たちも酒で朱に染めた頰を緩める。

「もう十分骨休めをしたので、明日は本能寺におられる上様のところへお礼を言上しにゆく。朝が早いのでもう寝るとしよう」

家康は懐《ふところ》から紙袋を取り出し、それを口に含むと茶で喉へ流し込んだ。

彼は自ら薬研《やげん》で引いた薬草を持ち歩いている。

翌朝早く、家康は信長に上洛を伝えるために、忠勝を本能寺に走らせた。

忠勝が東高野街道を馬で駆って、枚方《ひらかた》の飯盛《いいもり》山の麓《ふもと》にきた時、京方面より慌しく駆けてくる男と遭遇した。

「茶屋殿ではないか。どうされたのか」

この男の父親は信濃の小笠原長時《ながとき》の家臣で中島明延と名乗る武士であったが、武士を止めて京都で呉服商を営んでいた。

息子の清延《きよのぶ》は若い頃は家康に仕えていたが、今は家業を継ぎ、茶屋四郎次郎と名乗っている。

忠勝が呼び止めると、茶屋の顔色が真っ青だ。

「一大事です。上様が光秀によって討たれました」

「何！　それはまことか」

忠勝は一瞬声を詰まらせた。

「今日未明のことでござる」

「とに角、殿に知らせねば…」

堺方面に戻りかけると、二人は枚方の手前で家康一行と出会った。

家康は茶屋から信長の一件を聞くと、「この少ない人数では光秀を討つことは無理だ。急遽京へ戻って知恩院《ちおんいん》に入り、腹を切って上様に殉じよう」と狼狽《うろた》えた。

幼少時から家康に付き従っている者ばかりなので、家康の混乱ぶりがわかる。

家康が、「知恩院で腹を切る」と言い出したのは、徳川家が浄土宗徒であり、知恩院の二十五世超誉存牛《ちょうよぞんぎゅう》が松平五代長親の弟であったということを、家康はこの時思い出したからだ。

この時の一行には信長が家康の堺見物の案内役につけた長谷川秀一をはじめ、若手の万千代を除いては、酒井忠次、石川数正、大久保忠隣《ただちか》、本多忠勝、榊原康政といったそうそうたる顔ぶれが揃っており、信玄の一族である穴山梅雪《あなやまばいせつ》も一緒であった。

「それがしのような若造が口を挟むことではござらぬが、殿は京で無駄死にされるよりは、ここは速かに三河へ戻られ、軍勢を集めて光秀を討つことが上様への一番の供養となりましょう」

忠勝が口火を切ると、忠次も、「年寄りが若者が申すような考えに気が付かぬとは、迂闊《うかつ》であったわ」と家康の気分を解《ほぐ》そうと努めた。

放心して家臣の意見を聞いていた家康は、やがて口を開いた。

「わしもそちたちのように考えたが、見知らぬ山野で山賊や野武士に討たれるよりは、京で死ぬ方が見苦しくないと思ったまでだ」

家康は現実に引き戻されたような目付きに変わっていた。

「誰か三河へ道案内できる者はいるか」

家臣たちは上方の地理には疎《うと》い。

「徳川殿がなんとしても上様の仇討ちをなされるつもりなら、それがしが命を投げ出しましょう。それがしは役目柄、河内、山城を通り、近江、伊賀、伊勢に抜ける道筋の国衆をほとんど知っております。彼らはそれがしが上様に拝謁させたことのある者たちですので、よもやわれらの通行を妨げはせぬと思います」と長谷川が言った。

「上様がわれらの道案内に長谷川殿を付けてくださったのは幸いであったわ。それでは忠勝が申したようにすべてを長谷川殿に任そう」

長老の忠次と数正が賛成したので、家康は三河へ戻ることを決心した。

秀一は大和の十市玄蕃允《といちげんばのじょう》と宇治田原《うじたわら》の山口城主の山口甚介らに使いを遣った。

「万千代、お前はこの中では一番若い。どんなことがあろうと、殿の側を離れずお守りするのだ。よいな」

忠次が万千代に家康の警護役を命じた。

家康一行は秀一の求めに応じた津田主水を案内人にして、三十人あまりの一団が彼に従う。

津田は北河内、南山城《みなみやましろ》一帯に名を知られた名族で信用がおけた。一行は津田に従い飯盛山の山麓を抜け間道伝いに東に進み、山城国の宇治田原の山口城を目指す。

真夜中の普賢寺谷の山道を、松明《たいまつ》の明かりを目印に歩いていると、梟《ふくろう》の鳴き声が不気味に響く。彼らが興戸《こうど》にさしかかったのはもう夜明け近くであった。

周囲に目をやるが、追手の心配はない。

路上に寂《さび》れた神社があり、その拝殿を覗くと、赤飯の握り飯がお供えしてある。

忠勝はそれを両手で摑み、家康のところへ持ってくると、家康は自分も一つ取り、家臣たちに「一口ずつ分けるように」と命じた。

ちぎられた握り飯を一行は一口ずつ嚙みしめているが、家康の傍らにいる万千代だけがそれに口をつけようともしない。

「若いからとて食わねば飢えで死んでしまうぞ。遠慮も時と場合による」

家康は万千代が年上の者たちに気を使っているのかと思ったのだ。

「いえ、それがしは遠慮している訳ではございませぬ。追手がきた時、拙者一人でここに踏み止まり、皆様には退いてもらうつもりです。その時、それがしが斬られて傷口から赤飯など出てくるものなら、『こやつは飢えに堪えきれず供物まで盗んで食っておったわ』と見られるのが口惜しいのでございます」

「若いが良い心構えじゃ。だが、われらはそう簡単には追手に討たれることはないぞ。安心して赤飯を食え」

家康は自分の食べかけの赤飯を万千代に手渡した。

「もう少し先の草内というところまでゆくと渡し場があります。木津《きづ》川を渡ればもう山口殿の領内です」

津田は空腹と、昼夜兼行で足を引きずっている一行を励ます。

彼らが木津川の渡しに着くと、川には柴を積んだ小舟が二艘浮かんでいる。

忠勝は川岸まで駆けると、大声で柴舟を呼び戻し、近づいてきた小舟に、「われらを対岸に渡して欲しい」と叫んだ。

「これは柴舟なので人は乗せられませぬ」

船頭は拒んで舟を岸から離そうとした。

怒った忠勝は鉄砲を手にし、柴舟目がけて鉄砲を放つと、玉は船頭の耳元をかすめた。

殺されると思った船頭は柴を川に棄てて、小舟を岸に寄せた。

「舟は差し上げますので、命ばかりは助けて下され」

命請いをする船頭に茶屋が近づき、懐から小銭を取り出し船頭に握らせた。

「こんなに頂いて有難い」

船頭は茶屋に何度も頭を下げて立ち去った。

木津川を小舟で往復して一行が対岸に着いた頃、宇治田原の山口城から山口甚介の家臣が彼らを出迎えにきた。

山口城で一服した一行は、喉を水で潤すと、空きっ腹に握り飯を掻き込んだ。

乗ってきた馬も疲れていたので、丈夫な馬と取り替えてもらい、食事を済ますと、「信楽越え」を急ぐ。

奥山田の遍照院《へんじょういん》でしばらく休憩をとっていると、隣りの郷の信楽小川から多羅尾《たらお》光俊《みつとし》の二人の息子が手勢を率いてやってきた。

秀一は彼らとも顔見知りで、「道案内をよろしくお願いする」と挨拶した。

「裏白峠を越えて近江に入りましょう。その方が安全だ」

日が暮れかかる峠道を抜けると、朝宮《あさみや》郷にさしかかる。近くに瀬田川に流れ込む信楽川の水音が聞こえてきた。

夜になってやっと一行は小川城の前まできた。

秀一が木戸の番人に家康一行の到着を告げると、番人は慌てて木戸を開き、彼ら一行を小川城まで案内した。

用心深い家康は城に入らず、城向かいにある小山の山腹に腰を下ろし、どうしても城門に入ろうとしないので、光俊父子は干し柿や新茶を山腹まで運んで一行を労《ねぎら》う。

家康一行がきているとの噂を耳にした村人たちが、赤飯を携えてやってきた。

山口城からここまで何も口に入れていないので、一行は赤飯を見ると箸も取らず手掴みでそれを口にほおばる。

あまり大きな塊を口に入れたので、飯が喉に詰まり、慌てて背中を叩いてもらう者もいる。

腹が膨れてくると、睡魔が襲ってくる。城外では危険なので一行は小川城に入ることにした。

家康は案内された客間からふと庭を覗くと、城内の片隅に社がある。

「何を祀られておられるのか」

不思議がる家康に「これは愛宕《あたご》大権現で、ご神体は勝軍地蔵《しょうぐんじぞう》でございます」と光俊は説明する。

それを聞くと家康は庭に下り、社の前で拝礼し両手を合わせた。

無事三河へ帰り着くことを祈願する家康に、「家康殿の顔には天下取りの相が表われておられます。このご神体を信仰なされませ」と光俊は家康の安全を守るよう、勝軍地蔵像を献上した。

翌日になると、甲賀の和田定教《さだのり》が家臣を連れて家康の護衛を引き受けると、一行は御斎《おとぎ》峠へ向かう。

標高六百三十メートルもある御斎峠は近江と伊賀との国境だ。

「ここから先は十分に注意をして下され」

いつの間にきたのか、百姓姿をした市兵衛が、家康を護衛する万千代の傍らに現われた。

「比曽河内への間道に竹槍や鎌を手にした二百人ほどの一揆の者たちが待ち構えております」

一行に戦慄が走った。

「よし、こちらはれっきとした武士だ。百姓など蹴散らしてくれるわ」

忠勝は自慢の「蜻蛉切《とんぼきり》」と呼ばれる槍をしごく。

「万千代、お前はまだ戦さの経験が足らぬので殿を守る方に回ってくれ。決して殿から離れるな。殿を囲んで円陣を組め。市兵衛は先を駆けて狼煙を上げ、やつらが潜んでいるところをわれらに知らせよ。わしらはそれを目印として進む」

忠次と数正はてきぱきと陣型の指示をし、先頭に立とうとすると、忠勝と康政が彼らを諫める。

「ご老体は殿のお側にいて下され。殿にもしものことがあれば一大事です。ここはわれらが先陣を切りましょう」

「何、まだお前たちに年寄り扱いされるほど年を食ってはおらぬわ」と二人は文句を言うが、家康に下知され、しぶしぶ家康の周囲を固めた。

峠道は山に挟まれた谷道で、坂が上りにさしかかると、二つの尾根から白い狼煙が上った。

「やつらは山の両側から二手に分かれて襲ってくるぞ。わしと康政とが敵を食い止めているうちに、忠次様たちは一刻も早く峠を越えて下され。われらは後から追いつきますので、ご心配なく。万千代は殿の側を離れるなよ」

忠勝が言い終わる前に、山の中腹から一揆の者たちが喚声をあげながら山を駆け降りてきた。

「よし、鉄砲で討ち取れ」

忠勝・康政らは坂道を左右に分かれて鉄砲を構えた。

轟音が山中に響くと、一瞬一揆勢は怯んだ。

「それ、走れ。忠勝らが時間を稼いでくれているうちに、峠を越えてしまおう」

家康一行は坂道を一目散に駆け上る。

一行が峠の中腹にさしかかると、再び市兵衛が姿を現わした。

「峠の山頂にも一揆勢が待ち伏せしております」

「わかった。今度はわしらが先陣を務める。万千代は殿をしっかりお守りせよ」

忠次と数正が先頭を走ると、一行は家康を囲んで彼らに続く。

山頂が見えてくると、一揆勢が峠に出現し、獲物を見つけて喚きながら坂を駆け降りてきた。

彼らは百人ぐらいはいるが、こちらはその半分にも満たない。

忠次と数正が一揆の群れに飛び込み、槍で数人を倒すと、彼らは怯んで動きが止まった。

二人を避けた一揆勢が側面から回り込んできて、家康の本隊に襲いかかってきた。

万千代は刀を抜いて家康の周囲を固めていたが、一揆勢の中から頭領らしい男が万千代の前に立ち塞がった。

「ふん、柄だけは大きいが、まだ元服も済ませていない尻の青いがきか。命が惜しければ逃げてもよいぞ。がきの首を取っても自慢にもならぬからな」

相手は逞しい体付きの男で、戦さ慣れしている様子だ。

「野武士ごときが何をほざく。つべこべ言わずに早くかかってこい」

「がきのくせに威勢だけはよいな」

槍を構えると相手の目付きが変わった。

鋭い槍の穂先が万千代の体を掠め、槍を躱《かわ》すのが精一杯で、なかなか前に出られない。

万千代が顔を歪めると、相手はにやりと白い歯を見せた。

「助太刀いたす」

その時、槍を手にした市兵衛が、男の背後から男目がけて槍をつき出した。

男はふり向きざま槍で市兵衛を突こうとしたが、その一瞬を万千代は見逃さなかった。

万千代は刀を両手で握りしめ、相手の懐まで飛び込むと、体ごと相手にぶつかった。

「がきのくせに…」

男は抱きついた万千代を振り離そうとするが、万千代は足を絡めて男を倒し、下でもがく男の首を掻き取った。

「やりましたな。万千代様」

市兵衛は相好を崩して万千代に近寄り声をかけるが、万千代は興奮と緊張とで放心状態だ。

市兵衛に背中を叩かれて、やっと正気に戻った。

「殿は無事か」

周囲に気を配る余裕が生まれてくると、万千代は家康の安否が気になった。

「無事ですぞ。一揆のやつらは、万千代様に頭領を討たれたのを見て、逃げてしまいましたわ」

峠の方を見ると、一揆勢は蜘蛛の子を散らすように姿を消していた。

忠勝、康政らが家康一行に追いついてきた。

万千代が一揆の頭領の首を手にしているのを見ると、二人は唸った。

「殿が無事で何よりだ。今日の一番槍は万千代だ。お前は若いがなかなか肚が据わっており、見どころのあるやつだ。これからはわしが武芸を仕込んでやろう」

一行は万千代に一目を置くようになった。

やっとのことで柘植《つげ》の徳永寺に着くと、拓植清広父子をはじめ、拓植村の者たち二、三百人と、甲賀の者たちが百人ほど馳せ参じた。

「加太《かぶと》峠を越えればもう安心です」

彼らは家康一行を励ます。

加太峠は「山賊の住みか」と呼ばれており、伊賀から伊勢に抜ける一番の難所だ。

この難所を前にして、味方が増えて家康は心強かった。

危惧した通り、加太峠では一行は山賊に襲われたが、三百もの味方が山賊たちを追い払い、一行は無事に関の瑞光寺に着いた。

ここの和尚は三河宝飯《ほい》郡の生まれで家康の顔見知りの者であったので、彼らは安心して休憩をとることができた。

六日には一行は伊勢の白子浦に着き、家康は最後まで付き従ってくれた秀一をはじめ、多羅尾作兵衛と山口久右衛門に刀を与え、「われらが光秀を討つために上方へ出陣する時には、浜松で参陣してくれ」と労いの言葉をかけた。

茶屋が伊勢の商人の角屋《かどや》七郎次郎《しちろうじろう》と交渉して、一行は角屋の大船に乗船した。

船に乗るとこれまで忘れていた空腹がどっと襲ってきた。

「飯はないのか」

一行が水夫に食糧を求めると、水夫たちは自分たちのために用意していた粟、麦、米を一つにして炊いた飯を椀に盛って献上してくれた。

彼らは貪るようにそれを平らげると、魚の塩辛を出させた。

空腹が癒えると、張りっぱなしの気持ちが一度に緩み、寝不足も手伝って、一行は鼾《いびき》をかき始めた。

常滑までは六里半。船は荒波で揺れるが、船に乗り込んだ安心感からか誰も目をさまさない。

「おい、船が着いたぞ」

忠勝の声で目覚めた一行は常滑に上陸し、そこから陸路を成岩《ならわ》の常楽寺に寄ると、大浜の長田重元の羽根城で休憩し、岡崎へ帰った。

天正壬午の乱

家康は信長の弔い合戦より先にやることがあった。

それは信長亡き今、空き家になった甲斐、信濃を上杉、北条より早く手に入れることであったが、弔い合戦をやろうとする姿勢だけは世間に示しておかねばならない。

六月五日に岡崎に帰還した家康は、甲斐侵攻の布石を打ちながら、重い腰を上げ西進した。

「殿が光秀を討てばおもしろいことになろうな」

忠勝が徒立ちの万千代のところへ馬を寄せてきた。

「伊賀越え」以来、忠勝は万千代に何かと親し気に振る舞う。

万千代は家康を間近に観察する機会が多いので、今回の弔い合戦に家康が乗り気でないことを薄々感じている。

「織田家中では、柴田殿が上杉と越中で戦っているので、上杉と和睦して上洛するまで長期間かかるだろう。他の重臣たちも戦いの最中なので、すぐに京都へ軍を進めることもできまい。運がよければ殿が光秀を討たれるやも知れぬ」

忠勝は家康が織田政権を牛耳ることを夢見ている。

だが、十四日に尾張の鳴海に着いた時、「羽柴秀吉が中国地方から引き返して光秀を討った」と市兵衛が知らせてきた。

家康はこれからどうするかを決めるために、重臣たちは一堂に集めた。

「秀吉というのは朝倉攻めで金ヶ崎からの撤退の際、一緒に殿《しんがり》を務めた小者あがりの猿のような顔をした小男か。毛利と対陣していたにもかかわらず、なぜこんなに早く山崎まで戻ってこられたのか」

重臣たちは首を傾げた。

「今後織田家は秀吉を中心に動くのでしょうか」

万千代も重臣たちに混じって思っていることを聞いた。

「弔い合戦のことはこれで済んでしまった。今は織田家中のことよりも、甲斐、信濃の方が急を要す。上様の横死を知った上杉・北条が空き家を狙って動き出しておる。

この二ヶ国を早く押さえる方が先だ」

家康は手なずけていた武田遺臣を甲斐、信濃に遣り、潜んでいる旧臣たちを味方に付けようとした。

甲斐を預かっていた河尻秀隆は逃げ遅れて一揆に殺され、上野の滝川一益《かずます》や北信濃を領していた森長可《ながよし》は逃亡してしまっていた。

家康は労せずして甲府に入り甲斐を手中にすると、今度は酒井忠次に信濃攻略を命じた。

「武田信玄は戦さの神様のような男であった。わしの知る限りでは人を視る目と、その人物を使いこなすことにかけては乱世で一番優れていた男よ。お前も武田遺臣たちの動きをよく視て、信玄の部下の操縦術を学べ」

家康は万千代を一廉《ひとかど》の武将に育てようと、いつも彼を連れ歩いている。

忠次の信濃攻略も上手くいくように見えたが、高島城の諏訪頼忠《よりただ》を力づくで押さえようとして反発を買った。

頼忠を懐柔していた大久保忠世《ただよ》は忠次に怒りをぶつけた。

「わしが折角頼忠を味方に引き入れたのに、お前が要らざる無礼を振る舞ってやつを北条方へ走らせてしまったではないか」

「わしは家康様の下知を伝えただけだ。それが悪いのか」

逆に忠次は忠世に嚙みついた。

二人が相手を罵っている間にも、四万を超す北条軍が大門峠を南下して徳川軍に迫ってきた。

忠次は頼忠を怒らせた責任を感じてか、忠世を先に退《ひ》かせようとした。

「馬鹿を言うな。わしはお前より先には退かぬぞ」

敵の旗が目の前に迫ってきたので、二人は喧嘩を止めた。

彼らが陣地に火を放って後退し始めると、北条軍は退路を断とうとするので、徳川軍は立ち止まり敵を押し返して、敵が怯んだところを退く。

甲府の府中から韮崎の新府城まで進軍してきた家康本隊は、味方の危機を救うために、石川数正に加勢を命じた。

混戦だが数正が戦さ巧者ぶりを発揮して、次第に寡兵の徳川軍が北条の大軍を押している。

「味方の中で誰でもよいから鉄砲を撃ちかけて敵陣の様子を確かめてこい」

家康の呼びかけに誰も名乗り出る者がいない。

この時、武田遺臣の曲淵《まがりぶち》勝左衛門吉景が、「その役それがしにお任せ下され」と言って鉄砲足軽を呼び集め、息子の彦助正吉を連れて出陣した。

正吉が父の旗指物を見て走り回っている様子は、信玄の存命中の武田兵の動きとそっくりだ。

家康は信玄に苦しめられた往時を懐かしむような目付きになり、彼ら父子の息の合った働きぶりを注視した。

「よく見ておけ。信玄仕込みの戦さ働きというのは、ああいった者たちのことだ。今は武田は滅んでしまったが、信玄の薫陶はいまだに生きておるぞ」

家康は傍らの万千代に武田の戦さぶりを教えようとした。

万千代も敵ながら信玄の偉大さはよく耳にしているので、彼らの働きから目を離さない。

「あの父子の軽やかな動きを見よ。吉景は年老いておるが、戦さぶりはまだまだ若者より軽快だ。息子も父に劣らず励んでおるものよ」

家康は彼らの働きぶりに感動したのか、床几《しょうぎ》から立ち上がると思わず手にしていた杖で地面を叩いた。

「鮮やかなものですなぁ」

万千代が感心していると、家康は、「わしも信玄にさんざん苦しめられたが、今となれば彼からよい教訓を授かったと思っている。あのような男にはもう二度とお目にかかることはあるまい」と呟いた。

(わしも信玄のように武田遺臣たちを手足のように使いこなしてみたいものだ。曲淵のような者がわしの配下におれば心強い限りだが……)

万千代は飽くことなく、彼らの戦さぶりを眺めていた。

徳川軍の思わぬ反撃ぶりに後退した四万三千の北条軍は西の若神子《わかみこ》に退き、八千の徳川軍が三里も離れていない新府城に布陣した。

若神子城も新府城も八ヶ岳が崩れてできた「七里岩」と呼ばれる台地上にある。

双方の兵たちは陣地の周囲の土を掘り返して土塁を築き、砦を構え始めた。

信濃北四郡の西に隣接する安曇《あずみ》、筑摩郡の小笠原貞慶は、信玄によって信濃から追われた長時の息子である。

彼は諏訪頼忠と気脈を通じて北条方に付き、伊那郡の高遠城の保科正直《ほしなまさなお》を北条方に誘うと、上伊那郡も北条方となった。

佐久郡でも依田信蕃を除いたすべての国人は北条に靡き、隣接する小県郡も大半が北条方だ。

上野から碓氷峠を越えて、佐久、小県郡を通って若神子に致る八ヶ岳西回りの大門峠と和田峠は北条が押さえており、東回りで佐久から若神子に抜ける佐久往還も北条の掌中にある。

さらに武蔵から甲府に入る雁坂《かりさか》峠、また都留郡から甲府入りする笹子峠、それに富士山を東に迂回して甲府に入る御坂峠越えの街道も北条に牛耳られている。

依田信蕃は碓氷峠を通過する北条軍の兵站《へいたん》線を分断する役目を課せられていたが、佐久郡の小諸で北条の重臣の大道寺政繁が佐久、小県の国衆に目を光らせているので、動きが自由にならない。

家康は不利な状態を挽回しようと、大久保を呼んで意見を求めた。

「何か良策はないか。このままだと北条に信濃を奪われてしまうわ」

「依田から小県の真田昌幸を説かせましょう。真田は信玄仕込みの男で依田も大層買っております」

「真田か、その件はお主に任そう」

忠世が依田を訪ね用件を切り出すと、「真田の実力はそれがしが一番よく存じております。やつさえ味方にできれば、小県や佐久の平定など朝飯前です」と賛成した。

昌幸も依田から誘われると、ここが北条からの見切り時だと決心し、二人して佐久、小県郡の北条方の国衆の切り崩しを図った。

これを知ると北条氏直は激怒した。

「真田は『表裏比興《ひょうりひっきょう》の者』だ。やつの監視を怠ったわ」

膠着《こうちゃく》状態を打開するために、氏直は小田原にいる父の氏政に、「甲府を背後から突いて欲しい」と要請した。

「よし、それでは甲府の東から攻め込んでやる。家康の注意が東に向いた時に、氏直は若神子から出陣し、新府城を襲え」

氏政からの命令で、都留郡にいた別働隊が笹子峠を抜けて甲府付近にある大野砦を襲うことにしたが、地の理に詳しい武田遺臣が北条の動きを察し、徳川方を導いて、二千人もの北条の別働隊を撃退させた。

氏直はそれと同時に駿河と甲府を繋ぐ中道往還の分断を図り徳川方の本栖《もとす》城を襲ったが、これも武田遺臣たちに遮られたので、氏直は若神子から出陣できなかった。

なかなか甲府へ攻め込めない状況に立腹した氏政は、今度は弟の氏忠と氏勝に命じて御坂《みさか》峠から鎌倉街道を通って甲府に攻め込もうとした。

（甲府を背後から攻め落とされ、西にいる氏直が若神子から新府城を攻めれば、挟み討ちにされた家康は南の旧穴山領の下山城を目指そうとするだろう。そこを氏忠らが側面から突けば、家康めを討ち取れよう）

北条軍は御坂峠から黒駒に向かい、兵を分散して付近の村々を焼き払う。

これを知ると徳川方の留守隊と、甲府への街道を守っている大野砦や小山砦から千五百人もの兵が黒駒方面へ出撃した。

留守隊の隊長は鳥居元忠とその甥の三宅康貞だ。

（北条軍は一万。われらは掻き集めても千五百の兵しかおらぬので、平地で戦っては不利だ）

元忠は北条が御坂城に布陣したと聞くと、直ちに甲府を出陣し、各隊に御坂山への案内人を付けた。

馬にも轡を噛ませて音をたてないようにして、黒駒山の背後に回り込んだ。

各隊の兵士たちに握り飯を食べさせ、夜が明けるのを待っていると、北条軍が甲府に向かって御坂峠を進軍してくるのが眼下に見える。

縦に長く伸び切っており、切れ目なく次々と続いている。

元忠が手を振ると、用意してあった岩石が山から転がり落ち、徳川の兵たちが喚声を上げて山から降ってきた。

突然の敵の出現に北条軍は混乱した。

御坂峠は人馬も一列でないと通れないほど細い道だ。

氏忠は御坂峠へ援軍を送るが、逃げる兵が前進しようとする兵の邪魔をするので、道が塞がって後が続かない。

鳥居や水野勝成隊は黒駒から二里ほど北東の藤野木まで北条軍を追うと、戦さを目にした周辺の村人たちが鍬や鎌を手に持って集まってきて、一斉に北条軍の背後から討ちかかった。

思わぬ村人たちの反撃に、一万もの北条軍は押され気味になり、氏忠の兵たちは御坂城を目指して逃げ出した。

勝利に沸く徳川軍は、討ち取った敵兵の首を五百ほど家康のところへ持参した。

「よく働いてくれた。鳥居たちの手柄は敵の城を一つ落とした以上のものだ」

家康は鳥居の手をしっかりと握ると、腰に差していた脇差を与えた。

「切り取った敵兵の首を、敵からよく見えるところにかけて置け。万千代も手伝え」

万千代は雑兵に混じって首を物見場に運ぶ。白眼をむき、血が滴っている生暖かい首を持ち上げるが、これが意外と重い。

首実検で晒された首は見慣れたが、生首を運ぶのはこれが初めてだ。

（あまり気味のよいものではないわ）

翌朝になると首はすべて消えていた。

「なんの首か知りませぬが、斬られた首が並んでおります」

物見の報告を受けた氏直は、「何者の首か持ってこい」と兵たちに命じた。

首を持ち帰った北条方は最初は誰の首なのかわからなかった。

顔に着いた血を洗い流してよく見ると、顔見知りの者ばかりだ。

「これはわしの父親だ」

「この首はわしの兄のだ」

彼らは父や兄弟や従兄弟の首に縋《すが》りついて泣き、大事そうに首を懐に抱いている。

氏直は泣き腫らした兵たちの顔を見て、御坂峠から攻め込んだ氏忠らの攻撃が失敗したことを知った。

依田と真田の活躍で、佐久、小県郡の大半の国衆が徳川に付くと、碓氷峠からの北条の兵站路が遮られ兵糧が不足し始めた。

何しろ四万もの大軍が若神子周辺で布陣しているのだ。

七里岩台地の北東を流れる塩川の右岸は藤井平と呼ばれ、徳川陣営に近い。ここは塩川の氾濫によって土地が肥沃で稲が青々と実っている。

北条方はこの藤井平の稲を刈り取り兵糧を確保しようとしたが、徳川軍はところどころに伏兵を敷いて、刈田にきた北条兵たちを襲う。

逃げる北条の兵を追っていくと、大豆生田《まみょうだ》砦に籠もったので、徳川軍は砦を落とし、藤井平の稲を刈り取ってしまった。

地理に詳しい武田遺臣たちは碓氷峠は元より、思わぬ間道から出現しては若神子城に通ずる佐久往還上にある北条の砦を攻め落とした。

諏訪郡の諏訪頼忠は家康に本領安堵を許されると徳川方に付き、これで信濃は北四郡の上杉領を除いて、北条方は安曇、筑摩《つかま》郡の小笠原貞慶だけとなってしまった。

窮した氏政は家康不在の駿河に討ち入り、駿東《すんとう》、富士郡を攻め取ろうと考えた。

（ここを押さえれば徳川の補給路を断つことができ、甲斐の家康を逆に孤立させることができるわ）

氏政は三島に北条軍を集結させると、沼津三枚橋《さんまいばし》城から松平康親らが出撃し、三島付近で北条軍とぶつかった。

韮山《にらやま》からも北条氏規《うじのり》が加勢にきたが、江尻城からは本多重次が駆けつける。

松平康親と本多重次の奮闘によって、徳川軍は韮山まで北条軍を追い散らした。

こうなると若神子城にいる氏直はいよいよ窮し、厳しい冬が近づいてくると、士気は益々低下した。

北条方は万策が尽きた。

氏政は徳川との和睦を真剣に考え、弟の氏規を交渉役にした。氏規は家康と同じように人質として今川家にやられており、氏規と家康の屋敷が隣り合っていたため二人は親しかった。氏規は家康の元に使者を遣わした。

「上野一円を北条に譲られるなら、甲斐・信濃は徳川領と定めよう。これが決まればわれらも徳川領へは決して手をつけぬであろう。その上、徳川殿の姫君を氏直の北の方として、両家の絆を深くしたい」

家康はこの条件を聞くと、頰を緩めた。

（北条といえば早雲以来五代続く関東の覇者である。その北条がわしの娘を嫡男の嫁にしたいと言ってきたわ）

実は家康の方も決め手を欠いていた矢先だったので、北条から和睦を申し込んできたのは大助かりであったのだ。

「よし、これで手を打とう。万千代をここへ呼べ」

万千代は家康からどんな雑用を命じられるのかと顔を出すと、「北条から和睦の使者がきた。わしは大筋は北条から言ってきた条件で了承しようと思うが、まだ細かい打ち合わせがいる。そちはこの和睦を成功させるよう、北条方と交渉せよ」と家康は命じた。

万千代は耳を疑った。

（酒井様や本多様、榊原様といった歴代の重臣を差し置いて、まだ元服も済ませていない自分にこんな大役が回ってくるとは…）

万千代の顔は緊張で引き攣《つ》った。

「わしらは勝者だ。そこのところをよく強調するのだ。だが、あまり高飛車に出すぎると、気位の高い北条のことだ、気を悪くして和睦を反故《ほご》にするやも知れぬ。初めてのことなので不安もあろう。家臣の木俣守勝を付けてやろう。二人で頭を絞って必ず和睦を纏《まと》めよ」

木俣守勝は万千代より七歳年上の岡崎生まれの男で、幼い頃より家康に仕えていたが、些細なことで家族と争って一時期、明智光秀に仕えていたことがある。だが、家康に請われて戻ってくると、伊賀越えでも同行し、北条との戦さでは多くの武田遺臣を味方に付けるなどの活躍をした。

万千代は木俣のところへ行くと、「木俣殿、この度は殿から北条との和睦を整えるという大役を仰せつかった。何分それがしのような若造には身に余る重い役目であるが、無事に成し遂げたいので、どうかよろしく力をお貸し下され」と懇願した。

「わしの方こそよろしくお願いする。殿がお主の力量を見込んでのこと。若いからとそう縮こまる必要はござらぬ。できる限りのお手伝いはいたそう」

「有難い。さてどのようにしたら良いのかご教示下され。皆目見当もつきませぬ」

万千代は正直に話した。

「まず問題となりそうな点を箇条書きにし、それをどのように交渉していくかを数え上げてゆこう」

木俣は家康が選んでくれただけに、頭の鋭い、それでいて才走りせずに、辛抱強く万千代に付き合ってくれた。

十月二十九日の本番の会談に先立って、万千代は二人で作成した覚書を携えて若神子に出かけた。

北条方からは、「小田原にいる氏政の元に徳川からは大久保忠世を派遣してくれ」という注文が入り、「氏政の誓詞の受け取りと、家康の娘と氏直との婚儀については小田原で忠世と相談しよう」と申し出た。

交渉は成功し、氏直が若神子から撤退することになったが、北条方は若神子の西北の平沢にある旭山に砦を築いて番人を置いていたことが発覚した。

「氏直は信用ならぬやつだ。向こうから和睦を申し込んできたので、交渉役の氏規の顔を立てて呑んでやったのだが、氏直が約束を守らぬとあればもう一戦も辞さぬ」

家康は兵たちに命じて若神子から長浜口にかけて布陣させ、抗議の書状を携えた朝《あさ》比《ひ》奈泰勝《なやすかつ》を若神子の本陣へ走らせた。

朝比奈は代々今川家の重臣であったが、氏真の使者として長篠合戦の陣中見舞をしていた。

戦場の空気を吸うとじっとしていられない性《たち》で、合戦に参陣して武田の重臣の内藤昌豊《まさとよ》を討ち取った。この剛の者を気に入った家康が、氏真を拝み倒して手に入れたのだ。

味方の陣から唯一騎で北条の若神子の本陣脇にある大道寺政繁《だいどうじまさしげ》の陣に着くと、戦さで鍛えた大声で喚いた。

「家康公からの使いで参った。北条氏規殿の陣所はいずこか」

大道寺が陣屋で騒いでいる大男の前に出ていくと、男は大きな目で大道寺を睨みつけ、「わしを氏規殿のところへ案内して下され」と声高に叫んだ。

朝比奈は殺気立つ陣屋の中を堂々と通り抜けると、氏規と対面した。

朝比奈から書状を受け取り、それに目を通した氏規は、「少し待っておれ」と言い残すと氏直のところへ行き書状を披露した。

「折角の和睦が潰れては面倒なことになる。旭山の砦をすぐ壊せ」

氏直は家臣に命じると、「叔父上、済まぬが大道寺の息子の新四郎（直昌）を連れて新府城の家康のところまで送り届けて下さらぬか」と消え入るような声で呟いた。

氏規は新府城で家康と対面した。

「何年ぶりかのう。竹千代殿」

「お主もあの頃と変わっておらぬな、助五郎よ。この度は和睦の大役、ご苦労だったな。雨降って地固まるとはこのことよ。わが娘が氏直殿に嫁げば、徳川と北条とは縁繋がりとなる。お主とわしは親類となり、目出度いことよ」

「まさか、こういう形でお主と再会するとは思わなかったわ」

二人は頬を緩めた。

家康は和睦の使者として大役を果たした万千代に木俣守勝、西郷正友《まさとも》、椋原政直《むくはらまさなお》の他に武田遺臣の土屋衆七十人をつけ加えてくれた。

万千代は高天神城落城の際にもらった二万石に加えて、駿河の地で二万石を拝領し、四万石を領することになった。

翌月の十一月にはやっと元服が許され、兵部少輔直政《ひょうぶのしょうゆうなおまさ》と名乗るようになる。

兵部少輔というのは曽祖父・直平が名乗っていたもので、早世《そうせい》した父の代わりに自分を守ってくれた直平の恩義を忘れまいと心に誓い、自ら命名したのだ。

直政は元服の知らせを一刻も早く自分を養ってくれた恩人である直虎に知らせようと、家康に暇乞《いとまご》いして井伊谷《いいのや》に駆けた。

直政は山門を抜けると本堂には寄らずに直接離れの庵を覗いたが、直虎の姿はどこにも見えず、不審に思った直政は草鞋《わらじ》を脱ぐのももどかしく本堂に足を踏み入れた。

南渓の姿はなく、渡り廊下の突きあたりの霊屋から読経の声が響いてくる。

直政は廊下を走り、霊屋の板戸を開くと、南渓が先祖の位牌に向かって唱《しょう》を称《とな》えていた。

南渓は人の気配に気付き、後ろを振り向いた。

「やあ、万千代ではないか、どうした、何かあったのか」

元服姿の直政に気付くと、彼の来訪の意図を知った。

「お前がくるのが一足遅かったわ。直虎はわしと顔を合わせる度に、『お前の元服姿を一目見たい』とこぼしていたが、今年に入ってから風邪をこじらせてのう。それでもいつものお勤めを人手も借りずに一日も欠かさずにやっておった。だが、そのうち本堂にも顔を見せぬようになったので、わしが直虎を庵に見舞うと一人で伏せっておった。少し見ぬ間に痩せ衰えて、わしが拵《こしら》えた粥も受けつけぬようになってのう……」

南渓は目頭を押さえた。

「どうしてそれがしに知らせて下さらなかったのですか。母親代わりに育てて下された直虎様には、たとえ戦場にいても死ぬ前に一目お会いしとうござりました」

直政の胸に無念さが広がる。

「よほどお前に知らせてやりたかったが、直虎が、『知らせずにおいて下され』とわしに縋るように頼むのじゃ。お前のお勤めに支障をきたすことを心配してお前をここへ呼ぶことを遠慮したのだろう」

年とったせいか、南渓は涙もろくなっていた。

南渓は濡れた頬を拭うと、「亡くなる前の日の直虎は本当にお前の母親になっておった。痩せ衰えた体からは何か気高いものが立ち昇っていた。自分を犠牲にしても、お前の将来を一身に祈り続けている姿は、仏のようだった」と述懐した。

これを聞くと、今まで歯を食いしばって堪えていた直政の顔が急に歪み、呻き声が漏れた。

「直虎様に会ってきます」

霊屋から飛び出すと、直政は境内の奥にある井伊家の墓所へ走った。

墓所の周囲には直虎が好きだった椿が植えられており、直盛と初代の共和の墓を正面にして、左側に直虎の母親の宝篋印塔《ほうきょういんとう》が建っており、それに寄り添うように真新しい小さな宝篋印塔が作られていた。

直政は墓石の前に膝を落とした。

墓石には「妙雲院殿月泉祐圓大姉」と法名が刻まれていた。

これを目にすると直政は虚脱感に襲われた。いつも心の中心にあったものが急に消えてしまったような気がしたのだ。

だが、気を取り直すと、直政は幼い頃よく直虎に注意されたように姿勢を正し、直虎を正視し元服の報告をした。

「わたしに井伊家の誇りを教えて下さり、家康様に仕官できたのもすべて直虎様のお陰です。何と御礼を申してよいかわかりませぬ。義元の追手から鳳来寺に逃れたわたしが、山の中で孤独に耐えられたのも直虎様の愛情があったからこそです。桶狭間で直盛様が討死になされ、次にはわが父、直親が義元の家臣に殺され、殺伐とした時が井伊家には続きました。わたしが井伊谷に戻ってきたのはちょうどそのような頃で、直虎様の心中の苦しさもわからず、わたしは忙しい直虎様に甘え、煩わせてはよく叱られておりましたが、随分と可愛がってもいただきました」

直政は若かりし直虎の凛とした姿を思い出していた。

「直虎様はわたしが一人前になるまで井伊家を守ろうと決意され、尼姿となり『次郎法師』と名乗られておられましたが、還俗され直虎となられ井伊谷の地頭職につかれました。井伊家の屋台骨がぐらつき、苦難が続く中、直虎様は井伊家の舵とりを男顔負けにやられましたなぁ。報告が遅れましたが、わたしはこの度ようやく元服を許されました。たとえ戦場にあっても、直虎様だけにはわたしの元服姿を一番に見てもらおうと密かに決めておりました」

直政は溢れる涙を拭おうともせず、直虎に語り続けた。

「直虎様が、『万千代の元服姿を一目見てから死にたい』と申されていたことを南渓様から伺いました。それが生前に叶わなかったことが心残りです。遅くなりましたが、わたしの元服姿をご覧下さい」

墓所には三岳山から吹く三岳おろしが枯れ葉を揺らす。

枝が触れあう音に混じって、誰かが囁いているような声がした。

直政にはそれが祐の墓石から聞こえてくるように思え、耳を澄ますと懐かしい呟きが響いた。

「よく似合っておりますよ。お前の凛々しいその姿を目にして、わたしはこれで安心して眠ることができます。井伊家のことはそなたに頼みましたよ」

墓石の周囲には誰もいなかった。

「今はもう直虎様を煩わせた今川も滅び、武田も滅亡してしまいました。直虎様が見越されたように、信長様亡き後も家康様は北条や上杉を相手に堂々と渡りあわれ、和睦を求めてきた北条はわが殿の娘を息子の嫁にすることになりました。徳川の力は今では北条や上杉を凌いでおります。これからは徳川家が北条にとって代わり、わが殿が信長様のようにこの国を統一する日も遠くはありませぬ。わたしもその徳川家にあって酒井様や石川様といった重臣に可愛がられており、本多忠勝様や榊原康政様といった立派な武将を目指して追いつきたいと努力しています。井伊家は直虎様がいつも誇られていたように後醍醐《ごだいご》天皇に繋がる由緒ある家柄です。これまで井伊家を支えてきた先祖や、わたしをここまで育てて頂いた直虎様のためにも、これからも益々励んで参ります。直虎様、井伊家はわたしが守ってゆきますので、安らかにお眠り下さい」

見上げれば三岳山の上に黒い雪雲が垂れていた。

家康は山県昌景の旧臣たちの山県衆を直政の家臣として与えると、山県の兄の飯富《おぶ》虎昌《とらまさ》が使っていた赤い甲冑を家臣に着けるよう命じた。

具足《ぐそく》、指物《さしもの》、鞍《くら》、鎧《よろい》、馬の鞭《むち》まで赤一色で統一した「井伊の赤備《あかぞな》え」がここに誕生したのだ。

家康は旧山県衆の広瀬将房《まさふさ》、三科形幸《みしなかたゆき》に命じて直政に山県流の弓矢術を教えさせた。

武田遺臣を直政に与える前に、家康は忠次に相談したことがあった。

「今度武田の旧臣を誰に付けようかと迷っておる。初めはお主に付けようかと思ったが、やはり若い者の方がよいだろう。わしは直政に付けようかと考えておるが、そちはどう思う」

忠次は少し残念そうな表情であったが、「直政は若年ですが、何事にも熱心に取り組み物怖《お》じしないところもあり、なかなか見どころのある若者です。直政は忠勝や康政と違い子飼いではありませぬが、その分武田遺臣と境遇が似ているので、彼らは直政に懐《なつ》くかも知れませぬ」と賛成した。

「そうか、忠次がそう思うなら間違いはなかろう」

武田の遺臣が直政の配下になるという噂が流れると、榊原康政が血相を変えて忠次のところへやってきた。

「なぜ武田の者たちが新参者の直政だけに付けられたのでしょうか。忠次様や忠勝かそれがしのところに付けられるのが筋かと思いますが、殿は一体どのように思われているのか。それがしはこの措置には納得が参りませぬ。直政めと刺し違えてそれがしも死のうと思うほど腹が立ちます」

　忠次はいきり立つ康政を睨み付けた。

「馬鹿を申すな。殿は初めわしに武田遺臣を預けようと申されたが、考え直されてわしに相談されたのだ。その時わしが直政に与えるよう殿に勧めたのだ。そんなことも知らずに意地を張るなら、わしがお前の妻子一族を殺してしまうぞ」

　忠次が怒鳴りつけると、康政も自分の非を悟ったのか黙って引き退《さ》がった。

　元服した直政は武田遺臣の者たちの知恵を引き出し、彼らを纏めようと励む。そんな彼の姿を見て家康は目を細めた。

「お前も直政と名乗るような一人前の男となったことだし、わしから引出物をやろう。ところでお前は何歳になったのか」

　家康は眩《まぶ》しげに直政を見上げた。

「二十一になりました」

　直政は家康の真意がわからず返事した。

「元服も済ませたことだし、今度は嫁取りだな。わしが良い嫁を世話してやろう」

甲斐、信濃を手中にしてから、最近の家康は気持ちが悪いほど上機嫌だ。

浜松城の本丸に呼び出された日も、直政は朝から武田軍法の研究に忙しかった。

「喜べ、良い相手が決まったぞ。嫁の父親はお前もよく知っている者だ。駿河三枚橋城の松平康親の娘で花という。わしも花を一度目にしたことがあるが、容姿は美しく、性格もよさそうでお前とは似合いの夫婦だ。花をわしの養女としてお前に添わせてやろう。わしの計らいに異存はないな」

家康の娘をもらうことになるのだ。もちろん拒む理由もない。

「殿の仰せなら喜んで頂きます」

「よし、そうと決まれば早いに越したことはない。婚儀は来年正月とするぞ。これで井伊家も安泰で、家臣たちも安心するだろう。松下源太郎の家にいるお前の母親にも知らせてやれ」

一月十一日に婚儀は直政の屋敷でとり行われた。

百人を越す従者が花嫁の輿《こし》を守り、その後を華やかな衣装を着けた侍女ときらびやかな長持の行列が続く。

家康の養女を嫁にするということで、井伊家の一族からは龍潭寺の南渓がやってきた。

徳川家では家康をはじめ、重臣たちも直政の屋敷に顔を揃えた。

康親も家臣に支えられながら娘の晴れ舞台の席に出てきた。

普段酒を控えている家康もこの日は特別で、赤い顔で畏《かしこ》まっている直政のところへやってきた。

「よい嫁であろう。早く子供を儲けて南渓殿や母親を安心させてやれ」

直政に酒を注ぐと今度は新婦に挨拶した。

「こやつは口数が少なく不愛想に見えるが、苦労人なので人への気配りができる男だ。そなたは何事も直政と相談して、井伊家のために尽くせ。直政はわしにはなくてはならぬ者ゆえ、そなたはしっかりと家政をきり盛りして、主人の言うことをよく守り、直政を労ってやれ」

家康は平素見せたことのない家庭的な一面を披露した。

忠次や数正といった重鎮が直政のところへ挨拶にやってくると、直政は畏まって年寄りの訓示に頷いていたが、忠勝や康政などの兄貴株たちが直政を冷やかしにきた。

彼らは花嫁の顔を覗き込んで、「直政には惜しい嫁だ。こんな美しい嫁をもらうと可愛がり過ぎて日頃のお勤めに支障をきたすようになるわ。殿は罪つくりなことをなされたものよ」と毒づいた。

直政は先輩たちの荒っぽい励ましに苦笑した。

数日後、城へ出仕した直政は家康に花の花嫁ぶりを聞かれた。

「花はよい嫁であろう。殺風景な男所帯に女が出入りするようになれば、少しは華やいだであろう」

「お花殿はそれがしによく尽くしてくれます。よい花嫁を世話して頂き感謝しております」

「お花殿か。花はわしの養女とはなったが、お前の嫁だ。わしに遠慮はいらぬ。花と呼び捨てにしてよいぞ。それともあれはわしの養女だとひけらかして、高飛車にお前を扱うのか」

「滅相もございませぬ。花はよくできた嫁でございます」

直政は首を振る。

狼狽《うろた》えた直政の様子から、家康は花が自分の威光を笠にきて、直政を尻に敷き出したと察した。

「ところで、お前には督《とく》姫と氏直の婚儀のことで働いてもらったのだが、先日北条からお礼の品が届いた。小田原から馬に引かせて重い長櫃《ながびつ》がやってきた。これがその長櫃だ」

家康が長櫃の蓋を開くと、中には橙《だいだい》がぎっしりと詰まっている。

「温暖な相模では橙は食べきれぬほど取れるのでしょうか」

直政は首を捻った。

「そうらしいな。実はわしは京から送られてきた九年母《くねんぼ》（みかん）の実を北条に送ってやったのだ。それを北条の重臣たちは橙と見違え、わしがどうして珍しくもないものを送ったのか不思議がり、浜松では橙が珍しいのかと思って送ってきたらしい」

「浜松では橙など珍しくもない果物ですが、無礼な振る舞いですな。こんなものを送ってくる北条に、われらは嘗められた気がしますわ」

直政は本気で腹を立てたが、そんな直政の顔をちらっと見た家康は、「わしもこれを見た最初はお前のように腹を立てたが、橙と九年母も見分けられぬようでは、北条は最早長くは持つまいと思ったわ」と苦笑した。

「主人はともかく、家臣がこのような軽はずみなことをするようでは駄目ですな」

直政もこの前の戦さで、北条の驕りを感じていたのだ。

小牧・長久手

本能寺の変の後、秀吉は明智光秀を討つと、天正十年六月二十七日に清洲《きよす》城に信長の遺臣、遺子を集めた。いわゆる「清洲会議」で信忠の嫡男の三法師《さんぼうし》を信長の跡目に決めると、十月には京都大徳寺で信長の葬儀を取り仕切った。

天正十一年になると、「清洲会議」に不満を持つ織田家の重臣、柴田勝家は信長の三男の信孝《のぶたか》を担いで秀吉に対抗しようとしたが、柴田は秀吉に破れて北ノ庄《きたのしょう》城で自害し、信孝は信長の二男である信雄《のぶかつ》に追い詰められて腹を切った。

秀吉は賤ヶ岳合戦の後、信雄に尾張をはじめ、伊賀、北伊勢、美濃の一部の四ヶ国を与えた。

秀吉は柴田退治にさんざん信雄を利用したが、信雄は秀吉の真の目的が旧信長政権を奪うことにあることに気付くと、彼は信長の朋友であった家康を頼ろうとし、長島から清洲城に移り、家康の来援を待つ。

一方、秀吉は信雄の宣戦布告を受けてもすぐに立ち上がれない事情があった。二十四州を勢力下に治めている秀吉の政権基盤はまだ脆《もろ》く、家臣といっても昨日まで織田政権の同僚であり、秀吉の命令一下では動かないのだ。

家康はその弱点を突き、紀伊の雑賀《さいが》や根来《ねごろ》、越中の佐々成政《さっさなりまさ》、四国の長曾我部元親《ちょうそかべもとちか》らと密書を交わし、秀吉包囲網を築こうとした。

外交は秀吉の得意とする分野だ。

秀吉は家康の包囲網に対抗して、中村一氏に雑賀、根来の一揆に備えさせ、四国の長曾我部には淡路の仙石秀久《せんごくひでひさ》を、西国の毛利には備前の宇喜多秀家《うきたひでいえ》を当てた。

北伊勢では賤ヶ岳合戦で降伏した滝川一益を許し、志摩の九鬼喜隆《くきよしたか》、伊勢の関万鉄《せきまんてつ》などを味方に付けた。

家康は天正十年に北条と同盟を結んでいるので東方に脅威はなく、信雄の要請に応じて秀吉と戦うことを決意し、浜松を発って清洲へ向かう。

直政は出陣するに当たって龍潭寺を訪れた。

「久しぶりじゃのう。お前の顔を見るのは昨年の婚儀の席以来だ」

「ご無沙汰しておりましたが、今度家康様の先手の大将として出陣することになりました。まずそのことを南渓様と直虎（祐）様の墓前に報告しなければと思い、家康様に一日の暇《いとま》を頂きました」

「そうか、一軍の大将として出陣するのか。その言葉を聞けば喜ぶ祐の顔が目に浮かぶようじゃ」

南渓は手で涙を拭った。

精悍な目付きは相変わらずだが、顔には皺が増え、肉付きのよかった南渓の僧衣が風に揺れている。

直政は境内を霊屋の方に進むと、奥にある井伊家の墓所の前にきた。

墓所には椿の花が満開で、肉厚の緑の葉に赤や白の花が鮮やかに映る。

直政も一緒に植えた苗木が、直政の背を越すほどに伸びていた。

正面から左手に三つの宝篋印塔が並んでおり、どの墓前にも切ったばかりの椿の花が活けられていた。

直盛、それに直盛の妻と直虎の墓石へと、直政は手桶から柄杓《ひしやく》で水を汲むと、丁寧に水をかけた。

それから彼は墓前に座り込み、まるで直虎が生きてそこに座っているかのように語りかけた。

風雨に晒された墓石は二年の歳月が経っていることを物語っていた。

「直虎様、わたしも早や二十四歳となりました。今わたしが命長らえて生きておられるのも、徳川家に仕官できたのも直虎様のお陰です。井伊家がこれからという時に直虎様が亡くなられ、わたしの出陣の晴れ姿を見ることを生き甲斐になされていた直虎様に、今日の姿をお目にかけられぬことが心残りです。わたしは直盛様と父上、それに直虎様や南渓様のお陰でここまでやってこられました。これからも井伊家の繁栄に励み、皆様にご恩返しをしていくつもりです。直虎様もどうか天上からわたしを見守っていて下さい」

直虎や世話になった人々の顔が蘇ってきて、直政の声は湿りがちになった。

本堂に戻ると南渓が酒を用意して待っていた。

「これから秀吉との大戦さが始まるのか」

「はい、それで井伊家代々の軍旗について南渓様に伺いにきたのです」

「そうか、井伊家も直虎の代で城主不在となってしまったので、そなたが軍旗のことを知らぬのも尤《もっと》もなことだ」

南渓は筆先に墨を湿らすと、文机に置かれた紙に大きな字で「井」と「正八幡大菩薩」と書いた。

「旗は井桁《いげた》だ。そなたも井伊家の井戸のことは知っておろう」

「はい、直虎様からよく聞かされました」

「吹き流しは正八幡大菩薩だ」

直政はこの戦さで先鋒を務めるので、これが井伊家にとって晴れの舞台となる。

「ちょっと待っておれ。そなたに土産をやろう」

南渓は、「よっこらしょ」と声をかけて立ち上がると、本堂から出てゆき二人の男を連れてきた。

「昊天《こうてん》と傑山《けっさん》と申す。どちらもわしの秘蔵の弟子で二人とも僧侶だがそこらの坊主とは訳が違う。二人の武芸の腕は天下一品だ。昊天に長刀《なぎなた》を持たせれば、こやつの右に出る者はまずいないだろう。傑山は那須与一《なすのよいち》も驚くほどの弓の名手だ。この二人を連れていけ。役に立つことはこのわしが請け負う」

二人は最初南渓の意図がわからなかったが、戦いにゆけると知ると相好《そうごう》を崩した。

「お前たち二人は今日から経を唱える坊主から武士になり、直政がこの戦さで高名をたてられるように働くのだ、よいか」

二人は目を輝かせて南渓を見た。

直政が南渓に礼を言おうとすると、「これを持ってゆけ」と南渓は井伊家代々の軍《ぐん》扇《せん》を直政に渡した。

この日月に松樹を金銀であしらった軍扇は直政には見覚えがあった。

それは桶狭間で討死にした直平がしっかりと手に握りしめていたもので、黒い血痕が染みついていた。

「南渓様、これで先祖の思いを胸にして、心置きなく戦場にゆけます。この軍扇を大切に使わせてもらいます」

「よし、気をつけてな。武運を祈っておるぞ」

南渓は龍潭寺の山門まで見送った。

直政が清洲城に着くと、「龍潭寺で名残りを惜しんできたか。わしはこの戦さで秀吉と刺し違えるつもりで出陣してきた」と家康はこの戦さに賭ける心境を吐露した。

「お前には必死で働いてもらわねば困る。そこで近藤秀用《ひでもち》と菅沼忠久と鈴木重好の三人をお前の与力に付けてやろう。彼らは元々井伊家の家臣たちなので、気心が知れており、お前も使い易いだろう」

元服した際、木俣、椋原、西郷らの戦さ巧者たちを重臣として付けてもらっており、その上井伊谷三人衆が加われば直政としては大いに助かる。

礼を言上する直政に、「戦功をあげてわしを楽にして欲しい」と家康は励ました。

「犬山周辺から黒煙が上がっています」という物見の知らせで、家康と信雄とが清洲城の本丸から犬山方面を眺めると確かに城付近の村々が燃えている。

家康は犬山城周辺の黒煙から池田恒興が犬山城を乗っ取ったことを知った。

「美濃、尾張、三河の三国を与えよう」という秀吉の餌に目が眩んだ恒興は、犬山城を落として秀吉への手土産にしようとした。

犬山城は彼の旧城でもあったので、三月十三日の夜に簡単に犬山城を落とした。

清洲城の家康は、「急ぎ犬山城へゆき、恒興を討ちとる」と信雄とともに犬山へ駆けつけたが、恒興は犬山城に入った後だった。

清洲城へ戻った家康は軍議を開く。

「犬山城が敵の手に渡った今、秀吉は犬山城を本陣とするだろう。ここ清洲城では南に寄りすぎている。秀吉本隊がくる前に、われらも犬山城に近いところに本陣を進めたい。どこか良いところはないか」

家康が家臣を見回すと、榊原康政と目があった。

彼は広げられた絵図面で、清洲城と犬山城の中間辺りにある山を指差した。

「この小牧山と申すは濃尾平野の真ん中に屹立《きつりつ》する孤山《こざん》でそう高くはないが、眺めは抜群で、故信長公も清洲から岐阜城に移られる前、一時この小牧山を本拠地とされたと聞いております。山頂からは北の犬山城は元より、西は清洲城、南は遮るものが何もありませぬ」

「よし、秀吉方に取られる前に小牧山に陣を築け」

家康は康政に構陣《こうじん》を命ずると、康政は三月十五日に小牧山を押さえた。

兼山《かねやま》城主の森長可は恒興の娘婿で、恒興が犬山城を乗っ取ったことを羨しく思っていた。

彼は信長の家臣の森可成《よしなり》の次男で父と兄可隆《よしたか》が戦死したので、十三歳で森家の家督を継いだ。

美濃、尾張の地理に詳しい長可は、康政が目を付けた小牧山の戦略上の意味をよく理解しており、徳川軍より先に小牧山を取ろうとした。

三月十五日、兵三千を率いて兼山城を発った長可は、翌日には犬山より四キロ南の羽黒に陣を構え、池田父子が犬山から出陣してくるのを待ったが、池田父子はなかなかやってこない。

しびれを切らした長可は陣の見通しをよくするために、村々に火を放つと羽黒八幡林に布陣した。

村を焼く黒煙が清洲城からでもよく見える。

偵察から戻った物見が、長可が孤軍であることを確かめてきた。

戦さ慣れしている忠次は、長可の布陣の仕方を聞いて、彼の力量がそれほどのものでないことを嗅ぎとった。

「森と申す者は信長から『長』の字を許されたほどの男で、上方では鬼武蔵と呼ばれているそうだ。一戦してどの程度の者か小手試しをして、三河武士の手並みを教えてやろう」

長老の酒井忠次の意見に、「一当てあてて鬼武蔵の度肝を抜いてやれ。丹羽はこの地の者なので、お前が道案内せよ」と家康は許可を与えた。

家康は忠次を総大将に指名すると、奥平信昌《おくだいらのぶまさ》、大須賀康高、榊原康政らに三千の兵を預けて羽黒へ向かわせた。

直政は出陣を請うが、「焦るでない。戦さはまだ始まったばかりだ。決戦の時がくればお前にも出陣してもらう。それまで待て」と家康は逸《はや》る直政を制した。

忠勝や数正といった連中も居残っているので、直政は黙って頷くしかない。

攻撃隊が清洲を発ったのは深夜であった。羽黒はちょうど小牧山と犬山の中間に位置し、森隊は羽黒川の北に布陣していた。

徳川軍は夜明けを待って羽黒川の対岸から鉄砲を撃ちかけ、信昌率いる一千の兵は続々と渡河した。

「敵は戦さの術《すべ》も知らぬ上方武者だ。それ、押しまくれ！」

信昌に遅れじと、忠次の二千の兵も川を渡り始めた。

「退く者は斬り棄てるぞ。退くな、かかれ、かかれ！」

長可は必死に叫ぶが、勢いを失った森隊は徳川軍に押されて、三町（約三百メートル）ほど羽黒村へ退いた。

羽黒村で態勢を立て直した森隊は今度は数で変わらない徳川軍を押し始め、六千の兵が狭い羽黒村で砂塵《さじん》をあげて激しく火花を散らす。

この様子を見た忠次は二千の兵を左側から森隊の後ろへ迂回させて攻めたてた。

森隊は思わぬ横槍に崩れ立ち、犬山城を目指して逃げ出した。

犬山城から、長可の隊が徳川軍に追われて逃げる様子を見ていた恒興は怒り出した。

「城から討って出て婿殿を助けよ。それ者ども、徳川軍を蹴散らせ」

恒興は今にも駆け出そうとした。

「殿、狂われたか。敵は勝ち誇って勢いに乗っておる上に、大将は海道一の弓取りと呼ばれる家康でござるわ。無謀に出陣すれば必ず敗れましょう。敵が城に攻め込んでくるまで待ち、そこを叩けば十中八九は勝てましょう」

家老の片桐半右衛門は恒興の馬の轡《くつわ》を握って放さない。

彼らが徳川軍が迫ってくるのを息を潜めて待っていると、敵の後方に金扇の馬印が現われ、その馬印が朝日に当たって輝いている。

「家康がきたぞ」

池田隊は家康直々の出陣に色めき立ったが、今まで喚声をあげて近づいていた敵が急に進軍を止め、犬山城に向かって鬨《とき》の声をあげ、そのまま小牧山の方へ戻り始めた。

小牧山に戻った家康は珍しく機嫌がよい。

「小牧山は重要なところだ。さて誰を置こうか」

直政は自分が手をあげようとしたが、榊原康政が先に家康の前へ進み出た。

「それがしがこの地を見立てて土塁も築いたので、砦の弱点もよく知っております。その役目ぜひそれがしにお命じ下されし」

「よし、そちに任そう」

直政は出鼻を挫《くじ》かれてしまった。

家康は康政を小牧山に残し清洲城へ戻ると、忠次を呼んだ。

「その方の戦功はいつも立派だ」と家康は忠次を褒め、左文字の御刀を与えた。

「わが家の者たちは甲州の武田や小田原の北条と戦い慣れているので、池田や森などという小倅に勝っても誉れというほどのものでもござらぬ」

忠次がおどけて笑うと、重臣たちもつられて哄笑《こうしょう》した。

家康が奥平や大須賀に太刀を与えるのを見ると、直政は羨ましい。

その思いはこの戦さに加わらなかった忠勝や数正も同様らしく、「この度の上方衆の合戦の手並みを拝見しておったが、これからもそう変わらないだろう。上方の合戦ぶりは東国と異なり、槍合戦は稀なようだ」と二人は参陣できなかったうさを上方侍をなじることで晴らす。

一方、畿内《きない》での対秀吉包囲網の対応で出遅れた秀吉は羽黒での敗戦を耳にすると、

「二人は、武勇に走り、敵を侮る癖がある。彼らに任せてはおれぬ。わしもそろそろ腰を上げねばなるまい」と秀吉は余裕のあるところを示し、周囲の者に出陣を命じた。

秀吉が三万あまりの兵を率いて大坂城を発ったのは三月二十一日で、二十七日には、犬山城に入った。

「恒興殿が犬山城を奪取したのは大手柄だ」

秀吉はまず恒興を持ち上げて彼の機嫌をとった。

後続の兵も次々と木曽川を渡り、犬山周辺は秀吉方の兵で溢れた。

秀吉は羽黒、楽田の辺りを視察し、徳川軍の備えが固いことを知ると、小牧山を取り囲むように砦を構築し始めた。

それを知ると、家康も清洲城から小牧山へ本陣を移した。

家康が小牧山から秀吉の陣を眺めていると、木曽川が朝日を受けて、まるで大蛇がうねっているように映り、犬山城を扇の要とすると、ちょうど扇を広げたような格好で、秀吉方の砦が濃尾平野を埋め尽くしている。

家康は直政に命じて、彼に付けた武田遺臣の広瀬美濃、三科肥前、早川弥惣左衛門らを呼びつけ、重臣たちの前へ連れてきた。

「秀吉の陣をどう見る」

彼らは平気な顔付きで敵の砦を眺めると、広瀬は、「数だけは多いが、取るに足らぬ敵です。しょせん寄せ集めの兵で全然統制がとれておりませぬ」と言い切った。

（殿が武田遺臣を呼んだ理由はこれか。敵の大軍を目の前にして怖じ気づかぬよう味方に気合を入れるためか）

直政は家康の意図を知った。

（そういえば、長篠の戦いの折も、武田の兵たちは圧倒的な大軍の織田、徳川の連合軍に怯むどころか、何度となく突進してきた。彼らからすれば、武田軍ほど戦さに精

通している者はいないという自負があり、殿も彼らのそこを買っておられるのだ）

忠次や忠勝、康政らもこれを聞くと、「彼らの申す通りよ。戦さに慣れぬ者の頭数をいくら集めても所詮われらの敵ではないわ。上方勢など恐れるに足らぬ」と武田遺臣たちを褒めた。

（われらを長年苦しめてきた武田の生き残りが断言するなら、われらは上方勢に勝てるぞ）

重臣たちの心の中にふつふつと闘志が燃え上がった。

四万あまりの秀吉の兵と、家康、信雄の一万五千人の兵が小牧山と犬山城の間の広大な濃尾平野に対峙している。

圧倒的多数の秀吉軍は一気に小牧山を落としたいところだが、秀吉も家康も長篠の戦いを経験しているので、どちらも手出しを控えていた。

（先に手を出した方が不利になる）

構築陣地に飛び込んでいくことの無謀さを、二人とも熟知している。

多少の小競り合いはあったが、先に焦《じ》れたのは秀吉の方であった。

羽黒での娘婿の敗戦の汚名を挽回したい恒興は重臣たちを説得しようとした。

「先頃まで小牧山の敵陣には車の紋の旗だけだったが、この頃色々の旗が見える。榊原だけでなく家康をはじめ三河の大半の者が小牧山に籠もっているようだ。この分だと家康の本拠地の岡崎は空き家同然であろう。われらが先陣として三河に乱入して岡崎を乗っ取れば小牧山の家康は山を降りざるを得ず、その時秀吉殿の本隊が側面を突けばわれらの勝利は間違いなかろう」

　息子の之助や長可もこの「中入り」策に大いに乗り気になった。

　恒興は犬山へ行って秀吉に「中入り」を勧めたが、秀吉は、「この策は危険すぎる。成功すればよいが仕損ずれば取り返しのつかぬことになる」と迷い、「明日返答しよう」と即答を避けたが、粘っこい恒興の要請に秀吉はついに折れた。

「わかった。『中入り』を許そう。ただし大将は秀次で、森長可を援軍とする」

　これを聞くと恒興は思わず頰を緩めた。

「堀久太郎と長谷川秀一とを軍監として遣わそう」

　二人とも信長の小姓を務めていた者で、秀吉はこの二人を付けることにした。

　秀吉はこの日、陣をもっと小牧山に近い楽田に移し、その前面にある二重垣から青塚まで長々と馬防柵で結んだ。

　小牧山からはその様子が一望できる。

　家康はそれを見ると傍らにいる直政に、「秀吉めはわしを武田勝頼と同じように思っておるようだ」と秀吉の挑発に高笑いした。

「中入り」の第一隊は池田恒興の六千、森長可の三千が第二隊、堀久太郎秀政《ひでまさ》の三千が第三隊、本隊は三好秀次の八千である。

彼らは四月六日の夜半に、各々の陣営を出発し、二宮山の鞍部《あんぶ》である物狂坂を越えて、池の内、大草を通過すると、七日には篠木、柏井に集結して七日の夜はそこで野営した。

この地は信長の頃は織田家の直轄地であったので、恒興隊がやってくるとたちまち村瀬作右衛門（大留《おおどめ》城主）や森権右衛門らが彼らを出迎えたが、篠木の村人で徳川家に通じた者が小牧山へ「中入り」隊が三河を狙って南下していることを通報すると、家康はすぐに出陣を決意した。

「榊原、大須賀、水野忠重と勝成それに本多康重《やすしげ》が先発せよ。敵に気付かれぬよう道案内には丹羽氏次が立て」

四千五百の兵が敵を追尾し、南にある小幡城を目指す。

先発隊が、本多広孝が守る小幡城に入ったのは四月八日の夜十時頃であった。

広孝は偵察隊を出して、敵兵が半里ほど東にある竜泉寺を通過して南に向かったことを知ったので、さっそく小牧山の家康本陣に伝令を走らせた。

一方、家康は留守を酒井、石川に任すと、小幡城に向かう。

家康が小牧山を発ったのは八日の夜十二時頃で、丹羽氏次の家臣が道案内をする。

「中入り」の左翼の第一、二隊は先行し、諏訪ヶ原から印場を経て庄内川の支流の矢田川を渡ると、長久手の熊張《くまはり》の西から香流《かなれ》川を渡河し、長久手を抜けて藤島村まで進軍した。

第一隊の池田父子と第二隊の森長可が丹羽氏次の岩崎城に近づいたのは九日の未明であった。

城は城主の丹羽氏次が小牧山に出張っているため、弟の氏重が守っていたが、三百人足らずしかいない城から鉄砲を撃ちかけた。

「こんな小城など『中入り』前の血祭りにしてやれ」

思わぬ小城からの抵抗に長可は怒った。

「若い者はさすがに勢いが良いわ。よし、わしはこの城を落とすことに決めた。だが、時間をかけてはならぬ。力押しに攻め落とせ」

恒興は娘婿の機嫌を損んじまいと気を配り、三河へ「中入り」することを後回しにした。

九日の朝五時頃から始まった戦闘は七時頃には終わり、恒興は六坊山と呼ばれる山の部隊である。

一方、八日の夜十二時頃小牧山を出発した家康の主力部隊は直政が率いる武田遺臣の中腹で首実検をし始めた。

彼らは先に小幡城に向かった先発隊と合流すべく、「中入り」隊と遭遇しないよう遥か西側を迂回して南下し、小針、豊場、如意、味鋺《あじま》を通過すると、勝川《かちがわ》の龍源寺の境内で休憩した。

家康はここで初めて鎧を身につけた。

(さすがに殿は海道一といわれるだけのお人だ。悠然とされておるわ)

直政は家康の振る舞いに感心した。

この夜は霧雨で勝川村は煙っている。

「あの村は何と申す」

案内役の丹羽茂次が「勝川村です」と返事すると家康は頬を緩めた。

「これは戦さをする前から勝ったようなものだ。縁起が良いので勝川村で休もう」

(殿には勝算があるのだ)

直政は家康の落ち着きぶりをそう解釈した。

家康は勝川村で一服し、小幡城に入ったのは、九日午前零時であった。

水野は家康に、「敵の『中入り』の部隊は約二万の兵たちで、先陣は池田と森の部隊で今岩崎城を攻めており、中陣の堀の部隊はそれより北に一里ほど行った金萩原というところで休憩しております。そこは長久手村から約一町ほど北東の方向でありまする。後陣の秀次の本隊は縦に長い陣型をしており、先手は金萩原の北にある高ヶ根から、殿《しんがり》は白山林という白山神社周辺の林で休んでおる様子で、敵はわれらが迫っていることに全く気付いておらぬようです」と報告した。

「よし、水野らは後陣の秀次の陣を追いかけて彼らを叩け。わしは中陣の堀を側面から突いて『中入り』隊を二つに分断しよう」

軍議はすぐに済んだ。

「水野は大須賀康高と岡部長盛らを率いて矢田川を渡り、猪子石原《いのこいしはら》から秀次軍の右を突く。榊原康政、本多康重らは矢田川を渡らずに、そのまま東進し、白山林の後方で矢田川を渡河し、秀次軍を背後から襲うこととする」

家康は重臣たちに命令すると、「わしもすぐに発つ」とつけ加えた。

秀次軍は夜が明けてから進軍しようと薪を集めて湯を沸かし、腰兵糧《こしひょうろう》を降ろして一服していた。

白山林は高低差が十六メートルほどの丘陵でその上に白山宮があり、矢田川とその南を流れる香流川の中間にある。

暗かった空が白み、白山林のはっきりとした輪郭が現われてくると、白山林の鬱蒼と繁る樹木の間から、焚き火の煙が立ち昇り、兵たちが動いている様子が肉眼でもよくわかる。

敵の奇襲を予想だにしていなかった八千の秀次軍は、迫ってきた四千五百の徳川軍が万を越す大軍に見えた。

秀次の家臣の朝倉丹後守は白山林に止まり懸命に防戦するが、二方面からの攻撃を支え切れずやがて崩れた。

秀次に付けられた長谷川秀一は混乱する味方を取り纏《まと》めて白山林を駆け下り、高ヶ根よりさらに南の高地である細ヶ根に上がって陣を整えて、下から攻め上がってくる徳川軍を迎え撃つ。

この辺りは百メートルもない丘と窪地とが続いているような珍しい地形をしており、丘の部分を細ヶ根や檜ヶ根というように「ね」と呼び、窪地を長久手のように「くて」と呼ぶ。

堀秀政は北の方で銃声が盛んなので不審に思っていたところ、秀次の軍監の田中吉政が、「後陣は徳川軍に奇襲されて大混乱している。早くとって返してくれ」と堀の陣へ飛び込んできた。

秀政は秀次の無事を確かめたかったが、吉政自身が伝令番のように逃げてくるようなら、秀次の生死もわからぬほどの敗戦だろうと危惧し、家臣を細ヶ根へ遣り、秀次を襲った部隊がまもなくこちらへやってくると思い、金萩原の平地から近くの仏ヶ根を通り北の檜ヶ根の高地に三千の部隊を移動させ、鉄砲隊を前列に敷いて備えた。

そこへ長谷川秀一に伴われた秀次と残兵一千がやってきた。

「秀次様が御無事で安心しました。さあこの檜ヶ根の高みから、それがしの戦さぶりをご覧下され。徳川勢を蹴散らしてやりましょう」

秀政が檜ヶ根で待ち構えていると、北から猛々と砂塵を上げながら徳川の部隊が近づいてくる。

「よく引きつけて撃て。やつらは早朝からの戦さで疲れている。それ、やつらの隊列が乱れておるぞ」

秀政が手を振ると銃声が一斉に轟き、視界は硝煙で曇った。

寄せ手の榊原、大須賀隊は思わぬ反撃に大いに乱れた。

そこをすかさず三千の秀政の兵が山頂から突出してきたので、徳川軍は多くの死体と怪我人を残して逃げた。

秀政は逃げ惑う徳川軍を東の岩作方面まで追撃すると、秀次はその隙に犬山に向けて引き揚げることができた。

家康は別働隊がさんざん敗れる様子を東の色ヶ根の高台から苦々しく眺めていた。

大須賀、榊原の伝令役、渡辺半蔵が唯一騎で色ヶ根の山頂に走り込んできた。

「われら堀隊に散々敗れ、敵は勢いづいて足並みが乱れております。今、殿の本隊がやつらを襲えば勝利することは間違いござらぬ」

その時物見に出ていた内藤正成が戻ってきた。

「敵の大軍は勝ち誇ってその勢いは止まることを知りませぬ。ここはひと先ず岡崎へ戻られるべきかと思います」

正成が言い終わる前に、もう一人の物見役の高木清秀が敵の首を手土産に戻ってきて、「戦さは勝ちますぞ。早く本隊を敵に懸からせませ」と叫んだ。

その場にいた本多正信は家康の方へ膝を進め、「高木は埒もないことを申すな。勝ち誇った大軍に攻めかかる馬鹿がどこにおる。内藤の申すように一刻も早く岡崎へ馬を進められませ」と家康に言上した。

これを聞くと高木は激怒し正信を睨みつけ、大声で喚いた。

「こら、弥八郎、貴様はそろばんを抱えて米や味噌の勘定をしておればよいのじゃ。

戦場での進退を知らぬ者は差し出口を控えろ」

家康は武骨な三河者のやり取りを耳にして、思わず頬を緩めた。

「これより西に見える富士ヶ根に陣を移す」

家康は雌雄を決して戦うことを全員に告げ、直政を呼びつけた。

「そちは一軍を指揮して今日の手柄を立てよ」

家康直々の指名に喜んだ直政は三千の兵を率いて富士ヶ根に駆けるが、何といっても二十二歳になったばかりの若者だ。

直政が家臣を追い抜いて先頭になって馬を飛ばすので、兵たちは彼に追いつこうとして、つい隊列が乱れる。

家康は大切な一戦に気が立っており、井伊隊の軍の乱れから合戦の綻《ほころ》びが生ずることを恐れた。

「木俣清左衛門はどこにおる。どうして直政の一人駆けを止めぬのか。木俣に腹を切らせよ」

伝令が何度もくるので、直政も家康の激怒ぶりを知って隊列を整えさせた。

追撃していた秀政が後方の檜ヶ根を振り返ると、檜ヶ根の南にある富士ヶ根の高地に金扇の馬印が立っていた。

「家康自らやってきたのか」

秀政は家康の素早い動きに驚き、軍を纏めると、そのまま北上して、稲葉、新居、篠木、柏井を通って二重堀砦に退いてしまった。

こうなると富士ヶ根より南の仏ヶ根付近の池田・森隊は帰路を塞がれ孤軍となる。

家康は西の富士ヶ根に向かう途中に榊原や岡部らの残兵を収容し、富士ヶ根から南に位置する前山と仏ヶ根の高地を押さえた。

家康は直政に仏ヶ根に布陣するよう言い付けて、自らはその西の前山に陣を張ったが、戦さで気負っている直政を落ち着かせようと仏ヶ根に立ち寄った。

家康は直政の手をとると、「されば戦さを始めるか」と直政を励ます。

直政も思わず、「されば…」と家康の手を握り返した。

家康が立ち去ると、武田遺臣たちは不満気だ。

「これから戦さが始まるというのに、もっと勇ましい掛け声を出されませ。調子が狂ってしまうわ」

「一軍の大将らしく気合を入れて振る舞え」と彼らの顔は訴えていた。

「そうは言うが、殿が『されば』とおっしゃったので、わしも『されば』と答えたまでだ。他にどう言えと言うのだ」

直政の頭の中は手柄をどのようにして立てようかとの思いで一杯で、家康が何と言ったのかゆっくりと考えるゆとりもなかった。

戦さ経験豊かな武田遺臣たちは直政を盛り立てるよう家康に言われている。

彼らには十六貫もの体に朱具足をつけ、唐《から》の頭《かしら》の冑を猪首《いくび》に被り、黒半月という牛のように頑丈な馬に乗っている直政の姿は頼もしい大将に映る。

右翼が前山にいる家康隊三千、左翼は仏ヶ根の直政の三千。その間の狭間にいる織田信雄の三千は予備隊だ。

この家康の布陣を見て、池田・森隊も家康と決戦すべく陣を構えた。

右翼の池田之助と輝政の兄弟隊は田の尻の高地で四千人。

左翼の森隊の三千は岐阜獄の高地に、恒興の二千は中央の首狭間に布陣する。

勢力がほぼ互角の徳川軍と池田・森隊は仏ヶ根の付近のため池や葦が繁る湿地を挟んで向かいあう。

時刻は十時頃になると戦機は熟してきた。

先に動いたのは直政隊だ。

直政の軍は旗から具足にいたるまで赤一色だ。

直政が駆け出すと、木俣、鈴木らの重臣と武田遺臣たちが続く。

家康の本陣は前山を動かない。

左翼の森や右翼の池田兄弟の前衛部隊と井伊隊とが激突した。

いつの間にか直政が先頭に立ち、向かってくる騎馬と一騎討ちをしている。

前山にいる家康は気が気でない。

「また直政の一騎駆けが始まったわ。伝令を走らせてやつを後へ下げよ」

赤備えの軍が楔を打ち込んだように敵の左翼・右翼の前衛隊を割ると、敵陣の中央が凹んだ。

直政は勢いづいてこのまま一目散に正面の田の尻の池田兄弟の陣に攻めかかろうとした。

武田遺臣の三科形幸は自分の馬を疾走させると、黒半月に乗る直政の前に出た。

「退《ひ》け。邪魔するな」

直政は三科を睨みつけたが、三科は退《さが》らない。

「真っ直ぐに攻めかかるのでは相手に丸見えですぞ。ここはこの複雑な地形を利用しない手はありませぬ。仏ヶ根を盾にして敵の目に触れぬよう山裾を迂回なされよ」

直政は一番槍をつけることだけが念頭にあり、三科の忠告も耳に入らない。

「邪魔だ。そこを空けろ」

直政は興奮しており、敵・味方関係なく斬りつけそうだ。

三科が思わず怯んで道を空けた隙に、直政は駆け出すが、今度は広瀬美濃が直政の槍を握って道を遮る。

「無理攻めはお控え下され」

直政は槍を振り回して広瀬の手を払いのけると、再び駆け出そうとした。

「手のかかる殿だわ」

井伊谷三人衆の一人である近藤秀用が、やれやれといった顔付きで黒半月の前に出てきた。

秀用は直政の背後に回ると、冑のしころを鷲摑みして大声で喚いた。

「大将が備えを捨てて一人駆けされては、一体誰がこの軍を指揮するのでござる」

「家臣の分際で主人の冑に手をかけるとは何事じゃ」

直政は顔を真っ赤に染めながら秀用を睨みつけた。

「こたびは荒くあてがえとの殿の仰せじゃ。われに遅れたる者は男ではないぞ」

臆病者と罵られた秀用は憤怒のあまり冑のしころを離した。

「よし、それではそれがしが先導しよう。殿はそれがしの後に続かれよ」

秀用は仏ヶ根の山裾を、相手に姿が見られないように器用に馬を駆る。

駆けていると、直政は徐々に高ぶりが落ち着き、敵の布陣の様子もはっきりとしてきた。

井伊隊が先陣の火蓋を切ると、池田・森隊も鉄砲隊を前面に出して激しく応戦してきた。

敵の姿を見つけるといつの間にか直政は先頭を駆けており、武田遺臣たちは後から必死に彼を追いかける。

池田、森隊の鉄砲が直政に集中するが、弾丸は直政を避ける。

「殿！　われらの後へお回り下され。殿の身形《みなり》は目立ち過ぎますぞ」

近藤秀用が叫ぶが直政は目ぼしい敵と渡りあい、一向に家臣の諫言を聴こうとしない。

直政は池田隊と混戦になると、黒母衣《くろほろ》の一人と戦い始め、組討ちを始めた。

家康は初めて三千人を率いる直政が、井伊隊の指揮を忘れて一人働きやらぬよう、安藤に、「直政を頼む」と声をかけていた。

安藤直次《なおつぐ》は幼少期より家康に仕え、姉川の戦いや長篠の戦いに出陣した戦さ巧者で、江戸時代になり同僚たちが一万石以上の大名になっても彼は五千石のままであったが、文句一つ言わず忠実に家康に仕えた三河武士の典型のような男だ。

安藤は直政の一騎討ちを見守っていたが、やがて馬乗りになった直政が男の首を掻き取り、安藤は助太刀せずに済んだ。

取った首を腰に縛りつけると、再び走り出そうとする直政に向かって安藤は怒鳴った。

「お前は一軍の将だぞ。その将が配下を置き去りにして一人働きなどすべきでないわ。早く自分の隊に戻って隊の備えを固めろ」

返り血で赤鬼のような直政は安藤に注意されて正気に戻り、自分の隊を捜しながらその場を立ち去った。

井伊隊の勢いは猛々しく、池田、森隊を押していたが、そのうち池田兄弟隊が右へ迂回し、井伊隊の側面から鉄砲を放ち始めると、井伊隊は後退し出した。

「進め、退がるな。逃げる者は斬り棄てるぞ」

味方の士気をあげようと、直政は再び一騎で敵陣に向かう。

これを目にした重臣や武田遺臣たちが驚いて彼の後を追うと、後退していた三千の軍団が再び前進を始めた。

敵の鉄砲玉が先頭をゆく直政を掠めるが、彼は馬の速度を落とさない。

やっと武田遺臣たちが直政に追いつき、盾となって直政の周囲を固めた。

敵の銃撃は激しく、武田遺臣たちが次々と鉄砲に当たって倒れると、直政はいきり立ち、なおも田の尻の敵の本陣へ突っ込もうとした。

「殿、少しは家臣のことも考えられよ。逸り立つ大将のために、家臣たちがこのように命を投げ出しておるのですぞ。頭を冷やされよ」

秀用は倒れている武田遺臣を指差した。

味方の死体を見ると、直政は落ち着きを取り戻した。

井伊隊の苦戦を目にした安藤直次が、「旗本の鉄砲隊はここからでは敵に当たりませぬ。左の山から撃つべし」と家康に言上したので、家康は村越直吉に命じて鉄砲足軽を左の山へ迂回させ撃ち始めると、池田・森隊からの銃声が一時止んだ。

井伊隊は一度崩れかけたが、家康隊からの援軍で再び元気をとり戻し、今度は池田兄弟隊が押され出した。

中央に布陣する恒興隊は左翼の家康本隊を突こうと狙っていたが、田の尻の倅たちの苦境を目にすると、彼らを救おうと黒母衣衆二、三十人に仏ヶ根の正面の狭いところから井伊の本陣を襲わせたが、井伊の鉄砲隊の一斉射撃でほとんどが殺されてしまった。

森長可も前山にいる家康の本陣を突く機会を窺っていた。

（井伊隊が池田父子の隊に押されると、家康は本陣から左翼の井伊隊へ援軍を出すだろう。その時突っ込めば家康の首を取れるかも知れぬ）

長可が池田兄弟のいる田の尻の戦況を気にしながら様子を見ていると、大久保忠佐、水野勝成らの鉄砲隊が森隊の側面に回り込んできた。

家康の本陣を突く機会がないまま、十時頃から始まった戦さは二時間ほどが経過し、日が中天に上がり出すと徳川軍が優勢になってきた。

長可は黒糸縅《くろいとおどし》の具足に白の袖無し羽織をつけ、鶴の丸の紋が入った鞍置を鹿毛の馬に乗せて、白旄《はくぼう》を振り立てて、金扇が立つ前山の家康の本陣を目指した。

五十騎の母衣武者が長可の周りを固めている。

どう見てもこれは明らかに勝敗を考えぬ無謀とも言える突撃だ。

「あやつが鬼武蔵だ。白い羽織姿の男を撃て」

大久保と水野らは長可一人を狙う。

轟音が響き、長可を守っている母衣武者が倒れた。

「白い羽織の男はまだこちらへ向かってくるぞ。よく狙って撃て」

勝成が叫ぶのと、水野の足軽、杉山孫六が鉄砲を放ったのが同時であった。

長可は槍を落とすと、一瞬のけ反るような格好になり、後ろ向きに真っ逆さまに落馬した。

長可の母衣衆は彼の死骸を担いで引き揚げようとしたが、大久保忠佐の手の者たちがやってきたので長可の死骸を置き棄てて逃げた。

長可の死を知った恒興は激怒した。

「かかれ、かかれ！　長可の弔い合戦じゃ」

恒興は家臣を叱咤するが、森隊の潰滅を知って兵が集まってこない。

彼は片足を引きずりながら丘の上に立つと、「わしはここにおるぞ。皆の者引き返せ」と喚《わめ》いたが、部下たちは敵に追われて逃げるのに必死であった。

その時、丘の上に足音がして刀を手にした男が丘の上から姿を現わし、恒興を見ると近寄ってきた。

男は戦い慣れた者のようだった。

「敵か」

男は一瞬恒興の威厳のある声に気押されたように立ち止まると、黙って恒興を見詰めた。

「敵ならばわしの首を取って高名にしろ」

恒興は疲れたような声を出した。

男は安藤直次であった。

安藤が、「ご免」と叫んで槍をつけた時、恒興の背後から一人の男が飛び出してきて恒興の首を掻き取ってしまった。

その男は永井直勝《なおかつ》であった。

安藤は永井に手柄を横取りされたが別に文句も言わず進んでいくと、朱具足に頭形《ずなり》の冑をつけ、腰に白熊の采配を差して、栗毛の馬に乗っている若い男に出くわした。

男はさっき恒興がいたところに向かっているように見えた。

安藤は走り寄ると男を馬から突き落とし、さっと首を掻き取ってしまった。

この男は恒興の嫡男の之助で、父の恒興を捜しにきたところだった。

徳川軍は勝ちに乗じて逃げる敵兵を追撃したが、矢田川まで北上すると、「矢田川を越えて深追いをしてはならぬ」と家康は命じた。

時刻は一時を少し回っていた。

楽田の秀吉が白山林の敗報を耳にしたのは九日の正午頃で、彼は直ちに二万の兵を連れて出発したが、長久手に向かう途中で池田父子と長可の討死にを知った。

家康を追いかけるが、竜泉寺に着いた時には家康は小幡城に入った後だった。

小幡城と竜泉寺とは二十町ほどしか離れておらず、秀吉は夕方になったので翌朝小幡城を攻めようとした。

ところが家康はその日の夜の間に小牧山に帰ってしまった。

結局秀吉の「中入り」は失敗に終わった。

蟹江合戦

長久手で家康を討ち取れなかった秀吉は、今度は信雄の本拠地である清洲と長島を分断することを考えだし、その中間にある蟹江《かにえ》城に目をつけた。

「蟹江中入り」をして、蟹江城を落とし、それを救おうとする徳川・信雄連合軍を叩こうと図ったのだ。

蟹江城は信雄の持ち城の内では清洲、長島に劣らず立派なものであり、かつて滝川一益《かずます》が長島と蟹江城を領していたことがあり、彼は城の事情に通じていた。

秀吉は「蟹江中入り」に一益を使おうとして、神戸《かんべ》城にいる一益を誘った。

蟹江城は蟹江川の河口近くにあり、東に前田城、すぐ付近に下市場《しもいちば》城、西に大野城がある。

蟹江城の城主の佐久間正勝は織田信長の重臣の佐久間信盛の息子で、彼は伊勢萱生《かよう》に出陣していたので、本丸を叔父の佐久間信辰《のぶとき》が守っていた。

二の丸を預っていたのは前田長定《ながさだ》で、彼は正勝の母方の叔父であったが、一益の従兄弟でもあり、一益に親近感を抱いていた。

日が暮れると長定は小舟で城を抜け沖へ出ると、海上で一益と会った。

「久しぶりで見るが、元気そうで何よりだ。呼び出したわしの意図はわかっておろう。お前は前田家の一族で、利家殿は秀吉殿のために佐々成政相手に加賀で働いておられる。お前が信雄や家康のために、命を懸けて仕えねばならぬ義理はなかろう。この戦さは秀吉殿の方が優勢だ。そのうち家康と信雄は降参しよう。負けるとわかった戦さを続ける馬鹿はおるまい。わしは志摩《しま》から九鬼《くき》水軍を連れてきておる、沖にいるので城中の様子を知らせてくれ。わしがお前を秀吉殿に高く売り込んでやろう」

長定は北伊勢を領し、関東管領まで登りつめた一益の経歴と実力とを知っている。

（老いたりとはいえ、獅子と恐れられた一益殿の影響力はまだまだ強い。彼が古巣の蟹江城に入ったと知れば、旧臣たちが集まり、長島や桑名が落ちるのもそう時間はかかるまい）

長定は一益のこれまでの出世ぶりにあやかって、自分の運命を賭けてみようと思った。

「幸い正勝はすぐには戻ってはこれまい。それがしが手引きして一益殿を城へ迎えよう。庄内川沿いの前田城はわしの倅の長種が城代をしており、西にある下市場城はそれがしの弟の長俊が城代をやっている。下市場の西に位置する大野城は山口重政《しげまさ》が城代で、幸いなことに彼の母親は人質としてそれがしが預っている。彼らはそれがしに味方するだろうが、本丸の佐久間信辰は恩賞で動くような男ではない」

「信辰ぐらいわしが二の丸へ入れば何とでもなるわ。わしが信辰を口説こう。とに角、早々に城に入れるように手筈してくれ」

六十に手が届こうとしているが、まだまだ精悍さを放つ一益に長定は心酔した。

蟹江城は西側を流れる蟹江川の河口付近に築かれており、南は海門寺口、東の大手口は前田口、北の搦手《からめて》口は乾《いぬい》口と呼ばれており、舟で入城できるようになっていた。

前田、下市場の一族を説得した長定は二の丸から狼煙を上げ、沖に錨を下ろす九鬼船団に内応を知せると、九鬼の大船が蟹江湾に迫るが、蟹江湾は遠浅なので大船は近寄れない。

一益は、小舟で兵を城へ運ぶしかなく、兵糧や弾薬は上手く荷揚げできなかった。

本丸を包囲された信辰は長定の背信行為に怒り狂った。

「正勝殿の不在の時に敵を導くようなことをして、わしは正勝殿に申し訳が立たぬ。城中に火を放って正勝殿の妻子を殺してわしも腹を切る」

信辰は薪を板間に積み上げ本丸を焼こうとした。

（この石頭めが…）

一益は信辰を味方に付けることを諦めた。

信辰が城を立ち退くと、今度は一益の使者が大野城へ走った。

長定が主君を裏切り一益を蟹江城に誘い入れたことを知った山口重政は、使者を城内へ入れず、大野川の川越しに使者の口上を聞く。

大野城は蟹江川の西を流れる大野川の河口にあり、二つの川は下市場城のあるところで合流して蟹江湾に注ぐ。

大野城は蟹江城とは半里ほど離れており、二つの川の間には細かい水路が網の目のように走っている。

城壁に身を乗り出すようにして使者の口上を聞いていた重政はぺっと唾を吐いた。

「わしは幼少の頃から正勝殿に仕え、恩を受けておる。なぜ二心を抱こうや。恩賞欲しさに主君の恩を忘れて母を救ったところで何になろう。たとえ母が殺されようとも恨みには思わぬ。わしはこの城で腹を切って正勝殿の恩に報いるつもりだ。絶対に謀叛になど加わらぬ」

　重政は鉄砲で使者の馬を倒したので、使者は徒歩で一益のところまで戻らなければならなかった。

　十六日の朝に入城した一益はその日の夜、九鬼船団に狼煙を上げた。

　一益は簡単に味方するだろうと思った重政に期待を裏切られて怒った。

「大野城の兵は五百あまりだ。九鬼の船が二艘もあれば十分だ」

　数十艘の九鬼船団が海上から大野川を遡り、城壁近くまで迫るが、城内は静まり返っている。

「恐れをなして逃亡したか」

　九鬼船団がさらに城に接近した時、城内から松明が降ってきた。

　夜空に螢が乱舞しているように、松明が次々と船団を襲う。

「おい！　火を消せ」

「弾薬に燃え移るぞ」

　船板で兵たちが消火に走り回ると、その兵目がけて火矢が雨のように降り注ぐ。

船のあちこちから絶叫が響き、火災を起こした船は浅瀬に乗り上げたり、傾いて沈んだりし、兵たちは猛火を避けて川に飛び込む。

城中からは鉄砲隊が姿を現わし、川岸の兵目がけて一斉に鉄砲を放つ。

城中には信雄からの援軍八百人が到着しており、九鬼船団が迫るのを待っていた。

大野城から一里半ほど離れた松葉砦にいた直政は、この火煙を見て蟹江の異変を知った。

彼は清洲にいる家康に援軍要請の使いを走らせると、自ら先頭に立って大野城の方へ駆けた。

大野城が九鬼船団に攻撃されているのを知ると、直政は蟹江城の海門寺口に通ずる河口に小舟を集めさせて河口を封鎖した。夜の海にぼんやりと百近い船明かりが灯り、水夫のかけ声が海に響く。

海門寺口は海からの玄関口で、ここを押さえる限り彼らは城に兵糧、武器を運び入れることはできない。

数十艘もの九鬼船団が海門寺口近くに姿を現わすと、彼らは河口を塞いでいる小舟に体当たりし出した。

直政は小舟に乗って井伊隊を指揮し、小舟から鉄砲を放つと、対岸からも鉄砲隊が援護する。

銃撃戦が始まると、武田遺臣たちは闇に紛れて縄梯子で敵船に乗り移り、甲板で白兵戦を演じた。

井伊隊の一刻にも渡る粘っこい抵抗に戸惑った九鬼船団は、大野城攻めの失敗の報を受け取ると、沖の方へ去っていった。

直政からの注進がきた時、家康は沐浴していたが、西の方を見ると火煙が立ち昇っている。

驚いた家康は浴衣のまま飛び出すと、そのまま馬に乗って駆け出した。

（今や秀吉めに信雄様の領地である尾張は半分以上奪われており、伊勢で残っているのは長島と蟹江ぐらいのものだ。蟹江城を奪われれば、伊勢は完全に秀吉のものになり、大変なことになる。蟹江城だけは何としても守り切らねばならぬ）

松葉までくると、酒井忠次や内藤家長《いえなが》らの兵たちが集まり始め、そこから蟹江城の北十町（約一キロ）まで近づき須成村までくると、大野城の戦さぶりが伝わってきた。

夜が白々と明けようとしており、家康は戸田村に布陣した。

これからの対応について相談していると、大野城から戦勝の知らせが入ってきて、本多忠勝が山口重政を家康に紹介した。

重政は小柄な男だが、がっちりとした体型をしており、顔に残る火傷は彼の奮戦ぶりを物語っていた。

「小勢でよく敵を撃退してくれた。お前の働きがなければ大野城は危ういところであった。礼を申す」

家康は重政の手を握りしめ彼を労うと、秘蔵の黒馬を引いてこさせ、それを重政に与えた。

軍議の席からは「わあっ」という感嘆の声があがった。

「直政はおるか。お前の早馬の注進があったので勝利が摑めたわ。今日の手柄は重政と直政の二人だ」

家康は大野城へ一番に駆けつけ、蟹江湾からの敵の侵攻を防いだ直政の働きぶりを大いに褒めた。

十七日の朝、蟹江城を包囲して、支城である下市場城と前田城とを同時に攻めることを決めた。

下市場城は小城だが蟹江川と大野川の合流する入江にあり、蟹江城と大野城とに通ずる無数の水路が走っており、これらは兵糧や弾薬を城へ運ぶ通路となる。

蟹江城を攻めるには下市場城を攻略するのが早道だ。

ここの地理に詳しい重政が呼ばれ、彼が水先案内を務める。

下市場城は周囲を沼で囲まれており、敵が城に近づくと沼地に足を取られ、その隙に城からは鉄砲玉が飛んでくる。

直政は蟹江川と大野川とが海の手前で合流する舟入場を押さえて、九鬼船団を遮る役目だ。

大手口は榊原が力攻めするが、敵の鉄砲の餌になるばかりで沼地を越えられず、二刻ほど干潮を待っていると、沼地には河床が現われて歩けるようになった。

「大手口を破られては一大事」と敵は大手口に集まってきて、味方は押され気味だ。

九鬼は蟹江城で孤立する一益に城から撤退することを勧めた。

六十に近い一益はこの時病んでおり、指揮は嫡男の三九郎一忠がとっていた。

一益は夜中に数人の家臣を連れて脱出すると、小舟に乗り繋っている葦に身を隠しながら九鬼船団が近づいてくるのを待つ。

夜が明け満潮になると日本丸と呼ばれる大船を率いて九鬼船団が入江に迫ってくると、湾の左右から徳川水軍の小舟が次々と姿を現わし、九鬼船団を包囲し、鉤を打ちかけ九鬼船団の動きを封じた。

徳川水軍を振り切って沖へ戻ろうとするが、入江近くには直政によって乱杭が打たれており、九鬼の大船は方向転換ができない。

直政は、兵を指揮して小舟を乱杭のない中央に横向きに並べて、九鬼の船団が沖へ逃げるのを妨げる。

彼らは大船を棄てて浜に逃げた。

「それ、やつらは岸に舟を寄せるぞ。岸に着いたところを討ち取れ」

直政は乗っていた小舟を着岸させると、海岸に鉄砲隊を配備した。

九鬼隊は海上に大船を残して小舟に乗り換えると、海岸を目指したり、乱杭の間から沖に逃げる舟もある。中には海へ飛び込み泳いで遠くへ逃亡しようとした者もいた。

嘉隆の大船は辛うじて沖へ逃げることができたが、逃げ遅れた船は海岸に乗りつけ、兵たちは葦原の中へ駆け込んだ。

「葦原に隠れた者を探し出せ。一人たりとも、敵を上陸させるな」

海門寺口に移動していた直政は上陸してくる兵を討ち、敵の小舟に乗り込んで逃げる一益を城門まで追う。

下市場が一日で落ちると、今度は山口重政が案内役として前田城へ向かい、大手口は石川数正が、阿部信勝が搦手口を受け持つ。

信雄の軍も加わったが、前田城は長種の指揮下、城兵が一丸となって敵の攻撃に堪えた。

「長種が自分が腹を切ることで城兵の助命を願い出ております」

石川の伝令が長種の開城の条件を告げると、「よし、長種の命は助けてやろう」と家康は度量の大きいところを見せた。

実際は、蟹江城も落ちず、「秀吉軍が木曽川に沿って南下している」という情報が伝えられていたので、家康は焦っていたのだ。

無血開城を喜んだ家康は、前田城を検分するために榊原康政を連れて入城した。

城内には武器が整然と並んでおり、廊下には塵《ちり》一つもなかった。

「長種という男、さすがに大したやつだ。この小城でわれらを六日間も困らせてくれたが、去り際の見事さはどうだ。武士たる者はこうありたいものよ」

家康はしきりに頷くと、感慨深げにため息をついた。

残るはいよいよ蟹江城だけとなった。

「明日にはきっと蟹江城を落とせ」

家康の命令で十七日から蟹江城の包囲は厳しくなり、東の大手口には大須賀康高、酒井忠次、榊原康政が、北の搦手口には石川数正、内藤家長が、南の海門寺口には井伊直政と松平康忠らが配置につく。

「直政殿、九鬼水軍が海からやってきますぞ」

市兵衛が直政の陣へやってきた。

「『入江の乱杭を取り除け』との家康様の命令です」

「何！　それでは敵の援軍が城に入ってしまうではないか」

直政が家康の真意を図りかねていると、「家康様の謀り事でしょう」と市兵衛が何気なく言う。

「城は堅固なので総攻めすれば多くの味方が犠牲となり、また時間もかかるでしょう。敵の援軍を城へ導けば食糧はその分早く不足し、彼らの士気も次第に衰えるというもの」

「そうか、兵糧攻めにすれば、無理な力攻めをやらずとも済むということか」

（あの時と同じだ）

直政は高天神城攻めを思い出した。

直政が部下に命じて乱杭を抜かせていると、九鬼船団が沖から姿を現わし、兵たちは大船から小舟に分船すると、城目指して海門寺口を守る直政らに襲いかかる。

わざと直政らは後退し、敵の援軍の入城を許した。

前田の兵と滝川の城兵一千名に、九鬼の援軍合わせて三千の兵が城に籠もる。

これを九千の徳川の兵が城を包囲する。

蟹江城の城主の佐久間正勝は城を乗っ取られたことを知って慌てて伊勢から戻ってきた。

彼と山口重政が先手となって勝手知ったる蟹江城を攻撃するが、城方は戦意が盛んで大手口から打って出てきて激戦を繰り返すので、徳川方は城へつけ入る隙がない。

包囲陣には多くの伊賀者が城からの脱出に目を光らせている。

夜中、市兵衛は城中から一人の男が壁を乗り越えて北の方へ走るのを目撃した。

彼がその男を後ろからつけると、男はどうも秀吉のいる大垣を目指しているようなので、市兵衛は口に両手を合わせて梟の鳴き声を真似て、仲間に知らせた。

男は走り疲れたのか、松の木の下で一服すると、腰から竹筒をとって喉を潤す。

その時松の枝から網が落下してきて、男の体がすっぽりとその中に絡め取られてしまった。

男が刀を抜いて網を破ろうとした時、数人の男が松の枝から飛び降りて彼を羽交い絞めにした。

「くそ！　放せ。わしは滝川一益の家臣で滝川長兵衛と申す。わしにはしなければならぬことがあるのだ。わしの命を助けてくれるなら、お前たちに金をやろう。わしの懐には大金が入っておる。それで不足ならこの刀をやろう。これは一文字という天下の名刀だ。これをやるから逃がしてくれ」

男は必死に懇願するが、市兵衛の仲間たちは彼に当て身を食らわせて縄で縛り、彼を担ぎ上げると家康の本陣まで運んだ。

正気に戻った長兵衛は周囲を見て驚いた。目の前に徳川の重臣たちが並んでいたからだ。

「滝川長兵衛と申したのう。秀吉の本陣へ援軍を頼みにゆくところだったのか」

（貫禄のある男は重臣である酒井忠次だろう。その傍らの恰幅のよい男が家康だな）

忠次が家康に何かを囁いた。

「よし、こやつを逃がしてやろう」

それを聞くと長兵衛を捕えた市兵衛が不満そうな表情をした。

「折角捕えた者を逃がしてやるなどできませぬ。こやつはわれらの包囲網を見覚えており、こいつを放てばわれらの手の内を晒すようなものです」

直政は盛んに家康に抗議する。

すると、忠次が直政の耳元に何かを囁いた。

頷いた直政は、「それでは市兵衛に長兵衛を城門まで送らせましょう」としぶしぶ了承し、「市兵衛には必ず褒美をやって下され」と彼の手柄を強調した。

これを聞くと家康は苦笑した。

「殿の深慮がわからず、不平を言上しましたことをお詫び申し上げます」

長兵衛が出ていくと直政は家康に謝罪した。

「いつまでもわしが殿の心底をお前に伝えなければならぬのでは、わしも疲れるわ。お前も早く大人になってもらわねば困る」

忠次は直政に苦言を呈した。

「長兵衛を生かして城に戻せば、援軍の依頼が失敗したことが城兵に伝わる。援軍が必ずくるというのが城兵の望みの綱だ。それが駄目だと知れば城内の兵たちの士気は一気に低下し、彼らは最早籠城することを諦めるだろう」

忠次は嚙んで含むように直政に説く。

(城攻めは心理戦だな)

蟹江城は四方を包囲され、兵糧、弾薬ともに欠乏しつつあった。

六月二十二日、家康は総攻撃を命じた。

蟹江城の南の海門寺口は谷崎忠左衛門が、東の前田口(大手口)は日置五左衛門が、北西の乾口（搦手口）は滝川法忠が守っている。

佐久間正勝と山口重政は先陣を切って北西の搦手口から攻めた。

彼らは西が一番守りが薄いことを知っており、蟹江川を渡って三の丸へ向かう。

守りが厳重である海門寺口の戦いは激戦であった。

海門寺口の守将の谷崎忠左衛門は無数の鉄砲傷にもかかわらず、城門前の橋から一歩も引かず、橋の上では城兵たちが槍を構えて敵を追い返そうとした。

搦手口は大須賀が鉄砲隊を率いて奮戦し、逃げ込む敵兵を城門まで追撃して城門を打ち破り、三の丸まで突入した。

三の丸が占拠されると、前田口と海門寺口の城兵たちは城へ戻れなくなる。

これを目にした一益は急いで本丸から出陣すると、三の丸へ向かった。

一益は三の丸に乱入した大須賀隊を城外へ追い返すと、自ら殿《しんがり》になって追い縋《すが》る敵兵を押し返し、混戦の前田口、海門寺口の日置、谷崎隊を三の丸に戻らせた。

一益は三の丸を奪取しようとする大須賀、榊原隊を再び追い散らし、整然と兵を纏《まと》め二の丸へ退いた。

三の丸は敵に占領されたが、味方の犠牲を最少限に食い止めたのだ。

「老いたりとは言え、さすがは滝川一益だけのことはある」

家康は一益の実力を認め、これ以上の無理攻めを戒めた。

三の丸を取った徳川軍は、榊原の下知で二の丸の近くに楼を構えると、昼夜を問わず、二の丸目がけて鉄砲、火矢を放つ。

服部半蔵の率いる伊賀組は直政の配下に属していた。

彼らは勢いづいて、三の丸だけでなく、二の丸、本丸まで攻め込んだところを、一益らの逆襲を受け、多くの者は鉄砲で討ち取られてしまった。

「直政殿、市兵衛が『殿に会いたい』と申しております」

一人の伊賀者が直政のところへ駆け込んできた。

顔面の鉄砲傷が痛々しい。

「何！　市兵衛がどうかしたのか」

「鉄砲玉に当たって、虫の息です」

（あの不死身の市兵衛が…）

直政は思わず手にした槍を落とした。

（死ぬなよ、市兵衛）

走りながら直政は祈った。

城外の堀のところにくると、竹束を集めてにわか陣地が作ってあった。

そこには多くの兵たちが蝟集《いしゅう》して、陣地の片隅に筵《むしろ》が敷かれており、傷を負った者たちが家畜のように寝かされていた。

直政は呻《うめ》き声で溢れる兵たちを横目に見ながら市兵衛の姿を捜した。

男は市兵衛のところへくると、「市兵衛聞こえるか、直政様を呼んできたぞ」と叫んだ。

その声を聞くと死んだように横たわっていた市兵衛の背中がぴくりと動き、ゆっくりと体を直政の方へ向けた。

直政が市兵衛を抱き起こしてやると、煙硝《えんしょう》と血の匂いがした。

市兵衛は重そうな瞼を開き、眩しそうに目を細め、直政が目の前にいることを知ると頰を緩めた。

「直政様、こんな様《ざま》になってしまいましたわ」

市兵衛は泣き笑いのような顔をすると、喘《あえ》ぎ、口を歪めた。

「しっかりしろ。傷は浅いぞ」

励ます直政の顔を覗き込み、市兵衛は首を振った。

「自分の死ぬ時ぐらいはわかります。今度ばかりはもう駄目なようですわ」

市兵衛は頰を緩めると珍しく弱音を吐いた。

「それがしが直政様と初めてお会いしたのは、頭陀寺の松下源太郎様の屋敷でしたな。あの時、直政様は万千代と呼ばれる子供でしたな」

市兵衛は遠くを眺めるような目付きになった。

目の前の直政がはっきり見えないようだ。

「高天神城攻めの折り、それがしが敵兵の斬り込みを知らせ、万千代様が殿を救われました。あの時が万千代様の初手柄で、喜んだ家康様は駿河の地に一万八千石を下さりました」

「そうだ。お前のお陰でわしは井伊谷で二千石を拝領しておったので、合わせて二万石の国持ちになったのだ。わしはそのことを一刻も早く、井伊谷の龍潭寺におられる直虎様と南渓様にお知らせしようと駆け出したことを覚えているぞ」

「河内からの伊賀越えも厳しい道のりでしたが、後になって振り返るとよい思い出になりましたな」

市兵衛の言葉も次第に途切れがちになり、息遣いも激しくなってきた。

「家族に何か言い残すことはないか」

市兵衛は微かに首を振った。

「それがしは捨て子で、拾われた親方から忍びの術を教え込まれました。今まで情を交わした女はいたが、嫁と呼べる女や子供はいませぬので、後のことは気にかかることは何もございませぬ。気にかかるのは、それがしの倅のような直政様のことだけでございます」

「何でもよい、わしのことで気付いたことがあれば言ってくれ。市兵衛のためにも改めよう」

「気を悪くしないで下されよ」

市兵衛は喘ぎ、絞り出すように話す。

「これだけは約束して下され。直政様はもう立派な一軍の大将にお成りになられたのだから、戦場での抜け駆けの槍働きは止めて下され。先駆けは部下に命じて、部下に手柄を立てさせてやって下され。もし大将に何かがあれば、配下の者たちはどうしたらよいのか、誰の指揮に従えばよいのかわかりませぬ」

「……」

「譜代の本多や榊原様以上に戦さ働きをやらねばならぬと思われて、先駆けされるのでしょうが、直政様には有能な家臣が集まっております。どうか彼らを上手く使って下され。それが言いたくて、忙しい直政様をわざわざここまでお呼び立てしました。どうかお許し下され」

もう目が見えないのか、市兵衛は声のする方へ手を伸ばした。

直政はその手をしっかり握り、「市兵衛のためにも、もう抜け駆けの槍働きは決してやらぬ」と約束した。

「これで安心して冥土へゆけますわ」

市兵衛の首ががくんと前のめりになり、握りしめていた手の力が失せると、市兵衛の体が急に直政の方に落ちてきた。

「市兵衛、こら市兵衛！」

直政は市兵衛を抱きしめて絶叫するが、市兵衛は黙ったままだ。

仲間たちの忍び泣きが周囲に広がるが、直政は市兵衛を離さない。

「直政様、市兵衛の幸せそうな顔を見てやって下され。実の息子に見取られたような嬉しそうな顔をしておるわ」

「市兵衛はほんとに果報者じゃ」

仲間たちは市兵衛を羨んだ。

市兵衛が死んだ二十二日から、三の丸を占領した徳川方は望楼《ぼうろう》から鉄砲や火矢で本丸と二の丸を攻めるが、総攻めはまだない。

蟹江城では秀吉軍の援軍を待ち焦がれるが、援軍がこない上に日照りが続き、城の周辺の水郷の水が減り出した。

徳川方は城の周囲の葦などを刈り取り、それを土俵にして堀に投げ入れる。水が多かった時期には腰まで浸っていた沼田も、水枯れのために歩けるようになってきた。

二十二日の総攻撃で敵も味方も弾薬を使い果たし、包囲している徳川軍は鉄砲の代わりに昼夜を問わず、城に向かって大声で叫び続けた。

また双方とも武器と同様に兵糧も底を尽きかけていた。

追いつめられた一益は開城を考えるようになり、長定と相談した後、家康のところへ使者を遣った。

一益の和睦への気持ちが本物であると知った家康は、さらに和睦の条件を厳しくして一益に迫った。

「この戦さの張本人の長定の首を差し出せ。そうすれば一益殿の命は保証しよう」

この条件にはさすがの一益も悩んだ。

一益は長定に和睦の条件が追加されたとは言いにくい。

〈長定をそそのかしたのはこのわしだ。そのわしが長定の首を家康に差し出せば、わしの武将としての名声は永遠に失せてしまうだろう。和睦のことは城内に漏れてしまっており、城兵たちはもはや戦意を失っている。あまり時間をかけていると、城兵

も敵方の恩賞に釣られ、わしの首を狙うかも知れぬ）

結局一益は長定と別の船に乗って城を脱出することにした。

一益の船には大須賀が人質として乗り込み、安全なところまでくると、大須賀を家康の本陣へ送り返した。

大須賀が本陣に戻ってくると、人質となっていた滝川儀太夫と津田藤三郎は許されて一益の船を追う。

長定と彼の一族は船で江口へ向かうが、途中海上で待ち伏せていた徳川の船団に包囲され、全員が殺された。

天正十二年の春から小牧・長久手、蟹江合戦と半年余りに渡って行われた家康と信雄の連合軍と秀吉との戦さは、お互いに決定打を欠き睨み合いが続いた。

だが、秀吉は与し易い信雄を家康から切り離すことを画策し、信雄のところへ使者を遣って講和を呼びかけると、戦さに倦《う》んでいた信雄は秀吉の誘いに応じた。

家康上洛

信雄が単独で秀吉と講和したことを耳にした酒井忠次は驚いた。

家康と協力して秀吉と戦っていた信雄が、家康に何の相談もなく喧嘩相手と手を結んでしまったからだ。

清洲城にいた忠次は自ら岡崎に馬を駆り、信雄が和睦したことを告げると、家康はしばらくの間返事をしなかった。

「十一月の十一日に桑名で信雄様と対面した秀吉は、信雄様に土下座をして謝ったということです」

「……」

「猿めは平伏して、『信雄様がこの秀吉めを許して下されると聞くと、もう有難くて頭を上げることもできませぬ。この御恩は秀吉終生忘れませぬ』とのうのうと信雄様に述べたとのことです。まったくの猿芝居じゃ」

家康の表情は変わらなかったが、怒りを押し殺していることは、長年家康に仕えてきた忠次にはよくわかった。

「信雄様との和睦を済ますと、猿めは犬山の城を信雄様に返し、尾張の仕置きは部下に任せて大坂へ戻ったようでござる」

「それは天下万民にとって重畳《ちようじよう》のことだ。わしらも素直に喜ぶことにしよう」

しばらくの沈黙の後で、家康は怒ったように呟いた。

「信雄様さえもっとしっかりしておれば秀吉を倒すとまではいかぬとも、もっと有利な条件で和睦ができたものを。信雄様が猿めの甘言に乗せられてしまった以上、秀吉との戦さを続ける意味が無くなってしまったわ。もうこうなってしまっては、上方からの出方を見るしかありませぬな」と忠次は家康を宥《なだ》めると清洲へ戻った。

忠次の来訪後しばらくすると、今度は秀吉の意を受けた富田一白《いつぱく》と津田盛月《もりつき》と信雄の家老である滝川雄利《かつとし》が打ち揃って岡崎城へやってきた。

家康は重臣たち一同を岡崎城の本丸に集めて、三人と対面した。

「この度、信雄様より遣わされた三人はわが徳川殿と秀吉公との和睦を勧めるためにわざわざ岡崎までお越し下された。この件について皆の思うところを述べてくれ。遠慮はいらぬ」

忠次が家康に代わって評議を取り行う。

重苦しい沈黙が続き、誰も口を開こうとはしない。

この沈黙を破ったのは石川数正だった。彼は上方の交渉係をしており、賤ケ岳に勝った秀吉のところへ戦勝祝いに訪れ、徳川陣営の中では一番の秀吉通の男であった。

「今や秀吉の武威は天下を併呑《へいどん》せんとしており、周囲を見渡すと、上杉や北条といった敵がわれらを取り巻いております。このような時に秀吉から和睦を申し込んでこられたことは幸甚《こうじん》です。われらはこの機会を逃さず和睦をすれば、徳川家の武運長久の基となるでしょう」

「なぜ戦さに勝って和睦するのだ」

重臣たちは口を揃えて数正を詰《なじ》った。

「お前はいつから秀吉の飼い犬になったのだ」

「誰に奉公しているのだ」

本丸は罵詈雑言で騒然となった。

直政は家康の苦りきった顔を見て、怒りに沸きたっている彼の心を思った。

すると家康は急に立ち上がり、「わしは少しも秀吉の猛威など恐れてはおらぬ。和睦など口にする輩とは評議などはできぬわ」と怒りを露わにし、本丸を出ていってしまった。

秀吉は和睦交渉が失敗に終わったことを知ると、信雄が浜松へ行くことを勧めた。

「それがしにはいまだ子がおりませぬ。家康殿は子沢山と聞いておりますので、願わくば家康殿の子の一人をわが養子としてもらい受け、両家の結びつきを強めたいと思います、そうすれば天下泰平のためとなりましょう。この役目を果たせるのは信雄様しかございませぬ」

恥ずかし気もなくやってきた信雄と対面した家康は、信雄が信長の息子であるだけに無下にはできない。

「わしが家康殿に相談しないで秀吉と和睦したことで、腹立ちもあろうが、ここは曲げてわしの顔を立てて秀吉と和睦をして欲しい」

(戦さに敗れていないわしがなぜ和睦せねばならぬのだ。和睦はせぬが、信雄のたっての頼みでわが子を一人秀吉めにくれてやるだけだ)

そう家康は自分に言い聞かせると悩み抜いた末、一番年長の於義丸《おぎまる》を秀吉にくれてやることにした。

家康は築山殿を失ってから正妻を置かなかったので、於義丸は側室の子だ。

十歳になる於義丸を大坂へ連れていくのは数正の役目だ。

数正が於義丸の伴として自分の息子の勝千代、本多重次の子の仙千代らを連れて大坂へ発ったのは、十一月も終わろうとする頃だった。

秀吉は於義丸と対面して非常に喜び、妻のおねに命じて於義丸の三河の田舎風の格好を京風に変え、十二月には彼を元服させて羽柴三河守秀康と名乗らせるほどの可愛がりようであった。

天正十三年になると、何かと秀吉の意向を持ち出す数正に三河の重臣たちの不満が高まった。

「数正が大坂方へ帰順すれば秀吉が十万石をくれるらしい」

「秀吉が数正を誘っている」という噂が岡崎や浜松城に広がった。

岡崎城代の数正の与力である三奉行に、高力清長《きよなが》、天野康景《やすかげ》と本多重次がいた。

高力、天野は温厚だが、本多は三河だけが世間だと思っているような閉鎖的な面を多分に持っている男で、戦さに負けても徳川に和睦を強いる秀吉に腹を立て、秀吉に接近する数正を蛇蝎《だかつ》のように嫌い、人前でも数正の悪口を言う。

最初は数正も聞き流していたが、家臣たちが彼を白眼視《はくがんし》しているのを知ると、岡崎に居づらくなる。

浜松にいる直政も数正が秀吉に誘われていることを耳にして、そのことを与力頭の木俣守勝と相談した。

「それがしは数正殿とは親しい仲なので彼の人柄はよく知っております。彼は武勇においてはまことに優れたお方だが、高慢なところがあり、近づきがたい存在ですので、自然と部下も彼を煙たがり、部下とも打ち解けぬように見受けられます。彼が誘われて上方へ走る恐れはあるかも知れませぬ」

木俣は数正の内通の可能性を臭わせた。

そこで直政は部下を岡崎へ遣って数正の行動を探らせたが、数正も細心の注意を払っているのか、怪しい素振りは見せなかった。

だが、普段腹の太い数正が他人の目を気にしながら用心深く行動していることが、よけいに数正の内通を疑わせている。

見過ごすと手遅れになることを危惧した直政は、思いきって家康に言上した。

「こんなことを申し上げるのはまことに僭越ではございますが、近頃の数正様はわれらの目を気にして慎重に行動されておりますが、怪し気な言動が見受けられます。多分上方に内通しているように思われます。どうか注意して下され」

「数正は三河以来の者だ。あやつに限っては心配はいらぬ。そちの取り越し苦労だ」

家康は直政の言上に全く取りあわなかった。

北条とは元の武田領を巡る戦さの後に境界を定め、家康の娘を氏直《うじなお》に嫁がせている。真田領の沼田を北条に譲ることに決まっていたのだが、「沼田は真田が自力で切り取った地で、徳川家から譲ってもらったものではない。そのような大切な領地をやすやすと北条に譲ることはできぬ」と真田は抗議し、なかなか沼田を手放そうとしなかった。

八月になると北条は約束の履行をせっついてきて、この件には家康も手を焼いていたところ、真田昌幸は秀吉に泣きつき秀吉の傘下に入ってしまった。

「真田を助けてやるように」と、秀吉は上杉景勝に真田の庇護を命じた。

沼田を手放さない昌幸を従わせるために、家康は大久保忠世《ただよ》、鳥居元忠、平岩親吉らを大将として上田攻めに七千の軍勢を送った。

一ヶ月あまりを経過しても、上田城の攻防は一向に戦果がなく、そうしている間に、「上杉の大軍が上田に救援にくる」という情報が家康のところへ飛び込んできたので、家康は味方の引き揚げを決意した。

「どうも上田攻めが上手くいっていないようだ。ここは直政と康政の出番じゃ。上杉とは干戈を交えず引き揚げてこい」

直政にとって小牧・長久手戦以来の大役で、戦さ巧者の康政と一緒に軍を指揮できることで胸が躍った。

直政、康政を大将として、大須賀康高、松平康重、牧野康成、菅沼定政ら五千人が援軍として上田へ向かうことになった。

二十三日に上田に着いた直政らは、依田川を渡り丸子城下付近を焼き払い、兵を退くことを決めた。

ここで誰が殿《しんがり》を務めるかで直政と康政とが揉めた。

一回りも年上の康政に華を持たせるよう与力頭の木俣が諫めるが、ここで何としても戦功をあげたい直政は譲らない。

「日頃の家康様の寵愛をよいことに、若造がでしゃばるな。この場は戦さに慣れておるわしに任せよ」

温厚で思慮深い康政が珍しく激怒した。

康政には三河譜代の家臣という誇りがあり、遠州の一国人に過ぎない直政が途中から家臣に加わり、家康の妻の血族ということだけで、「直政、直政」と家康が彼を可愛がり、何かと手柄を立てさせてやろうとしている姿を腹立たしく思っていたのだ。

「いえ、この場はそれがしに殿をさせて下され。康政殿は徳川家になくてはならぬお方です。もし万が一ということにもなれば、この直政は家康様に顔向けができませぬ。どうか、それがしに殿を任せて下され」

直政は康政を睨み据えて一歩も退こうとはしない。

木俣や彼の配下の者たちは二人が斬りあいにでもなればと思い、ひやひやしながら成りゆきを見守っている。

「お前が強情者だとは聞いていたが、これほどとは思わなかったわ。若いにもかかわらずお前の頑固なところは本多重次以上だ。今回は折れてやるが、今回だけだぞ」

舌打ちした康政は大股で前陣に戻ると早々と丸子城下に火を放ち、さっさと依田川を渡河して軍を引き揚げ始めた。

直政と松平が殿となって丸子城からの追撃に備え、鉄砲隊を最後列に布《し》いて隊列を整えて堂々と依田川を渡る。

直政は真田の追撃を期待し、三科形幸の方を振り返った。

「やつらは追いかけてこぬな」

三科は白い歯を見せた。

「真田昌幸は信玄公仕込みの者です。井伊隊にわれらがいることを知って手控えておるのでしょう」

直政は頷いた。

「わしも信玄公の戦さぶりをこの目で見たかったわ」

「われらも信玄公の頃が懐かしゅうござるわ」

直政は家康が武田遺臣を配下に付けてくれたことを感謝した。

この時、昌幸の家臣が、「やつらが引き揚げていくのをこのまま指をくわえて見ている法もありますまい。幸い殿の井伊・松平は若造で兵は五百に満ちておりませぬ。こちらから追いかけてゆけば、井伊と松平の首を討ち漏らすことはないでしょう。ぜひ追撃させて下され」と昌幸に懇願した。

昌幸はこれを聞くと眉をしかめた。

「お前たちは何を見ておるのか。目を大きく開いて殿の兵たちの動きをよく観察しろ。神川で大久保たちが退く様子とは全く違うことがわからぬのか。井伊や松平は若いが、その家臣たちには多くの武田遺臣が加わっておる。あの退き方は信玄公がよくお使いになった追撃を誘う手だ。井伊隊の旗印から見ても近藤秀用をはじめ、遠州でも名のある武将たちが多く混じっておる。松平隊にも見覚えのある武田遺臣の旗が靡いておる。彼らを小勢だと侮って軽はずみに追いかけていくと、手痛い目にあうことは間違いなかろう。決して彼らを追撃してはならぬぞ」

昌幸は厳命を下した。

上田城攻めが失敗に終わる間に、秀吉は敵対する越中の佐々成政、四国の長曾我部、紀州の畠山、根来《ねごろ》、雑賀《さいか》を討伐し、彼に逆らう者は家康のみとなっていた。

十月になると秀吉は諸国の大名に人質を出すよう命令を下し、彼らの忠誠度を試そうとした。

家康は浜松の本丸に重臣たちを集めて、「人質を出すべきか」を質す。

忠次をはじめ重臣の多くは、「三河、遠江、駿河、甲斐、信濃の五ヶ国の守りを固めて、秀吉を相手にせず」という意見がほとんどだ。

数正はもちろん出席していたが、重臣たちが、「われらは殿に人質を出して忠誠を表そう」と言うまで気持ちが高ぶってきたのを目にすると、意見を控えた。

この場で秀吉寄りの説を唱えることは数正自身の身にも危険が迫ると感じたのだ。

この時、北条方からも二十もの重臣たちが賓客として評定に加わっていた。

賓客として北条の重臣を評定の場に招いて、秀吉と対決する決意を彼らの目の前で晒したのだ。

評定が済むと、三河の西にある岡崎城の修繕を急いだ。

それから一ヶ月も経たぬうちに、直政が恐れていたことが現実となった。

徳川の屋台骨を支えていた二大巨頭の一人である石川数正が大坂へ出奔したのだ。

だが、数正が大坂へ奔って家臣がその対応に大わらわになっているのに、家康だけは連日鷹狩りに遠出していた。

徳川の屋台骨が軋む中で、大将だけは動揺していないという姿を誇示したかったからだ。

その一方で家康は、甲斐郡代の鳥居元忠に命じて信玄の軍法、書物、武器や兵具類など甲州に残っているものをすべて浜松へ運ばせた。

「直政、康政、忠勝の三人を呼べ」

三人が揃うと、「そなたらに総奉行を命ずる。数正が大坂方へ奔った今、われら徳川の軍法は秀吉方に筒抜けとなっておろう。そこでわしはこれまでの徳川の軍法を信玄の甲州流に切り換えようと思い、鳥居に命じて甲州流軍法に関するすべてのものをここへ運ばせておる。三人で手分けしてそれらを学び取り、わが軍法として兵たちに徹底させて欲しい。配下には甲州流軍法に詳しい成瀬吉右衛門と岡部次郎右衛門を付けよう。できるだけ急いでくれ」と家康は三人に命じた。

三人が城の蔵に回ると、書物が堆《うずたか》く棚に積まれている。

「これを三人で分けて読むのか。大変な作業だ。直政は幼い頃から寺に預けられていたと聞いておる。われらの分まで目を通して、概略を教えてくれ」

忠勝や康政は武勇の方は徳川家では並ぶ者はいないが、「文」の方はさっぱりだ。

「わかりました。わが家臣には武田遺臣が多くいるので、彼らと一緒に読み解いていきましょう。でき上がりましたらお二人にも声をかけますので」

武勇で鳴る二人は十年も経たないうちに、二人より一回りも若い直政が自分たちと肩を並べるまでの地位に昇ってきたのは不愉快だった。

だが、家康が直政を重用するのは直政が築山殿の一族だというだけではなく、自分たちにはない彼の学問や交渉力を買っているのかも知れぬと思った。

直政はその日からさっそく屋敷に持ち帰った書物に目を通し、わからない箇所は武田遺臣の三科や広瀬を屋敷に呼んで問い質した。

花を娶ってから二年になるが、戦さ続きで直政はゆっくりと屋敷で寛ぐ暇もなかったので、花は部屋に籠もる直政を見るのが珍しく、あれこれ口実を設けては、書物に目を通している直政に話しかける。

直政は花の話を聞き流していたが、なかなか花が遠慮しようとしないので叱った。

「わしは徳川家の軍法を武田流に変えるために力を注いでいるのじゃ。用がなければ部屋から出ていってくれ」

「わたしも殿のお顔を見るのが久しぶりなのです。結婚して以来、こうやって殿が部屋におられる姿を見るとつい話したくなったのです」

「そうか。わしもそなたとゆっくりと積もる話をしたいのだが、家康様の要請もあり、今は一刻も早く徳川の軍法を変えねばならぬのだ。これを仕上げれば、そなたを三保の松原へ連れていってやろう。あそこからの富士山の姿はすばらしいと聞く」

「三保の松原ですか」

その言葉に納得したのか、花は部屋から退がった。

翌年の天正十四年になると、秀吉の使いとして信雄の叔父の織田長益と信雄の家老である滝川雄利、それに土方雄久《かつひさ》の三人が浜松城までやってきた。

「徳川殿には長久手の際は信雄様の要請で秀吉公と弓矢を交えてもらいましたが、それについて秀吉公は少しも遺恨を持たれてはおられませぬ。わが主君と秀吉公とは和睦なされたので、徳川殿も大坂へ上られ秀吉公との対面をお願い申す」

家康の肚はすでに決まっている。

(自国を固守し、同盟の北条と共に秀吉の侵攻に備えるだけだ)

三人は頑なな家康に閉口して立ち去った。

長益、雄利、天野雄光《かつみつ》、それに富田一白の四人が再び浜松にくると、「また秀吉の使いか」と家康は露骨に嫌な顔をした。

「今度は上洛話ではなく、天下万民のためになる話を持ってきましたぞ」

忠次のはしゃぐ姿に家康は舌打ちした。

「何が天下万民のためだ。どうせ下らぬ話であろうが」

「いいえ、秀吉が殿に膝を屈して、縁組を進めてきましたぞ」

家康は上洛要請でないと聞くと不機嫌が直り、「よし、それでは対面してやろう」と使者を本丸へ通させた。

「関白は、『徳川殿は天下の英雄である』と申され、『ぜひこのような男と親類になりたいものよ』と切望されています。ここは天下万民のため関白様とご縁を結ばれますように」

雄利は秀吉が家康を随分と買っていることを強調する。

「秀吉殿には子供はいないと聞いたが、どこぞに年頃の娘でもおられるのか」

家康は首を捻った。

雄利が朝日姫のことを話すと、家康は急に不機嫌になり黙ってしまった。

（何が朝日姫だ。百姓出の秀吉めの妹で、年寄った人の古女房ではないか）

雄利が再び、「天下万民のために熟考して下され」と泣くように説く。

家康は長い間沈黙を守っていたが、「天下万民のためと言われると、拒みがたい。だが、わしの方にも条件がある。これを秀吉殿に呑んでもらわねばこの話は受けられぬ」と条件を切り出した。

「まず朝日姫に男子が生まれても嫡男とはしない。二つ目に、わが子・長丸（秀忠）は人質には出さぬ。それに三つ目はわしの五ヶ国の領地はわが嗣子に相続させること。この三つはどうしても譲れぬ」

雄利はこれを聞くと、「即答はできかねますので、一度戻ってから再び返事させてもらいます」と答え、上方へ戻っていった。

家康は秀吉がここまで折れて出てきた以上、もう上洛を拒み続けることは無理だと判断した。

それでも用心家の家康は北条との絆をさらに強固なものにしようとした。

「わしが娘の督《とく》姫を氏直殿に嫁がせてからもう四年にもなるが、まだ一度も対面しておらぬ。一度出会いたいものよ」

家康の申し出に、北条氏政は自領内でなら対面しようと、「黄瀬《きせ》川を越えてこちらへお出いただきたい」と返答してきた。

黄瀬川は駿河と伊豆の国境であり、黄瀬川を越えるともう北条領となる。

「氏政も世間体を気にするやつだ。どこで対面してもよいものを」と家康は呟く。

「北条は早雲《そううん》以来五代も続く大家である」という北条氏の驕りが鼻につくが、そんなことを言ってはおられない。

家康は氏政父子に対面に行くことにしたが、これには忠次が反対した。

「殿、みっともない真似はやめて下され。敵の領地まで出かければ、世間の人は、『徳川は北条の旗下になった』と噂をし、徳川家の名折れとなりましょう。どうか思い止まって下され」

忠次は家康の決心を変えさせようと諫言するが、「そのような言い争いは無用だ」と家康は一向に気にする様子はない。

家康は予定通り重臣たちを引き連れて黄瀬川を渡った。

直政ももちろん伴の一人として加わっていた。

北条方はこの日の対面のために三島に新館を作って待っており、彼らを出迎えて歓迎した。

館に入ると北条氏政・氏直父子が上座に座り、北条一族もその隣に座る。

家康の席は氏政の下座に設けてあり、重臣では忠次と康政と直政だけが陪席を許された。

（北条は大家であることを誇り、どうも徳川を目下に扱おうとしているようだ）

直政は下座からじっと観察している。

家康はそれを気にしている様子はなく、風下《かざしも》に立つことに甘んじているようだ。

（秀吉の妹との婚儀のことはすでに北条にも伝わっているかも知れぬ。もし北条が秀吉に近づく徳川を敵視すれば徳川は孤立するし、逆に北条が秀吉と接近すれば、徳川は二勢力に挟まれて滅ぶであろう。ここは北条の顔を大いに立てて、北条との同盟をより強めることが目的だ。殿が体面など気にしておられず北条にへりくだっているのはそのためだ）

直政は北条氏政・氏直の振る舞いをさらに注視した。

「宴を進める前に、上方のことについて軍議をやろう」と一族の氏規が家康の態度を試そうとした。

「上方のことはこの前、北条の方々に浜松にお越し願ってわが軍議を見て頂いた通りで、秀吉と対決しようとする姿勢は変わっておりませぬ。ご安心下され。まず徳川と北条の両国の境界にある城をすべて破却して境界を取り除こうと思います。もし秀吉が東へ攻め上ってきてもわが手勢の三万もあれば討ち破ってご覧に入れましょう。北条が奥州に出陣なされる時には、それがしが先陣を引き受けましょう」

北条父子は家康の好意的な申し出に相好を崩した。

「徳川殿の心の内はよくわかった。わしらもこれまでのわだかまりを棄てて、お互いに手を繋いで進もう」

氏政は下座の家康のところまでやってきて盃に酒を満たすと、「本日は無礼講じゃ」と宴会をはじめた。

「それでは拙者の十八番を披露させてもらいましょう」と言って、家康は小太りの体を窮屈そうに曲げ、足元をふらつかせながら自然居士《じねんこじ》の曲舞《くせまい》を舞う。

北条の重臣の松田憲秀《のりひで》や大道寺政繁などは上座から家康の下手な舞いをやんやと囃し、お互いの耳元に口を寄せながら、「家康めは当家の臣下に成りおったわ」とひそひそと話しあう。

主君の下手な舞いを見ていた忠次は、酔った振りをして彼の得意な海老掬《えびすく》いを舞い始めた。

「海老掬い、川いづれの辺にて候」とだみ声を出し、剽《ひょう》げたような格好の忠次に北条方は手を打って囃す。

家康や忠次らが懸命に取り入っている様子を見て、氏政は悪い気がしない。

氏政は忠次に太刀を引出物として贈ると、それを大切そうに押し戴いた忠次は、上座の北条の重臣たちに向かって頭を下げた。

「それがしはこのような立派な海老を掬い上げました」

宴も酣《たけなわ》になると、酒の返杯に上座の北条方の者たちも下座にいる家康のところまでやってくる。

氏政は酒に酔ったのか、朱に染まった顔で足をふらつかせながら家康のところへやってくると、家康の脇差を抜き取った。

「家康殿は若い頃から海道一の弓取りと呼ばれたお人だ。その刀を座ったままで抜き取ったわしは大功を立てたぞ」

「家康殿は最早当家の臣下なので、臣下から大功を立てても何の役に立ちましょうか」と、氏政の家臣の松田は得意がる氏政を押さえた。

直政と康政には、日頃家臣にも見せたことのない家康と忠次の滑稽な猿芝居が哀しく映る。

二人は家康の苦しい心境を思うと、危うく涙がこぼれそうになった。

宴は無事に済み、家康一行は浜松へ戻った。

「どうでしたか、北条の様子は」

本多正信は三河者には珍しく政事に長けており、家康も重宝している男だ。

「北条も氏直の代で終わりとなるだろう。松田や氏照《うじてる》などは、氏政がいなくなれば嫡男の氏直を蔑《ないがし》ろにするだろう」

家康の見方は直政が感じたことと一致していた。

本多は直政にも意見を求めたが、「殿のご推察通りでしょう」とそっけない。

正信は武骨な三河者から見れば、家康に媚びているような「腰抜け」か「腸《はらわた》の腐った奴」と見られていた。

直政も正信を好かず、彼と長く顔を付き合わすのを避けた。

家康と朝日姫との縁談は纏まり、四月十日に朝日の輿は聚楽第《じゅらくだい》から出発した。

百六十人の女房を警護する侍が取り囲み、金箔で飾られた輿が東を目指して進んでいく。

京の者たちは華麗な行列を一目見ようと、町の屋根や垣根に上って眺めた。

朝日姫が浜松に輿入れしても、家康はそれでもまだ上洛しようとはしなかった。

すると秀吉は母の大政所を人質に出す決心をした。

（これ以上焦《じ》らすと本当に戦さになる）

家康も秀吉の決断を知ると、これが潮時だと判断した。

大政所《おおまんどころ》が京を発った翌日には、家康は浜松を出発した。

岡崎で大政所と家康は対面すると、大政所は、「早く朝日に会いたい」と家康にせっつき、朝日姫の輿が岡崎城につくと、大政所は輿の戸が開くのももどかしく、輿から下りた朝日と抱き合って涙を流した。

付き添っていた女房たちも、二人の姿を見て思わずもらい泣きする。

いよいよ岡崎を出発する日、家康は本多重次に、「大政所を懇《ねんご》ろに扱え。もし、わしが京で難にあうようなことがあれば、大政所と朝日姫は京へお返しせよ。わしが女を人質にとったと人に嘲笑されるのは末代までの恥だからのう。未練がましい振る舞いはするな」と命じた。

夜になると家康はこっそりと直政を呼びつけた。

「もし、秀吉に表裏の振る舞いがあれば、わしは京の東寺に籠もる。秀吉は急には攻めてはこぬであろう。その時、お前は徳川の一万の兵を率いて千草峠を越えて近江の瀬田に出て八坂の辺りに布陣せよ。第二陣の忠次が一万を連れて京の東山の如意ケ嶽《にょいがたけ》に押し出せば、さすがの秀吉も大坂へ逃げるだろう。その時追撃すれば、秀吉が桂川を越える前に彼の首をあげることができよう」

「ご安心下され。この直政、一報を得ましたら一日もかけずに京に駆け参じ、殿をお守り致しましょう」

　直政はそうならぬことを期待した。

「岡崎の留守を頼む。大久保忠世はよいとして、本多重次はあのように頑固者だ。大政所に何かあってはわしが困る。大政所の世話をよろしくな」

　家康が岡崎を去ると、家康が危惧した通り、大政所の館の塀には山のような柴薪《さいしん》が積まれ、彼女やお付きの女房たちは不安がった。

　重次が家臣に命じてやらせたことが直政の耳に入った。

（あの馬鹿が何ということをするのか。大政所へのこんな所業が殿に不利になることがわからぬのか）

　直政はさっそく珍しい菓子を手土産に、大政所の館へ機嫌伺いに行く。

「あの薪は何のために積んでいるのか」

　心配する大政所を直政は宥める。

「いや、ご心配には及びませぬ。この直政は家康様から大政所様のことを任されておりますので、家康様が岡崎に戻られるまでご安心してお過ごし下され」

「ご厚意有難く思います。ところで直政殿は井伊谷の井伊家の嫡男だと聞いておるが、今川と武田の狭間でさぞ辛い目にあわれたとか…」

直政は家老の目を逸れるために井伊谷から逃げ出し、三河の鳳来山《ほうらい》の寺で故郷に戻れる日を待ち続けた頃の思い出を大政所に話した。

「誰にとっても母親というものはかけがえのない者だ。さぞやそなたの母親はそなたが戻ってくる日を指折り数えながら過ごされたことであろう。ところで母親は息災なのか」

「いいえ、昨年流行り病で亡くなってしまいました。もう少し長生きして、それがしが立派になった姿を見せてやりとうございました」

「そうか。それは寂しいことだのう」

「……」

直政の実の母・蘭は昨年再婚先の浜松の松下源太郎の屋敷で亡くなった。直政の母代わりであった直虎が死んでから三年後のことであった。

直政が井伊家の墓所を訪れた時には、真新しい宝篋印塔《ほうきょういんとう》が直政の父の墓に寄り添うように並んでいた。

墓石には「永護院殿蘭庭宗徳大姉」という法名が刻まれていた。

（母も父上の元に旅立たれたのか。母上は父上と若くして死別されたので、今頃は極楽浄土で二人仲よく暮されており、直虎様も母と楽しそうに語らっておられるだろ

う）

一方、京に向かった家康は茶屋四郎次郎の屋敷を訪れた。

茶屋は家康一行が伊賀越えの際、彼らの先頭に立って手助けしてくれた男だ。彼は戦国大名相手の御用達をやっており、家康は茶屋を通じて軍需品の調達や諸国の情報を得ていた。

二日後、家康一行が大坂に入ると彼らは秀長の屋敷に迎えられ、富田一白、津田盛月らも懸命に饗食に努めた。

秀吉との目通りを前に、家臣たちが集まって相談していると、その日の夜、平装姿の秀吉が十人ぐらいの配下と一緒に秀長の屋敷へやってきた。

秀吉はずかずかと家康たちの部屋までやってくると、「長篠以来十二年目の再会であるのう」と久闊《きゅうかつ》を叙《じょ》した。

秀吉は持参の酒を家康に勧めると、彼の耳元で囁いた。

「わしは官位では人臣を極め天下の兵馬を動かし、わが国の豪傑の半ば以上をわが旗下に収めておる。だが、徳川殿も知っておられるように、わしは百姓上がりで信長公に取り立てられ、今の地位に昇りつめたことは誰もが知っておる。家臣といっても元の同僚たちで、心からわしを主君と敬う者はいない。明日、諸大名を大坂城に集めて対面する。その際、諸大名がわしを尊敬するように、徳川殿が口火を切って欲しいのじゃ。わしはことさらにそなたに尊大な態度を取るが、これは芝居だ。そこのところは許してもらおう。このことぜひお願いいたす」

秀吉は軽く家康の背中を叩いた。

「それがしは関白様の妹を頂き、このように上洛しました上は、とにかく関白様のよきように取り計らう所存でござる。関白様より懇ろのお言葉を頂戴した以上、どうして背きましょうや」

家康は頭を下げた。

「よろしく頼む」

秀吉は白雲の茶壺や黄金二十枚を手土産に置き、しばらく家康と打ち解けていたが、やがて立ち去った。

翌日は早朝から諸大名が次々と大坂城の千畳敷御殿に詰めかけ、いよいよ家康が登場し、秀吉のいる上座に向かって威儀を正すと、秀吉の前へ膝行《しっこう》し、遅参を詫び、平伏した。

「本来なら打ち首ものだが、徳川殿はわが妹婿でもあるので、特別に遅参を許そう」

秀吉は上座から諸大名に届くように、尊大な調子で家康に声をかけた。

秀吉は陣羽織姿だ。

「皆の者よく聞け。わしは大政所に早く会いたいので徳川殿を明日三河に帰す」

家康は平伏したままだ。

「顔を上げられよ、徳川殿。今はことのほか寒い。その格好では寒さが身に染みよう。御肩衣を脱いで小袖を重ね着されよ。その前にわしからそなたに一献差し上げ、これをそなたへの餞別としよう」

秀吉が手で合図すると、秀長と浅野長吉は平伏している家康のところに行き、彼の肩衣を脱がせた。

すると、「小袖はいりませぬが、その代わりに殿下のお召しになっておられる陣羽織をそれがしに頂きたい」と家康は顔を上げ、大声を張り上げた。

これを聞くと、「これはわしのものだ。たとえ徳川殿といえども差し上げる訳にはゆかぬ」と秀吉は大袈裟に手を振った。

家康はさらに膝行して秀吉に近づくと、「陣羽織と聞いたからにはますます拝領したい。それがしが殿下の陣羽織を拝領したからには、二度と殿下に武具を着させませぬ」と喚くように叫んだ。

諸大名からは、「おおッ」という感嘆が響き、秀吉は両手を上げて彼らの喧騒を静めた。

「徳川殿がそれほどおっしゃられるならこれをそなたに譲ろう」

秀吉は自ら陣羽織を脱ぐと下座に平伏している家康のところへ行き、自らの手で家康に陣羽織を着せた。

家康との対面は大成功に終わったのだ。

家康が岡崎に着くのと同時に大政所は岡崎を発った。

熱田《あつた》までくると秀吉の側近たちが出迎えにきており、京の粟田口《あわたぐち》では秀吉が待っていた。

「おお、よう無事で戻られた。少し痩せられたのではないか。この度は母上に辛い思いをさせて済まなんだ」

秀吉は輿から降りようとする母の手を取って顔に擦りつけた。

「いや、わしは少しも心配などしておらんかったわ。お前がすることに間違いはないと信じておったからのう。それにわしを送ってきてくれた直政殿がよくわしの面倒を見てくれてのう」

大政所は、「それ、そこに居られるわ」と直政を指差した。

「わしの世話人は直政殿とそれに本多重次と申す者でのう、直政殿は年は若いが情の深い人で、毎日のようにわれらのご機嫌伺いに見えられて、時々果物や肴など珍しいものを持参して下された。それに引き換え、本多と申す田舎侍は非情なやつで、われらの館の周囲に柴を山のように積み、徳川殿に何かあればわしらを焼き殺そうと計りよってのう。毎夜わしらの館を見回り、番人たちに、『油断をするな』と喚き回り、その声がうるさくておちおち眠るどころではなかったわ。お前から徳川殿に願い出て、本多重次を死罪にしてくれ」

大政所は本多の仕打ちを思い出したのか身震いした。

秀吉は苦笑し、「本多が上京することは遠慮させるよう徳川殿に頼んでおこう」と大政所を安心させた。

（三河武士の一徹さか。家康はよい家臣を持っていて羨ましいわ）

「井伊直政をこれへ呼べ」

直政が秀吉の前にやってきたが、顔立ちも凛々《りり》しく、筋骨逞《たくま》しい若者だ。

「いくつになる」

「二十六歳でござる」

「お前のことはよく聞いておるぞ。そなたが長久手の戦いで『赤鬼』と呼ばれた万千代か。『赤鬼』というからにはもっと恐ろしい形相の男かと思っていたが、こんなに若く、見目麗しい男だとは。家康も心利いたる若者を母に付けてくれたものよ」

大坂城に戻った秀吉は賓客のように直政を饗応し、秀吉の重臣たちが次々と彼のところに挨拶にくる。

その席で秀吉は直政に、「羽柴の姓をお前にやろう」と特別の好意を示した。

「有難い仰せですが、受けかねます。徳川の家臣だからといって拒んでいるのではありませぬ。実は家康様からも、『松平の姓を与えよう』という話があったのですが、井伊家は『八介《はちすけ》』の中でも一番の家柄なので、この伝統ある井伊の姓を棄てる訳にはいきませぬ。折角のご好意ですが、この件に関してはご容赦下されませ」

「『八介』とはまた名誉なことよ。確か武士の位の中で介職は千葉、上総、三浦、狩野、富樫、大内、秋田城、それに井伊家か。井伊家は随分と由緒のある家柄だな」

秀吉は数正と同じように若い直政を釣ってやろうとしたが、それと知った直政はやんわりと断った。

連日の饗応の席へ、石川数正が顔を見せた。「今さら紹介するまでもないが、お主らは顔見知りの者なので積もる話もあろう」と秀吉は二人に気を利かせた。

数正は直政から少し離れた席に腰を降ろすと、ちらっと直政の方を見たが、直政は数正を睨みつけたまま、一言も発しようとはしない。

饗応は終わり、今度は秀吉が茶を振る舞うということになった。

(こいつと膝を交えて顔をつき合わせねばならぬのか)

直政は我慢して狭い茶室で秀吉を目の前に数正と並んで座っていたが、数正を無視している。

秀吉はそんな直政を苦い目で睨む。

(直政めはまだまだ子供よ)

秀吉が亭主なので直政は茶室内では我慢していたが、茶室から出ると秀吉の重臣たちの前で数正を罵った。

「こやつは徳川を裏切って殿下に従った大臆病者だ。何の面目があってわしに面を晒すことができるのだ。この男は人面獣心というべしだ」

数正は激怒と羞恥のために赤面したが、あの尊大な数正が若造の直政に言い返そうとはしない。

面倒を恐れた重臣たちが二人の仲に入って数正を退がらせた。

この騒ぎに秀吉は直政を罰する訳にはいかず、「生一本の若造めが」と舌打ちした。

いよいよ直政が帰ることになると、秀吉に羽柴姓の代わりに朝廷に働きかけて、従五位下の位を貰ってやった。

当然喜ぶだろうと思った秀吉に直政は、「それがしの家は藤原家の末流でなまなかな小官なら要りませぬ」と見栄を切る。

「そうか、それなら侍従ではどうか」

秀吉は怒る代わりに、予想しない反応を示す若造に興味を持ち始めた。

直政が浜松に戻ると城下は浜松から駿府への引っ越しのため、どこも慌ただしかった。

一方秀吉は家康の上洛で東方に心を煩わすことがなくなると、九州征伐に本腰を入れ、五月八日には抵抗していた島津義久《よしひさ》はついに秀吉に膝を屈した。

天正十四年二月から着工された聚楽第がこの年の九月に完成したので、秀吉は九州征伐を終えると大坂城から聚楽第に移り、ここで政務を行うようになった。

聚楽第は御所の西にあり、その規模は北は元誓願寺通《もとせいがんじどおり》、南は下立売通《しもたちうり》、東は黒門通、西は土屋町通《つちやまち》で囲まれた広大な敷地で、聚楽は、「長生不老の楽《うまたい》を聚《あつ》むるもの」という意味で命名された。

秀吉は後陽成《ごようぜい》天皇のために御所を修造し、聚楽第へ諸大名を集めて天皇の行幸を仰ごうと計画した。

派手好きの秀吉は天皇の前で、諸大名たちに自分の権力を誇示しようとしたのだ。

駿府に秀吉からの使者がくると、「これは朝日姫を伴っていかずばなるまい。もしそれがしにできることがあれば何なりともおっしゃって頂きたい」と家康は返答して出発の準備にとりかかった。

直政、忠勝、康政の三人をはじめ、旗本衆が家康の上洛につき従う。

彼らは金箔瓦で輝く城閣の屋根を見て驚きの声をあげた。

聚楽第は半里四方も続く石垣で囲まれており、その周りが堀で守られている。北と西と南には出丸のように突き出た二の丸が三ヶ所あり橋で本丸と繋がれていて、本丸の四隅には三層の櫓《やぐら》がある。

大手口の柱は鉄製で、扉は銅でできている。

四隅にある櫓の屋根瓦もすべて金箔が刷《は》かれている。

「これはすごい建物だ。大坂城もこのようなものか」

彼らは首が痛くなるまで本丸天守閣を見上げた。

家康の一行には直政、忠勝と康政を除いて大坂城を知っている者はいない。

二の丸から本丸に入ると、本丸の西北の隅に建つ五層の天守閣が彼らの目に飛び込んできた。

「うあっ、近くで見るとまるで天を突くようだわ」

天守閣の屋根瓦が陽光を浴びて、天守閣そのものが金色に輝いている。

本丸のところには檜葺《ひのきぶ》きの政庁の建物や秀吉の一族の館が建ち並び、中央の庭園の中に能舞台も設《しつら》えてある。

「須浜池《すはまいけ》」と呼ばれる大池には鴨や多数の白鳥が浮かんでいた。

「このような立派な城を造るとはまるで神のようだ。殿下の富はどれほどのものなのか……」

聚楽第を目にした一行はその規模と華麗さに度肝を抜かれた。

天子の行幸は御所から聚楽第までの十五町の距離を、烏帽子に太刀を持った六千もの武士が警備する中を殿上人たちがゆっくりと西へ移動する。

烏帽子姿の侍百人が二列となって先導し、その後を国母、准宮、女御をはじめ、大奥侍局、勾当内侍《こうとうのないし》ら五十丁の輿が続き、童子が最後を行く。

その少し離れたところから公家たちの乗る塗輿《ぬりごし》が現われ、その後方に天子の乗った鳳輦《ほうれん》が厳かに姿を見せた。織田信雄、家康、秀長らは鳳輦を取り巻く公家衆の後ろを歩き、その後方に馬に乗った秀吉が続く。

秀吉の重臣と諸大名とその家臣らが秀吉を追う。家臣でも従五位以上の者でしか、行幸に参列できない。

出席者のほとんどが外様の大名や豊臣の者たちであったが、この時従五位下であった直政は彼らに混じって出席していた。

忠勝や康政ですらその資格に欠けていたのだ。

(昔の絵巻物を眺めているようだ)

直政は目近に天子を見て感動し、この行幸の華麗さを亡くなった実母や直虎に伝えてやりたかった。

行幸が済むと、殿上装束に改め、天子のいる御座の間に参内する。

御座の間からは広大な庭園が見えるように設えてあり、爽やかな春風が池の周辺の木々の枝を揺らし、池の周囲に咲き誇っている杜若《かきつばた》の白や紫色が新鮮に映る。

和歌の会が催されると、直政は多くの殿上人に混じって、この日のために用意していた句を詠む。

たちそふる　千代のみどり(緑)の　色ふかき
松のよはひを　君もへ(経)ぬらん

小田原合戦

天皇の行幸に付き従った家康は絶大な権力者に昇りつめた秀吉を見て、彼に逆らうことの無駄を悟った。

(当分は秀吉に従順にしておこう。それにつけても気になるのは北条父子だ。このまま上洛を拒み続ければ、討ち滅ぼされよう。彼らは秀吉の力を甘く見ているようだ)

北条が滅ぶのは家康としても都合が悪い。

家康は韮山《にらやま》城の氏規に相談した。

「わしも北条父子のことは気になってはいるが、どのように説得しても氏政は秀吉に頭を下げようとはしないのだ。『家康殿のように秀吉が小田原へ人質を差し出すのなら上洛も考えよう』と呑気に構えておる」

「お主の兄は秀吉を甘く見すぎだ。秀吉という男は氏政殿が思っているほど甘い男ではない。氏政殿も早く上洛し秀吉に恭順《きょうじゅん》の態度を示さぬと、やつは本気で北条を崩そうとするぞ」

「とりあえずわしが上洛し、秀吉に兄の上洛が遅れたことを詫びよう」

「それがよい。上洛前にわしの浜松へ立ち寄れ。お主に秀吉に顔の利く家臣を付けてやろう」

「それは助かる」

氏規が秀吉と対面したのは天正十六年八月も終わろうとする頃で、上段の間に秀吉が座り、上座には家康、織田信雄、秀長をはじめ、宇喜多秀家、織田信包《のぶかね》、細川忠《ただ》興《おき》、島津、小早川、吉川《きつかわ》ら西国、東海のそうそうたる面々が控えており、氏規の席は遥《はる》か下座であった。

氏規は秀吉の権力がいかに強大なものであるかを思い知らされた。

「氏政はすでに隠居の身であり、こういう席には出られぬので、来年には倅の氏直を上洛させまする」

氏規は兄の遅延の理由を言上し、氏政父子からの書簡を秀吉に差し出した。

――先年、徳川と争った際、信濃、甲斐は徳川に、上野は北条にと、お互いに約束を交わしましたが、沼田を占領する真田昌幸はどうしてもわれらに沼田を渡そうとはしませぬ。家康殿も昌幸に替え地を渡す約束を履行されてはおられぬ。殿下から徳川殿へ沼田領をわれらに渡すよう言って欲しい――

氏政は約束を果たさない家康への不満を漏らした。

一読した秀吉は、「よし、わしが沼田問題に裁断を下してやろう。だが、わしはこのことをあまりよく存じぬので、北条家中で詳しく事情を知った者を上洛させよ」と氏規に命じた。

氏規は小田原に戻ると交渉役として板部岡江雪斎《いたべおかこうせつさい》を京都へ遣り、秀吉にこれまでの経緯を説明させた。

秋になると秀吉は富田一白と津田盛月を関東へ差し向け、「沼田の城地を北条へ相渡さるべし」と命じ、その代わりとして、この年の十一月中に氏直に上洛するよう命じた。

二人は九月二十一日に駿河城へ行って家康と対面すると、家康は榊原康政を二人と共に信州上田へ遣った。

「沼田領の三分の二を北条家へ渡し、残りの三分の一の名胡桃《なぐるみ》は真田のものとする」

この秀吉の命令には真田昌幸は逆らう訳にはゆかず、泣く泣く承知した。

北条家は沼田城を受け取り、城代として猪股範直《いのまたのりなお》を配した。

利根川を挟んで沼田と名胡桃とは指呼《しこ》の距離にある。

「真田め、『名胡桃は真田の墳墓《ふんぼ》の地だ』と秀吉に泣きつきやがって、本来はあの城も上野《こうずけ》にあるので北条のものだ」

猪股は名胡桃だけが北条領から漏れたのを悔しく思っていたので、隙をついてこの城を占領してしまった。

これには昌幸が烈火のごとく怒った。

彼は駿河の家康に知らせるとともに、大坂の秀吉にも使者を走らせた。

「十一月中には上洛すると言っておきながら、その約束も守らぬうちにこの始末だ。北条氏政め、わしに逆らうとは…。わしを嘗めればどんなことになるか、思い知らせてやろう。それにしても北条の表裏あるやり方は言語道断だ。北条一族を皆殺しにしてやらなければ、わしの肚の虫が収まらぬわ」

ついに秀吉は北条に鉄槌を下すことを決心した。

「わしはかねてより北条を征伐しようと思っていたが、徳川殿の縁者なので大目に見ていた。だが、この上は許すことができぬわ」

秀吉は北条への怒りを諸大名に書き送った。

天正十八年になると、秀吉は本格的に小田原攻めの準備に忙殺された。

家康は北条との戦さが避けられないものと覚悟し、北条との姻戚ゆえ、秀吉に疑われることを恐れた。

「直政、長丸を上洛させることにした。お前は秀吉の気に入りだ。長丸を連れて一緒に京に行ってくれ」

(何事にも慎重なお方だ)

直政は承知した。

「酒井忠世《ただよ》と内藤正成《まさなり》、青山忠成《ただなり》を連れて行け」と家康は付け加えた。

聚楽第で長丸と対面した秀吉は、家康の意図を知り、その心配りを喜んだ。

「長丸殿はいくつになられたのか」

「十三歳でございます」

「髪の結び方といい、衣服の着方などどう見ても田舎風じゃ。どれ、わしが若君を『光源氏』のように改めてやろう」

秀吉はいたずらっぽく直政に笑顔を向けると、「若君を奥へ案内せよ」と侍女に命じた。

秀吉と北政所が連れ立って奥に入ると、北政所自らが長丸の髪を結び直し、衣服、肩衣、袴まですべて都風の派手なものを身につけさせた。

「どうだ、直政。これで都の公達《きんだち》も驚くような男振りになっただろう。この格好なら都中の女どもが若君の気を引こうと色目を使うことは必定だわ」

「殿下にそのようなことまでして頂き、主君になり代わり礼を申し上げます」

「なに、気にするな。長丸のような子を見ると、ついわが子のような気がするのだ。ほんに子供というのは可愛いものよのう」

「それがしにはまだ子がおりませぬので、その辺はよくわかりませぬが…」

「なに、お前も父親になれば今にわかるようになるわ」

秀吉は黄金の太刀、脇差を長丸の帯につけてやると、長丸は目もさめるような立派な若武者となった。

「直政、家康殿にあまり気をつかい過ぎぬよう申しておけ。家康殿の忠義の心はしかと見せてもらった。その気持ちだけで十分だ。於義丸殿も預っておるので、長丸殿は親元へ帰そう」

上機嫌の秀吉は直政らにも黄金を与え、「お前たちは浜松へ戻り小田原攻めの用意を怠りなくしておけ」と命じた。

一方小田原では初春の公事始めで宿老が集まり、「秀吉が諸大名に小田原攻めの陣触れを出した」という噂が氏政父子に報告された。

「秀吉は本気で小田原へ攻め入ろうとしておりますれば、われらも山中、韮山城の備えを急がねばなりますまい」

宿老たちは気が気でない。

「小田原は上杉謙信や武田信玄でも落とせなかった堅城だ。猿面冠者《さるめんかじゃ》などに箱根も越させぬわ」

氏政父子は宿老の意見に耳を貸そうともしない。

「なれど油断大敵でござる。氏政殿は小田原におられ、戦さはわれらがやりましょう。氏直殿は松平康重が守る沼津の三枚橋《さんまいばし》城を落として、ここを本拠とする。先陣はわしと氏照とが富士川を挟んで上方軍を防ぐか、または氏直殿が三島辺りまで出陣して黄瀬川を挟んで戦うかだ。こちらには地の利があり、敵は大軍といえども寄せ集めだ。まして徳川殿は氏直殿の舅であるので、北条の味方となろう。さすれば秀吉も和睦を申し込んでくるであろう」

氏規は強気だが、宿老の一人である松田憲秀《のりひで》は氏規の出撃策に反対した。

「わが小田原城は天下無双の城であるので、たとえ秀吉の大軍が攻め寄せてこようと、箱根、足柄、湯坂峠、根府《ねぶ》川を越えることはあるまい。その上兵糧、水、薪、弾薬とも十分に蓄えている。関八州の城々がお互いに籠城して敵の対陣を長引かせれば、彼らは兵糧が尽き、長陣に飽きて退散するだろう。小田原の兵糧が乏しくなれば関八州から運べばよいし、小田原の表玄関である山中、韮山城の固めこそ肝心だ」

松田は籠城を主張する。

結局松田の籠城策が通り、韮山城代は氏規が、山中城代には松田憲秀の従兄弟の松田康長《やすなが》、副将の間宮康俊《やすとし》らが籠もり、さらに信濃、甲斐方面では上野の松井田城を大道寺政繁、武蔵の鉢形《はちがた》城を北条氏邦《うじくに》、八王子城は北条氏照が守ることになった。

天正十八年三月には畿内、南海道、山陰、山陽、北陸道、美濃、伊賀、それに織田信雄の領国の伊勢、尾張から、また家康の三河、遠江、駿河、甲斐、信濃の五ヶ国の国々から二十一万の軍兵が沼津の三枚橋を目指す。

東海道北上軍は、

蒲生氏郷、羽柴秀次、織田信雄、細川忠興、筒井定次《さだつぐ》、浅野長吉《ながよし》、石田三成、宇喜多秀家らの十七万人。

北国《ほっこく》勢は、

前田利家、上杉景勝、真田昌幸らの三万五千人。

水軍勢は、

九鬼嘉隆、加藤嘉明《よしあきら》、脇坂安治《やすはる》、長曾我部《ちょうそかべ》元親《もとちか》ら一万四千人。

家康が北条攻めの先鋒役である。

「秀吉はわしの軍勢に先手をさせようとする腹だ。わしが娘婿の北条に手心を加えぬかと危惧しているようだ」

家康は忠勝、康政、直政を集めて、北条とどのように戦うかを相談した。

「秀吉が三枚橋までくれば、ここは徳川の領国ゆえ、格別なもてなしをしなければなりませぬな」

忠勝は信長が武田を滅ぼした後、家康の領国を通って安土まで帰国した時のもてなしぶりを覚えていた。

信長は富士山の山麓を馬で駆け、家康が設《しつら》えた新築の小屋で茶を喫し、家康の家臣が人垣となって堰き止めた大井川を渡った。

「その時のようにすべきだ」と康政も主張する。

「直政はどのように思うか」

家康は二人の意見を黙って聞いていた直政に意見を求めた。

「御両人の前で僭越ですが、それがしの考えはお二人と少し異なります。今回はそれほどの接待は必要ないと愚考します。秀吉は才気溢れる男で、殿が自分の才智を誇示して彼をもてなせば、秀吉は殿を智謀ある人物だと警戒するでしょう。あれこれ心配りをせずに、ただ篤実な男だと思わせるように振る舞うことが肝要と思います」

「直政はよいところに気付いたわ」

家康が満足気に頷くと、他の二人は不満気に直政を睨む。

「いえ、それがしは秀吉と顔を合わす機会がたびたびあったので、彼の性質からそう思ったまでです」

直政は二人の顔を立てる。

「直政の申す通りだ。お前たちもそのことに心がけて秀吉と接するように」

家康は二人に言い添えた。

それでも家康の家臣たちは領内の沿道を整備し、十万を超す東海道北上軍に宿泊用の屋敷を新設し、富士川に浮き橋を架けなければならない。

直政は彼らを迎える準備と宿舎の手配に忙しい。

三月一日に京都を出発した秀吉は十日には吉田城に着き、十八日には大井川を越えて駿河の田中城に入った。

翌日には家康の本拠地の駿府城で泊まる予定である。

直政が明日の宿割りについて、田中城までいくと、「わしらの準備のことでご苦労なことだな。細かいことは石田三成と打ち合わせせよ」と秀吉が声をかけた。

直政は三成の宿を訪れると、三成は何やら同僚と相談していた。

「よいところにこられた。直政殿に長束正家《なつかまさいえ》殿を紹介しておこう。長束がこの戦さの兵糧全般の担当役だ。今も軍馬の餌のことで話し合っていたところだ。徳川殿が兵糧に困っておられるようなら、それがしかこの長束にお知らせ下され。われらは二十万の兵たちが一年間戦っても余るほどの兵糧を確保しておりますので」

二人とも三十歳前後で直政とそう年も変わらない。

直政は徳川家では若造の部類に入るが、豊臣家は秀吉が一代で築いた家なので、彼らのような若者が重要な役目を担っている。

特に三成は有能らしく、兵站《へいたん》を一手に任されているようだ。

直政は上洛した際、三成とは何度も顔を合わせており、三成が奥向きのことを取り仕切っていることを知っている。

（いつ会っても如才がなく、剃刀のように鋭い頭脳の持ち主だ。頑固一徹な三河者とはまるで別の生き物であるかのようだ）

「殿下は明日、駿府城に泊まられる。ところで準備は整っておりますかな」

「手落ちなくやってござればご心配なく」

「この度は、『徳川殿に気をつかわせて済まぬ』と殿下が申されておりますれば、徳川殿によしなにお伝え下され」

「それではそれがしは一足先に駿府城でお待ち申しております」

翌日、田中城を発った秀吉一行が宇津ノ谷《うつのや》峠を越えようとすると、街道に村人たちが土下座して秀吉を出迎えた。

彼らは近づいてくる秀吉に向かって、「勝栗をどうぞお召し上がり、北条を討ち破って下され」と栗を献上した。

「これは戦さ前に縁起のよいことだ」

秀吉は上機嫌だ。

前方に広大な駿府城が見えてくると、三成が秀吉の馬のところに近づいて囁く。

「殿下、家康が北条と相謀《あいはか》り、駿府城で殿下を討ち取るつもりだという噂が流れております。駿府城に立ち寄ることは危険です。ここは用心が肝要かと思われますが…」

秀吉は手を上げると、行軍が止まった。

「浅野長吉をここへ呼べ」

長吉の妻は北政所の妹なので、長吉は秀吉の義弟となる。

長吉がくると、秀吉は三成の危惧を告げた。

「根も葉もない噂です。徳川殿はそんな姑息な手を使う男ではござらぬ」

長吉は大げさに手を振って否定した。

「そうか。わしもそう思う」

秀吉は止めていた軍を再び進めると、駿府城の大手門を潜った。

長窪の陣にいた家康は、意外に早い秀吉の到着を知ると、慌てて駿府城に戻り本丸で秀吉を出迎えた。

「直政がよくやってくれておるので助かる。徳川殿にはいろいろと面倒をかけるが、徳川殿の領地は北条と接しておるので、これからも道案内をよろしく頼む」

「何なりとお命じ下され」

(家康は敵にすれば不気味な男だが、味方に付ければこれほど頼り甲斐のある男もいないわ)

秀吉は家康の慇懃無礼《いんぎんぶれい》な態度を冷めた目で観察する。

家康が秀吉に茶を献じていると、「ドンドン」と廊下を踏み鳴らす音が響いてくる。

「殿はどこにおられるのか」

声の主は本多重次のようだ。

独特な抑揚の大声が本丸に木霊《こだま》する。

本丸に顔を出した重次は下座に控える家康を認めると、「やあ、そこにおられたか。殿は何とも不思議な振る舞いをされることよ。国を持つ男が自分が住んでいる城を明け渡して、他人に貸すということがあろうか。そんな調子なら人が『殿の女房を貸せ』と言ってきたら、黙って貸すのか」と家康を罵った。

苦笑した家康は、「愚かなことを申すな」と重次を叱り、秀吉に頭を下げた。

あまりの直接的な言い方に、秀吉の重臣たちも言葉を失っている。

「本多殿、殿下の御前であるぞ。言葉を慎まれよ」

秀吉らの手前、直政が重次を窘《たしな》めると、重次は大きな足音を残して立ち去った。

「かの者は本多作左衛門と申す武勇の侍で、それがしの父祖の代から徳川家一筋に仕え、多くの武功がある者です。だが、根っからの三河者で荒々しく馬鹿げた振る舞いばかりやっており、心に思うままのことを放言したり、行動したりして、人を人とも思わぬ男です。秀吉殿の面前にもかかわらず、あのような無礼を働くのでさぞお腹立ちとは思いますが、本人は悪気なく振る舞っているだけなので、どうぞ気を悪くなさらないで下され」

苦虫《にがむし》を潰したような表情をしていた秀吉も、家康の弁明を聞くと機嫌を直した。

「大政所が岡崎にいた時、やつの噂をしていたことを思い出したぞ。大政所はここにいる直政を大層気に入っていたが、重次の方は、『二度と顔も見たくない』と申しておったわ。こうして実際に重次という男を見ると、口は悪いが徳川殿のことを思う三河武士の典型のような可愛気のある男ではないか。直政といい、さっきの重次といい、徳川殿は本当によい家臣をお持ちだ」

「あれが噂に名高い本多殿か。殿下を恐れず思ったことをずけずけと口に出すとは、まことに見上げた男だ」

秀吉の重臣たちも重次をしきりに褒めた。

二十八日、秀吉は富士山の東山麓にある愛鷹《あしたか》山に近い長窪で、諸将を集めて軍議を開いた。

「ここは徳川殿の領内で、北条に近い。今回の戦略について徳川殿の意見を伺おう」

諸大名も実力者の家康の意見を、固唾《かたず》を呑んで聞く。

「皆様を差し置いてそれがしが軍略を申すのはご無礼とは思いますが、恥ずかしながらそれがしの考えを披露させてもらいます」と家康は長い前置きをして、「北条家は早雲以来五代続く名家で、国は富み、武功の者が多い土地柄です。殿下の征伐を耳にして必ず討って出てくる筈ですが、これまで誰も出陣してこないのは殿下の武威を恐れておるのでしょう。まず軍を二手に分けて小田原の玄関口である山中城と韮山城を攻めてみたらどうでしょう。いくら北条勢が殿下を恐れているとはいえ、この二城を攻められれば、北条は必ず後詰めにくるでしょう。その時、残る一手が北条の援軍を突けばどうでしょうか」と結んだ。

「山中、韮山城は敵を誘い出す餌というわけか、それはよい策じゃ。さすがは海道一の弓取りと言われる徳川殿だ。それでは北条の後詰めをそなたに叩いてもらおう」

「喜んでお引き受けいたしましょう。先年北条と対陣した際にはわが方がさんざん北条を苦しめましたが、今回は敵地での戦さなので敵の手の内がわかりませぬ。それがしが万一仕損じたら、後は殿下にお任せしましょう」

秀吉は家康の謙遜ぶりに彼の自信の匂いを嗅いだ。

「その折りはわしが二番手を承ろう。徳川殿が先手でわしが二番手を務めれば、国内はもとより、高麗、大明まで攻め入っても恐れるに足らぬわ」

秀吉は高笑した。

軍議は山中、韮山城を攻め落とすということに決まった。

「徳川殿、直政を一日借りてもよろしいかな。彼に豊臣の戦さぶりを見せてやりたく思いますので」

「それはよい機会です。ぜひ彼に殿下の派手な戦いを見せてやって下され」

直政は家康の先鋒を務めたかったが、家康にこう言われると気が変わった。

（秀吉の戦さぶりをじっくりとこの目で見てやろう）

「心配はいらぬぞ、山中城は一日で落としてみせるので、お前はすぐに徳川殿に追いつけるわ」

「これは殿下、大した自信ですな」

家康は秀吉の大言壮語に頬を緩めた。

山中城は三島から箱根山に登る街道上にあり、三島大社から北東へ二里ほどの距離だ。

山中城攻めの総大将は秀吉の甥の秀次が務め、彼の家老である中村一氏《かずうじ》、それに田中吉政《よしまさ》、堀尾吉晴《よしはる》、山内一豊《かずとよ》、一柳直末《ひとつやなぎなおすえ》ら三万五千の大軍である。

山中城の東にある日金山《ひがねさん》には堀秀政、池田輝政ら一万八千が山中城攻めの右翼を受け持った。

伊豆半島の根元にある韮山城へは織田信雄が大将で福島正則ら三万八千が向かう。

北条方は秀吉軍の侵攻を聞いて山中城の南の山の尾根を削って岱崎出丸《だいさきでまる》と呼ばれる曲輪《くるわ》を作ったが、予想外の速さで秀吉軍がきたため、出丸の一部は未完成のまま秀吉の大軍を迎えることになった。

岱崎出丸を挟んで山の北の鞍部《あんぶ》に三の丸があり、大きなため池を越えると、西の丸へ続く登り道がある。

西の丸は西側に広がる山の尾根を削平《さくへい》したところで、ここが山頂になるため、広々としており多くの兵力が置かれている。

周囲の堀切は北条氏特有の深い障子堀で囲まれている。

さらに東に行ったところに一段低い二の丸があり、ここは西の丸に次いで広い。

二の丸から東にある本丸へ渡れるように、木橋が架かっている。本丸の東の端には天守台があり、その奥には北の丸が位置する。

これらの周囲を障子堀が守っている。

秀吉は本陣を山中城の西の峰に構えると、「明朝出陣せよ」と秀次に命じた。

山中城の四千の兵たちは、雲霞のような秀吉の大軍を見て肝を潰した。

秀吉は西の峰から西の丸に近い秀次の本陣へ移ってきて、「今日中に南の岱崎出丸を奪え。中村一氏を先陣させろ」と下知した。

「直政、これからが見ものだ。わが軍が岱崎出丸へ一斉に攻め込むぞ」

西を振り向くと富士山が指呼の距離に望め、手前には愛鷹山が迫り、青く透んだ駿河湾の手前に三島、沼津の町並みが映る。

先陣が動いたらしく、先駆けした数人の者が岱崎出丸の手前の曲輪に取りつく。

「おい。あの男を見よ。大鳥毛の旗指物を差している男だ。まるで一人で出丸を乗っ取ってしまいそうな勢いではないか」

秀吉は手にした扇を打ち鳴らして上機嫌だ。

彼が敵兵に囲まれると、「一氏は何をしているのだ。あの男を見殺しにするつもりか。早く出丸に攻め込め」と地面に扇を叩きつけた。

「それにしても後続がきませせぬな」

直政は男が多勢に無勢で討ち取られてしまいそうで、じっとしておれない。

「直政、お前は中村一氏の本陣へ走り、一氏にすぐに援軍を出すよう急かしてこい」

直政が一氏の陣へ駆け込むと、一氏はまだじっと動かずにいた。

直政は一氏を睨みつけると、「殿下は、『すぐ出丸を攻め落とせ』と厳しく命じられておられます。今すぐ攻められよ」と命じた。

一氏は秀吉が雷を落としている姿を想像したのか、「それ総攻めぞ」と慌てて腰を上げた。

味方が駆けつけてくると、鳥毛の大旗指物の男は再び元気を取り戻し、出丸に取りついた。

中村隊は勢いに乗り、堀尾、山内の兵たちも一斉に出丸に押し寄せたので、あの男が先頭に立って猛然と襲いかかる。

その勢いに押され、前後左右から攻めたてられ出丸は落ち、城代の間宮豊前守父子は切腹して果てた。

「ついにやりよった。あの男め、一氏には惜しいやつだ」

秀吉は大はしゃぎで手を叩いた。

男は出丸を駆け下ると次に三の丸に乗り込んだ。

この時、南の三の丸の搦手《からめて》口から一柳直末、直盛兄弟が三の丸に駆け登り、一番乗りを目指したが、三の丸の高台からの一斉射撃にあい、撃たれた直末は三の丸の障子堀に落ちた。

「大将が撃たれましたぞ」

直政が指差すと、「直末が撃たれたのか。こんなちっぽけな城一つより直末の命の方が惜しいわ。誰か直末を助けに行け」と激怒した秀吉は大声で叫んだ。

弟の直盛は兄の死を知ると、顔を朱に染め、「兄の弔い合戦だ。一人残らず討ち取れ。一歩も退くな」と怒鳴り、三の丸に乗り込むと、前に立ちはだかる敵兵を斬り倒した。

三の丸と二の丸の間には池があり、木橋が渡してあったが、三の丸から二の丸に移った城兵は木橋を引き落とし、二の丸の城門を閉じようとした。

男は二、三人の者と一緒に敵の退却につけ込み二の丸に入ると、城門付近で戦っている。

「あの者に続いて、二の丸へ攻め込め」

秀吉は盛んに号令するが、敵の抵抗は激しい。

「二の丸の敵が本丸へ退いて行き、男もそれを追いかけて行きますぞ」

直政は男の壮快な戦さぶりを久しぶりに目にしたので、自ら駆け出したい衝動を抑えるのに苦労した。

本丸では二百人ほどの城兵が槍衾《やりぶすま》を作って待ち構えている。

男たちは数人が一塊となってお互いに槍を振り回すが、双方とも疲れて動きが鈍ってきたところに、寄せ手が本丸の四方から攻め登ってきたので、ついに本丸は落ちた。

夜が更けてくると冷えてきて、戦勝祝いで一杯やりたくなる。

「深追いをするな。小田原から夜討ちがあるかも知れぬ。山や森にいては危ない。この先の見通しのよい開けたところで夜を明かす方が安全だ」

「大半月」の旌旗が広場の真ん中に聳え、大焚火が煌々と兵たちの姿を照らし出す。

秀吉の本陣からも彼らの様子がわかった。

翌日、秀吉は諸大名を集めて勲功を賞した。

「山中城攻めでの一氏隊の働きは抜群であった。中でも大旗指物の男の働きは鬼神のようであった。何と申す者か」

「その男は渡辺勘兵衛《かんべえ》と申す武辺者でござる」

一氏は畏《かしこ》まって答えた。

「勘兵衛と申すか。ここへ呼んでこい」

直政もどんな男がやってくるのか大いに興味がある。

勘兵衛は秀吉の前に進み出た。中肉中背だが、人を射抜くような鋭い目をしており、秀吉に一礼をし、臆することなく堂々としている。

「おおっ、お主が勘兵衛か」

秀吉はこの男を覚えていた。秀吉の養子であった秀勝の元で賤ヶ岳の戦さで活躍した男だ。

「確か『槍の勘兵衛』と申したのう。秀勝が亡くなって今は中村一氏のところにいるのだな。一氏からどれほどもらっておるのか」

「三千石を頂いております」

「三千石か、それはちと少ないのう。よし、わしがその方に一万石をやるよう一氏に申しつけてやろう」

秀吉は自分の陣羽織を脱ぐと勘兵衛に与えた。

「有難きお言葉。殿下のため、身を粉にして働きまする」と勘兵衛は頭を地面に擦りつけ、唸るような声を出した。

勘兵衛が立ち去ると、秀吉は直政の方に向き直った。

「長く付き合わせて済まなんだのう。今回は力攻めで山中城を落としたが、小田原城はそう簡単には落ちまい。支城を一つずつ潰してゆかねばならぬわ。徳川殿は元山中の道を箱根湯坂に向かわれておる。これから追いついて武功を立てよ」

「殿下のために勘兵衛同様励みまする。ではお先にご免」

家康は元山中の道を進み、二子山を右手に見ながら「湯坂道」を通っていた。

直政は北条方が棄て去った鷹の巣城で家康本隊に追いついた。

「この度の先陣は康政だが、明日は直政が先手を務めよ」

家康は二人を競わせようとする。

(出遅れを取り戻し、康政を出し抜いてやろう)

直政は箱根の地理に詳しい三浦十左衛門を呼び出した。

「この辺りに間道はあるのか」

「ございます」

「これからも励め」

「よし、夜明けと共に発つ。お前が道案内をせよ」

山腹を横切る獣道を四つん這いになりながら切り立った崖を登り、尻をつきながら斜面を滑り下りると、どうにか小涌谷《こわくだに》に出た。

「何か匂うな」

「元々箱根山は火山で硫黄《いおう》が吹き昇っているのです。鼻と口を塞いで走って下され」

小涌谷を抜けると二の平にさしかかった。

「宮城野まではあとわずかです」

小田原方は山中城が一日で落ち、秀吉軍が足柄、箱根を越えて小田原城まであと半里の湯本の早雲寺に着いたと知って驚愕した。

小田原の北にある支城の者たちは、城を棄てて小田原城へ逃げ込んだ。

「湯坂か米神《こめかみ》まで出向いて戦おう」

氏政は軍議で出陣を促すが、宿老の松田憲秀は反対した。

「勢いに乗った大敵に、気後れした味方が討って出ても敗れるのは必定。一刻も早く籠城の準備をし、守りを固めることこそ肝要です。敵の長陣の疲れを待ちましょう」

憲秀の策が通った。

直政隊が宮城野に着いた時、ちょうど一万三千の宮城野城の兵たちが小田原へ退こうとしていた。

「敵は城を棄てて逃げ出しているぞ。追いかけて残らず討ち取れ」

敵は小田原城に逃げようとしているので、戦意はない。

直政は先頭に立って逃げていく宮城野城兵を追いかける。

「また殿の悪い癖が始まったわ。いつものことだが、獲物を見つけると一番槍をつけなければ気が済まぬお人よ。われらもそんな殿を守りながら戦わねばならぬとは疲れることよ」

近藤秀用をはじめ、武田遺臣の広瀬美濃や三科肥前も慌てて直政の後を追うが、先頭を駆ける直政の腰には、早くも生首がぶら下がっている。

敵は必死で小田原目がけて逃げた。

翌日になると、康政に率いられた家康本隊が宮城野に着いた。

「何、もう宮城野城が落ちたと申すか。これは直政の大手柄じゃ」

思わず家康は頰を緩めた。

小田原城の北の守りの要である宮城野城の落城で、徳川軍の士気が大いに盛り上がった。

平岩親吉、鳥居元忠、内藤正成《まさなり》らが、新庄、足柄城を攻めると、彼らは城を放棄して小田原城へ逃亡した。

徳川軍は四ツ尾で箱根外輪山《がいりんざん》を越えると、諏訪の原、久野方面に南下し、酒匂川《さかわ》に沿った小田原城の東に陣を構えた。

その後、上方勢は小田原城まで押し寄せ、各自城を取り囲むように布陣したので、箱根、足柄の峰々は上方勢の旌旗が翻り、山々は一気に花が咲いたように映る。

秀吉は本陣にしていた湯本の早雲寺から西南の笠懸山に陣を移し、二ヶ月もすると巨大な石垣山城が山頂に聳えた。

秀吉は完成を待ちきれずこの城に家康を誘った。

「ここへきて見られよ。北条は手足をもがれた蟹のようなものだ。自分で動くこともできず、あのように滅びるのを待っておるわ。落城もそう遅くはあるまい」

「そのようでございますな。殿下に逆らってはどうしようもありませぬわ」

「この上は、関八州は徳川殿に進ぜよう」

家康は一瞬ぎょっとした表情をしたが、すぐにそれを隠した。

(今の五ヶ国を取り上げ、大坂、京より隔たった関八州にわしを封じ込めようとする肚だな)

だが、すぐに顔の筋肉を緩ませると、「有難いことです。喜んでお受けいたします」

と家康は如才なく返答した。

「喜んでもらえて、わしも嬉しいわ」

秀吉は家康の肉の厚い頬に何ら変化が見られないことを確めると、前を捲《まく》って小田原城に向かって小便を飛ばし出した。

「徳川殿もいかがかな。高いところからする小便は爽快だわ」

「しからば、それがしも」

二つの放物線が小田原城へ向かって勢いよく飛んだ。

「まったく愉快じゃのう。幼い頃に戻ったような気がするわ」

「それがしも」

二人は顔を見合わすと哄笑した。

小田原城は東西五十町、南北七十町、周囲は五里の広大な城で、外郭には堀を巡らせ、城壁を築き、石垣の上には櫓が並んでいる。

城郭の中は警護の兵が巡回し、夜になると篝火《かがりび》が焚かれ、城内はまるで昼間のようだ。

秀吉軍が城に近づくと、弓矢、鉄砲がひっきりなしに飛んでくるので、攻め手も攻めあぐねた。

「これでは力攻めは無理だ。ゆっくりと料理するしかあるまい」

秀吉は小早川隆景の献策を入れ、小田原城外に街道を作り、諸国より商人を呼び寄せて店を出させた。

店頭には諸国からの珍物が並び、一度に大都市となった小田原城外には一膳飯屋から、中にはいかがわしい小屋が建ち並び、昼間から女の嬌声が響いてくる。

石垣山城の本丸には数寄屋を建て、上方から利休を呼び寄せ、家康や信雄、細川幽《ゆう》斎《さい》父子らを相手に、連日茶会を開いた。

そうしている間にも、関八州にある鉢形、松山、八王寺といった北条の拠点の城が落ちたという知らせが入る。

「八王寺城を攻めた又左も張り切っておるようだ。われらも歌や茶などにうつつを抜かしてはおれぬ」

家康は北条の縁者だけに疑いの目を向けられぬよう、小田原攻めで働いたという証が欲しい。

「直政、あそこの捨曲輪《すてぐるわ》を奪え」

家康は自陣の正面にある曲輪を指差す。

小峰山蓮池口は家康の攻め口である。

葦子《あしこ》川と本城とに挟まれた川原に篠《ささ》曲輪という出丸があり、ここは昔福門寺と呼ばれた寺の跡で、一町ぐらいの広さの高台となっていた。

そこに土塁を盛り塀を築いて出丸が作られており、本城とは木橋で繋がっている。

「篠曲輪を奪い、木橋から本城へ攻め込め」

「やってみましょう」

「問題は橋だな」と家康は言い残すと立ち去った。

家康が何のために橋と言ったのか、直政にはその意図がわからなかったが、改めて問い直すのも気が咎め、そのままにしていた。

「今度は上手くやれよ」

「この前はそれがしも早く曲輪を落とそうと気が急いており、ごり押しをやり過ぎました。あそこは本丸からの援護もあり攻めにくいところですが、今回は慎重にやってみましょう」

以前直政がこの出丸をがむしゃらに攻めた時、北条勢が城から木橋を渡ってきて鉄砲を撃ちかけてきたので、直政隊は多数の手負いや死人を出して引き上げた苦い経験があった。

（この度はどのようにして城へ攻め込もうか）

甲州の金掘り人足を集めて地下から篠曲輪に建つ櫓を掘り崩そうとするが、坑口《こうぐち》に水が溢れてきて工事は捗《はかど》らない。

曲輪は高台になっているため、竹の盾を手にして攻め寄ることもむずかしい。

考えあぐねた直政は武田遺臣の広瀬美濃と三科肥前とに相談した。

「殿が橋のことをしきりに言われるので、わしが夜こっそり調べてみたところ本城へ渡る橋桁が朽ちており、多くの兵が渡るのに危ういことがわかった。敵方が夜になると本城に戻るのは、われらに朽ちた橋を渡らせようとしているのだ。どのように攻めればよいか、その方たちの策が聞きたい」

「橋桁のことは稲垣長茂に任せましょう。彼は城攻めに備えて古くなった舟板を集めております。それを借りましょう」

「わしは篠曲輪だけでなく、本城にも攻め込みたいのだが…」

「篠曲輪を奪うぐらいは物の数でもござらぬが、本城に攻め入って攻め損じるようなことがあれば見苦しい話です。わが隊の若手に攻めさせればよいでしょう」

「なぜ若手なのじゃ」

直政は経験の浅い者より、戦さに慣れた年配者の方が相応しいと思った。

「若い者には勢いがあり、たとえ仕損じても若手のやったことだからと恥をかくこともござらぬ。だが、仕損じることはありますまい。なぜなら若手を助けて高名を立てさせてやろうと老武者たちが懸命になって働いてくれるでしょう」

「よし、それでいこう」

夜の内に舟板で橋桁の補修をして待機していると、六月二十二日の夜半になると、にわかに暴風雨となり、叩きつけるような雨が降ってきた。

篠曲輪の土塁が崩れると、塀と柵が倒れた。

「よし、今だ」

直政が先頭に立ち、近藤秀用が後を追うと、若者の後には老武者が続いた。

彼らは堀に懸橋を渡し、枯れ草を堀に投げ入れ、敵の鉄砲を物ともせずに篠曲輪に攻め込んだ。

直政は鉄の盾を片手に乱杭を引き抜き、逆茂木《さかもぎ》を引き破って木橋を渡り、本城の城門を破ろうとする。

篠曲輪の守将・山角《やまかど》父子は櫓に立て籠もって戦うが、櫓を打ち破られそうになった時、城内から援軍が駆けつけてきた。

前後から攻撃を受けることを恐れた直政は、二百人ほどの伏兵を残して引き上げを命じた。

城内の加勢に調子づいた山角勢は、逃げ始めた直政隊を追いかけてきた。

「よし、今ぞ」

直政隊から狼煙が上がると、後ろから伏兵が現われ山角隊に襲いかかった。

「退《ひ》け」

慌てた山角隊は四百もの死体を放置して城内に逃げ帰った。

掻き取った首は家康から石垣山の秀吉の元に届けられた。

「この度の城攻めは堀を隔てての小競り合いばかりで、目立った成果もなかったが、首四百とは目出度《めでた》いわ」

秀吉は上機嫌になり、活躍をした直政の家臣に南部黒と最上栗毛の馬を与えた。

宇喜多秀家の陣所は太田氏房《うじふさ》（氏直の弟）の持ち口に近かったので、秀家が氏房の籠城の憂さを慰めようとして送った南部酒と鮮鯛から開城への糸口が広がった。

秀家は江川酒《えがわさけ》を送り返してきた氏房と塀を隔てて話し合うほど懇意になった。

開城が近いと知った秀吉は、黒田孝高と滝川雄利を氏房のところへ遣り、氏政父子を説かせたが、氏政は頑として応じず、返礼として鉛十貫目、火薬十貫目を送り、まだ戦う意志があることを示した。

秀吉は再び孝高を城内に遣り氏政を説かせる。

「殿下は『百日にも渡る籠城で、最早北条の意地も貫けた』と籠城兵たちを称賛なされ、『伊豆・相模の二国に上野一国を付けよう』と約束なされました。『北条家のためにもあたら有能な家臣たちの命を失うのは惜しい』と申されております」

「北条家は関八州を治めてから久しい。今、わずかに二、三ヶ国進上してもらっても面目が立たぬ。城を枕に腹を切って先祖にお詫びしたいと思う」

氏政は開城を拒否した。

孝高が城を去ると、氏房や氏照や一族たちが氏政のところへ集まった。

「大殿の気持ちもわかるが、そこを曲げて承知して下され。ここまで籠城してくれた家臣を死なせる訳にはいくまい」

しばらく氏政は沈黙を守っていたが、やがて大きなため息を吐いた。

「お前たちがそのように思うなら、お前たちがよいようにせよ」

氏政の目には涙が浮かんでいた。

箕輪

七月十三日に秀吉から関東転封を知らされた家康は八月一日に江戸入りし、その素早さに、「さすがは徳川殿だ」と秀吉は称賛した。

潮の香が漂う茅葺きの仮屋敷で、家康は家臣たちの知行割と移封先を申し渡した。

「直政は上州箕輪《みのわ》で十二万石、榊原康政は上州館林で十万石、本多忠勝は上総大多喜《かずさおおたき》で十万石。以下大久保忠世は相模小田原で四万五千石…」

転封先が次々と読み上げられた。

直政は康政、忠勝と連れ立って普請中の自分の屋敷に戻った。

「上州箕輪といえば榛名《はるな》山の南で、長野叢正《なりまさ》がいたところだな。その後武田の重臣の内藤昌豊《まさとよ》が上州の拠点とし、滝川一益も関東管領として箕輪城に本拠地を置いたところで、上州の要《かなめ》の地だ」

康政が箕輪がいかに重要なところかを説くと、「館林こそ下野、常陸、奥羽を牽制する大切なところではござらぬか」と直政が康政の役目の重さを訴えた。

「二人はまだ上州で領地が周囲に広がる余地があるが、わしの大多喜は南と東は海に囲まれておるわ」

忠勝はぼやく。

「南の安房の里見をしっかりと見張れるのはお主しかおるまい」と康政が慰める。

彼らは家康の知行割に不満気だ。

「まあわしらはまだましとして、酒井忠次殿の倅の家次殿が下総臼井で三万石とは少な過ぎるとは思わぬか」

忠勝と康政は不思議に思い、直政の顔を覗き込んだ。

直政は家康の側にいることが多いので、その理由を知っていると思ったからだ。

「やはりあの時の凝《しこ》りが残っているのだろう」

二人は直政が言う意味に思い当たった。

「信康様のことか」

「多分、そうだ。あの時忠次殿が信長公にちゃんと抗弁をしておれば、信康様は死なずに済んだ、と殿は根に持っておられるのだ」

「殿は執念深い方だからのう」

康政は声を秘《ひそ》めた。

忠次は息子に家督を譲っていたが、倅の知行が三万石と知って、隠居の身であるが家康と対面し、盛んに抗議している姿を直政は目撃した。

「お前でもわが子は可愛いのか」

家康は皮肉っぽい調子で忠次の訴えを突き放した。

(忠次様は殿が駿府の人質の頃より生死を共にし、徳川家をここまで切り盛りしてこられたお方だ。それにしても殿のなさりようは何だ。忠次様を使うだけ使っておいて、用がなくなれば彼の息子であっても冷遇するとは…。殿は普段素顔を家臣にも隠されて、決して見せようとはなさらぬ。心の底は氷のようなところを持っておられる。わしも忠次様のようにならぬために、気を配らねばならぬ)

直政は家康という男の本質を垣間見たような気がした。

直政は家康の側近として東奔西走の日々を送っているので、箕輪城にゆっくりと腰を落ち着ける暇がなく、箕輪城の補修、拡張は城代の木俣に任せることになる。

この間に家康から付けられていた家臣たちの間では、家康の直臣として江戸に戻りたいと願い出る者が続出した。

彼らは直接直政に懇願しても拒否されるとわかっているので、江戸にいる家康のところへ嘆願書を送った。

江戸へ出仕した直政は、山のように積まれた書状を見せられた。

木俣をはじめ、西郷、椋原それに近藤秀用らそうそうたる顔ぶれが揃っている。

これを見ると、直政は領主としての自信を失いそうになった。

「彼らは直接わしに仕えて出世をし、自分らもお前のように一国の城主になりたいのよ。彼らの気持ちもわからぬでもないが、わしの命令でお前の与力となった者ばかりだ。お前を蔑《ないがし》ろにするとは許せぬ。誰が言上にきても、わしは認めぬ。安心しろ」

直政は家康のお墨付きが取れたので、箕輪に戻った。

直政の正室の父は松平康親といい、元は松井忠次と名乗っていたが、幾多の合戦で武功をあげ、沼津の三枚橋城の城主となり松平姓をもらった男だ。

それだけに娘の花は父親に似て徳川家の一門としての誇りが強く、直政を見下すようなところがあった。

直政は幼少の頃から一族の女たちが彼を庇って育ててくれたので、このような気の強い女は扱いにくかった。

しかも家康の養女ということで直政の元に嫁いできたので、直政も権高《けんだか》い妻には頭が上がらない。

天正十三年に花は女の子を出産し、直政も子供を持って家族の温かさを知ったが、家康の要請でわが屋敷にゆっくりと腰を落ち着ける暇もない。

二年ほどして花はまた身籠もった。

男児誕生を望む直政は花に、「重い物を持つな」とか「じっと座ってばかりではなく、少しは身体を動かせ」とか何かにつけて気を配るが、花は流産した。

「お前はまだ若いので、また子供は授かろう。気を強く持て」

直政は気落ちした妻に労いの言葉をかけた。

天正十七年には家康が直政の屋敷を訪問し、また花の実父、松平康親の七回忌法要が三枚橋の城で行われることになった。

妻の花が井伊家の行事一切を取り仕切った。

花は家康の養女としての立場からか、子供を産んでからますます井伊家内の政事にも口を差し挟むようになり、社交的で派手好みになった。

直政は政事のことにまで干渉しようとする花を疎ましく思い、「女は政事のことに口を出すな」ときつく叱った。

それ以来口出しは控えるようになったが、直政と顔を合わせても口も利《き》かず、わざと直政を無視するようになった。

そんな花の態度に直政はおもしろくない。

花の侍女に酒を注がせ、深酒で気を紛らわせていたが、酔った勢いで直政は侍女に手をつけてしまった。

侍女は「阿《あ》こ」といい、器量は悪いが、気立てがよい娘であったが、その場のことを直政は忘れてしまった。

久しぶりに口を利いた花が、「阿こが身籠もっていることをご存じですか」と告げた。

「何！　阿こが身籠もったと」

直政はあの日のことを思い出した。

（しまった。こやつに負い目をつくったわ）

返答しない訳にはいかず、「そうか、身籠もったか。間違いなく父親はこのわしだ」と直政は開き直った。

「殿がそれをお認めになられるのでしたら、間違いはございませんでしょう」

花は直政が言い逃れをするなら、この際しっかりととっちめてやろうと身構えていたが、直政が案外素直に認めたので、花は拍子抜けした。

証拠を押さえた花は勝ち誇った気になった。

「阿こもそのように申しております。それで殿は阿こをどのようにしようと思われますのか」

花は身籠もった侍女と同じ屋敷で暮らすつもりはない。

「急なことなのでわしも迷っておる」

直政が即答を避けると、「阿こをこの家に置いておく訳には参りませぬ。殿にはまだ告げておりませんでしたが、実はわたしも身籠もっております。身籠もった女が二人も同じ屋敷にいることは許されませぬ」と、正妻は自分だと花は強く主張した。

「そなたの申すようにしよう」

直政はさっそく木俣を呼び出し善後策を練る。

「どうしたものかのう。お主は嫁を取ってから長いし、その方面はわしより長けているようだ。よい方法を教えてくれ」

「花様は家康様の養女としての矜持《きょうじ》があり、阿こを許すつもりはないでしょう。阿こを屋敷から出し、三枚橋の阿この実家に引き取らすことが一番よいでしょう」

「お主の申す通りだ。あの気の強い妻のことだ。ゆっくり構えておれば、何かと理由をもうけて阿こと腹の子を殺してしまうかも知れぬ」

「殿は子供が生まれてきた時のことはお考えですか」

直政は顔をしかめ、「それが問題よ。花がこの屋敷にいる限り、子供を引き取る訳にはゆかぬ。引き取れば花は気が触れたように騒ぎ立てるであろう。生まれるまではまだ間がある。その時までに考えればよいわ」と結論を先に延ばそうとした。

「それがしがそれまでに阿この実家の印具《いんぐ》の方と話し合ってみましょう」

「こんなことを頼めるのはお主しかいない。よろしく頼むぞ」

そうこうしている間に小田原の陣が始まったので、直政は花からの小言を聞かなくてもよいと思うとほっとした。

小田原へ出陣すると、直政の陣中に松平康重《やすしげ》が訪ねてきた。彼は花の弟で、父・康親が亡くなってから三枚橋の城主を務めていた。

「兄上、印具の阿こが男子を出産しましたぞ。父親の印具高重《たかしげ》が、『父親のいない子供をわが家で産ませることはできぬ』と申し、阿こを他家に預けてしまいました」

康重は何か非難めいた口調で直政に阿このことを伝えた。

数日後、駿府の直政の屋敷からも使いがきて、「花様が無事男児を出産されました」と告げた。

「お目出度うござる。これで井伊家も安泰でわれらも安心だ」

噂を聞いた重臣たちが次々と男児誕生のお祝いに駆けつけた。

直政は後継ぎを得たことは嬉しかったが、阿この出産のことを知った花のことを考えると気が重かった。

小田原城の開城で小田原から陣を引き払うと屋敷から出迎えにきた花に、「喜べ。殿より箕輪十二万石を頂いたぞ」と直政は転封を告げた。

「それはようございました。わたしも大手柄をあげ、待望の男児を授かりました」

「それこそ戦場での一番槍じゃ。さっそくわが子と対面しよう」

子供はすやすやと眠っている。顔を近づけると花に似ており、よく眺めていると後継ぎを得た喜びが湧いてきた。

「ところで殿様」

「何だ」

花の目が据わっている。

（阿このことだな）

直政は身構えた。

「阿こに男の子が生まれたことをご存じですか」

（康重から聞いたな）

「存じておる」

「それで殿様はどうなされるおつもりですか」

「どうもこうもない、阿こは印具に帰したのだ。後は印具の方で決めるだろう」

「女の子ならどうということはないでしょうが、今度生まれたのは男の子です。もし印具が殿に、『引き取れ』と申してきたら、どうなさるおつもりですか」

花はわが子が可愛い。阿この子がわが子に取って替わることを危惧している。

「まだ先のことだ。そのことはおいおい考えることにしよう」と、即答を避けた。

直政が家臣たちを引き連れて箕輪に移ると、家康が宇都宮に出かけることを耳にした花は、「宇都宮へ出かけ、ご転封の祝を申し上げたいと存じます。わたしを宇都宮へ行かせて下され」と直政に願い出た。

（わが子を後継ぎにするため、わしが侍女に手を付けたことを殿に告げに行くつもりに違いない）

花は家康の養女で、娘が父に会いに行くのを拒む力は直政にはない。

「久しぶりに殿の顔を見てくるがよい」

直政は家臣を付けて花を送り出した。

後のことになるが、この時花は長々と家康と話し合い、わが娘を家康に売り込み、娘は家康の四男・忠吉《ただよし》の正妻となる。

阿こが産んだ男児は弁之助と名付けられ、印具家で養育されていたが、印具が仕える花の弟の松平康重は三枚橋から武蔵の騎西《きさい》二万石に転封された。

騎西から箕輪は十五里ほどの道のりだ。

どうしてもわが子を直政と対面させ、直政の子として認めさせたい阿こは、六歳になったわが子を連れて騎西から箕輪へ向かった。

阿こは箕輪城から出てきた直政を街道で待ち伏せ、直政が街道に姿を現わすと、阿こは道脇から馬上の直政に駆け寄り、馬の轡《くつわ》を握りしめて叫んだ。

「弁之助は紛れもなく殿の子なのに、置き棄てにされるとは、あまりに酷い仕打ちだ」

女は狂ったように喚き立て、轡を離そうとしない。

馬回りの者が慌てて下馬し、女を斬り棄てようとしたが、直政がそれを止めた。

「阿こか。わかったからその手を離せ」

直政が声をかけると、「殿が弁之助に対面してくれるまでは死んでも離さぬ」と言い張る。

「弁之助はどこにおる」

「お前の父上がお呼びだ。こちらにこい」

阿こが叫ぶと道脇から日に焼けた大柄な少年が出てきて、直政の前に平伏した。

(病弱の万千代に比べこやつは体格といい、面構えといい頼もしいやつだ)

直政は弁之助を引き取って屋敷で育てたい誘惑に駆られたが、激怒する花の顔を想像するとその気持ちは萎えてしまった。

「今すぐは引き取れぬが、この子が元服するまでにはわしの子として認めよう」と言ってひとまず阿こを帰した。

翌年に阿こが死んだことを知った直政は、家臣に命じて弁之助を捜し出し、領内の名主の萩原図書に預けて育てさせた。

弁之助が再び父の直政と再会したのは彼が十二歳になった時で、関ヶ原合戦も終わり、直政は拝領した佐和山《さわやま》の城主になっていた。

逞しく成長した弁之助の姿に直政は思わず目を見張り、自分の幼少期を彼の姿に重ねた。

（この弁之助が万千代を助けてくれれば…）

直政はこの時よほど弁之助を佐和山に迎えようと思ったが、万が一花の嫉妬で弁之助を失うことを恐れ、心の中で弁之助に詫びながら彼を元の箕輪へ帰した。

弁之助が正式に井伊家の次男として認められるのは、直政が死んでからであった。

万千代は元服して直継《なおつぐ》と名乗ったが、気性も両親に似ず、病がちだった。

大坂の陣に出陣を命じられたが、病で出陣することができず、弁之助（直孝《なおたか》）が兄に代わって井伊軍を指揮した。

家康は西国大名への要の佐和山の舵取りを直孝に決め、彼の補佐を木俣に命じた。

佐和山を出た万千代（直継）は安中三万石に移った。

秀吉薨去

天正十九年に年が改まると、一月に頼りにしていた弟・大納言秀長が没し、八月には秀吉は三歳になる一人息子の鶴松丸を失う。

天下人の秀吉もさすがに身内の死に気力が衰えたのか、関白職と聚楽第を甥の秀次に譲り、隠居地に伏見城を築くことを思いつき、心中の悲しさを紛らわせるかのように、「朝鮮への出兵」を決意した。

渡海した日本軍は最初は破竹の勢いで平壌《ピョンヤン》まで攻め込んだが、朝鮮の民衆の抵抗が始まると、その勢いは弱まり戦況は膠着状態となった。

文禄《ぶんろく》二年に明国との講和が成立すると、「淀《よど》殿が男児を儲けた」という知らせに狂喜した秀吉は大坂へ戻る。

家康は帰国する秀吉に従い、一年九ヶ月ぶりに江戸入りした。

久しぶりに見る江戸の海に近い丘には城と呼ぶに相応しい建物が建っており、屋根は葦葺きから瓦に変わっており、川から水を引いてきたのか堀には満々と水が溢れていた。

城周辺には侍屋敷が建ち並び、それを囲むように町屋や商家が広がっている。

「長らくのお務めご苦労様でした」

弱々しかった秀忠の口元には薄らと髭が伸び、肩幅も広く、日に焼けた顔が精悍に映る。

「しばらく見ぬうちに大人になったな」

「直政が毎日のように武芸と馬を指南してくれます」

「鷹の子は鷹でござる」

いつの間にきたのか、直政が挨拶をした。

「秀吉相手の名護屋《なごや》暮らしも気疲れするわ。わしも江戸でしばらく羽を伸ばせるぞ」

予想に反して、文禄三年に入ると、家康は上洛を強いられた。

文禄三年から始まった伏見築城は年取って短気になった秀吉の要請で、四年の完成を目指していた。

五奉行の浅野長吉《ながよし》、前田玄以《げんい》、増田長盛《ましたながもり》、石田三成、長束正家《なつかまさいえ》らが諸大名に二十五万人の人夫と資材の調達を命じた。

伏見には万を越す人夫が蝟集《いしゅう》し、宇治川からは木材が筏にして流されてくる。

秀吉は完成間近の城を見せるため、家康と直政を案内した。

彼らは喧騒に包まれた普請場を歩く。

「石材は讃岐《さぬき》の小豆島《しょうどしま》から、木材は土佐や出羽から杉や檜を運ばせておる。城の外堀は巨椋池《おぐら》に流れ込んでいる宇治川の流れを堤防で分離させて作ろうと思う。そうすれば大坂と伏見は淀川で繋がれ、城下は港町になる。奈良から京都への街道が伏見城下を通るようにして、ここに人や物資を集める。伏見の対岸にある向島《むかいじま》には支城を築き、二つの城を結ぶ橋を架けようと考えておる。大坂城は表向きの城で、この伏見城はわしの隠居の城とするつもりじゃ」

圧倒的な城と城下町の規模に直政は舌を巻いた。

「あそこに見えるのは醍醐《だいご》寺じゃ。山麓から長閑《のどか》な鐘の音が聞こえてくるわ」

秀吉は北東に見える峰を指差す。

「なるほど伏見は風光明媚な地でございますな。それに比べわが江戸はまだまだ田舎です」

「そなたほどの力があれば、江戸も数年で京都に劣らぬ賑やかなところとなろう」

秀吉は卑少に見せようとする家康を持ち上げた。

文禄四年の七月になると、秀吉は甥の秀次を高野山に追放し自刃させた。

「秀吉めは狂ったか。朝鮮の戦さも行き詰まり、年取って授かった子供に目がくらんでしまったのか」

「世間では三成が秀吉に、秀次のあらぬことを吹き込んだと囁いております」

直政には豊臣政権の瓦解が近いように映る。

大地震で完成間近であった伏見城が倒壊し、秀吉は再び諸国から人夫を集め、城を近くの木幡山に移そうとした。

その間にも、朝鮮の戦さは和議の条件で揉め、怒った秀吉はまた朝鮮に出兵することに決めた。

慶長三年三月には進展しない朝鮮での戦さの憂さを晴らすかのように、秀吉は京都の醍醐で花見の宴を催した。

醍醐寺で直政が目にした秀吉は、聚楽第での天皇行幸の時の精悍な彼とは大違いで、足元も危うそうに歩く老人であった。

（秀吉が亡くなれば、天下は再び乱れ殿の出番がやってこよう。これはおもしろくなるぞ）

直政の予感は当たり、この年の五月五日の端午の祝儀の後に秀吉は倒れた。

七月になると秀吉は少し快方に向かい大坂城に出かけたが、そこで再び病が重くなり急いで伏見城に戻った。

八月十八日に秀吉が没すると、遺骸はその夜、秀吉の遺言通り五奉行に守られながら京都の東山にある阿弥陀ヶ峰の中腹に葬られた。

秀吉薨去《こうきょ》のことを知ると、家康は頬を緩めた。

「豊臣家の中には前田利家を担ごうとする一派と、殿に付こうとする派との二つに分かれましょう。これからの動きには目が離せませぬぞ。三成は小者ですが、利家を祭り上げて殿にけしかけるやも知れませぬ。ご注意下され」

直政は秀吉亡き後、求心力を失った豊臣家臣団が分裂すると予想した。

「いや、わしは利家や三成とは離れて静観しておこう。加藤清正、小西行長《ゆきなが》、加藤嘉明、島津義弘、立花宗茂《たちばなむねしげ》、鍋島直茂《なべしまなおしげ》らはまだ朝鮮に在陣中である。今は彼らを無事に帰国させることが肝要だ。この仕事はわし一人では荷が重い。利家の協力が必要なので、好んでやつと干戈を交える愚は避けねばならぬ」

あくまで家康は慎重だった。

（秀吉亡き後、これから豊臣政権がどのようになっていくのか先は読めぬが、利家という律儀者が六歳の秀頼を補佐している間は、豊臣政権は当分安泰であろう）

直政はこれからの動きを注視しようとした。

利家と家康との一触即発の危機があったが、利家は秀頼のいる大坂を戦火に巻き込むことを避け、友好の証として伏見の家康のところへ乗り込んだ。

奥座敷に入ると、質素な家康にしては珍しく凝った品々が配膳されていた。

（あの吝嗇家《りんしょくか》がよくもまあこんな贅沢なものを用意したものよ）

「さあ、上座に参られよ」

家康は利家の傍らに腰を降ろすと、下座には清正、幸長、忠興が、その横には直政、康政それに本多正信らが並ぶ。

「さあ、魚も新鮮なうちに召し上がり下され。念のためにわが家臣に毒見をさせよう」

直政、康政が魚の切身に箸を付け、盃に注がれた酒を飲む。

「旨い。この切身は琵琶湖で取れた鯉でござる」

直政は舌鼓を打つ。

「今日は親睦の席だ。堅苦しいことは似合わぬ。まず酒をやりながら今までのことは家康は上機嫌で利家を饗応する。

「前田殿とわれらが仲違《たが》いをして、今にも合戦が始まるという噂が広がっておるそうな。わしは前田殿を頼りこそすれ、何も憎むような筋合いはない。われらがいがみ合っているという噂は、世間の者たちがおもしろがって作ったものだ。その噂が一人歩きして、お互いに疑心暗鬼になっただけでござる」

家康は慇懃《いんぎん》な態度を崩さない。

「徳川殿への詰問状《きつもんじよう》はそれがしの宿意《しゆくい》ではない。幼い秀頼様のためを思って大老や奉行が行ったことなので、徳川殿もお心にかけられるな」

秀吉の死後、家康は秀吉が生前に取り交わした誓詞を無視し、豊臣恩顧の大名に自らの養女を嫁がせ、徳川の勢力を拡大しようとしたので、五奉行の筆頭格の三成は、家康に厳重に抗議したのだ。

「何の何の、それがしはいささかも気にはしておらぬわ。こうしてお互いに顔を合わせて話してみると、誤解は解けるものよ。そう気をつかっては身体にさわろう」

会見して気が晴れたせいか、「槍の又左」の眼光も柔かくなった。

利家は武功の人で律儀者で通っていた。そんなところを秀吉は買ったが、善人は腹

水に流そう」

黒い者の魂胆が読めない。

酒を飲んでだんだん機嫌のよくなった利家は、つい口を滑らせた。

「徳川殿が伏見におられるので、何かと噂が立つのだろう。それに徳川殿の屋敷は土地が低くて守り難いようだ。向島の別邸に移られたらどうか。あれは殿下も伏見城の支城として堅固に築かれた城だ。三老、五奉行にはそれがしから進言しておこう」

これを聞くと家康はほくそ笑んだ。

（利家の方から折れてきたわ。向島に入れば大坂方からの攻撃も防げるし、わしが向島に籠もれば、わしの側に付く者もおいおい増えてこよう）

会見は一応成功し、利家は伏見の自分の屋敷にも寄らず舟で大坂まで戻った。

「お前は利家をどう見た」

家康は陪席《ばいせき》していた直政に意見を求めた。

「それがしには利家はすでに死期を悟っているようで、秀吉の遺言を守ることに殉じようとしているように見受けられましたが…」

「よく見たのう。やつはもう長くはあるまい。それを知って利家は殺されることを承知でここへやってきたのだ。自分が殺されることで豊臣家臣が一つに纏《まと》まると思ってのことだ。弔い合戦の指揮は倅の利長が取るつもりのようだ」

「利家を斬らずに帰してよかったですな。殿の申されるように利家はもうすぐ死ぬでしょう。そうなると今度は三成の動きから目を離せませぬな」

傍らから正信が口を挟む。

直政は正信が嫌いだ。

（正信は武力で堂々と戦うことを避け、謀略で相手を倒そうとする。この辺が慎重な殿と気が合うのだろう）

武人としての直政は、こんな家康を正信と同様に好きになれない。

むしろ一命を賭してまでも、秀吉の遺言を守ろうとする利家に、好感を覚える。

やがて利家が没すると、豊臣恩顧の諸将たちは雪崩《なだれ》を打ったように家康の陣へ走り、利家が病没したその夜、三成が利家邸を退去するのを待ち受けて殺そうとした。加藤清正、黒田長政、浅野幸長、細川忠興ら四人に、池田輝政、福島正則、加藤嘉明の三人が三成襲撃計画に加わった。

朝鮮在陣の諸将たちは戦功を認められず、中には秀吉の怒りを買って処罰を食らった者もいて、彼らはその責任が三成にあると信じていたのだ。

窮余《きゅうよ》の策で三成は女賀籠に乗ると、向島の家康のところへ逃げた。

「七将らに三成をお渡しなされますか」

直政が問うと家康は首を横に振る。

「豊臣恩顧の諸将たちは三成を殺したいほど憎んでいる。やつらに三成を渡せば、彼らは三成を成敗してしまうだろう。三成を殺さずに残しておけば、やつらの目はわしに向かずに三成に向く。その方がこれからわしが動き易くなるわ」

これを聞くと正信が頰を緩めた。

「殿も随分と人が悪くなられたものよ」

「お前の性格がうつったのやも知れぬな」

家康は冗談めかして正信をからかった。

（味方から殺されかけ、敵の懐に飛び込まねばならぬとは三成も気の毒な男よ）

直政はそんな三成に同情した。

結局三成は奉行職を辞退させられ、佐和山に蟄居《ちっきょ》することになり、邪魔者を取り除いた家康はいよいよ天下取りを目指した。

利長を謀略で押さえつけると、上洛を拒む上杉を征伐するために大坂を発ち、東へ向かった。

大谷吉継《よしつぐ》は越前敦賀《つるが》二万石の城主で、彼もまた家康に付いて関東へ下ろうと美濃の垂井《たるい》にきていた。

けたい。

三成は吉継とは旧知の間柄で、彼の有能さを知る三成はどうしても吉継を味方に付

三成は家臣を遣って吉継を説かせた。

吉継は三成の熱い心を知って迷った。

「ほかならぬ三成の頼みだ。佐和山へ寄ろう」

吉継は三成の遣いの樫原に同行した。

吉継の姿を見つけると、三成は城門の外まで出て、彼を迎えた。

「わしは生涯お主の志を忘れぬつもりだ」

三成は吉継の手をとり、感謝した。

吉継の助言を得て、三成は早速戦略を練り、名大名の核となる人物に呼びかける。

安国寺恵瓊《あんこくじえけい》は伊予土居六万石の大名であるが、信長の頃より毛利の外交僧として活躍していた人物で、毛利本家の安泰のため、秀頼と毛利との間を周旋《しゅうせん》していた。

「上杉征伐」のため、毛利家の当主である輝元は毛利家を代表して、吉川広家《ひろいえ》と安国寺を関東に遣った。

毛利を動かすにはこの安国寺の力を借りなければならず、三成はひそかに安国寺を佐和山に招いた。

「今度家康が上杉を征伐して上洛すれば、彼の権力は益々強くなり、天下は家康のものになろう。それがしが秀頼様のために立ち上がることを知らせるため、関東へ下向する諸将たちにも飛脚を遣わした。『わが方に付こう』と言ってきた諸将も多い。殿下の旧恩を忘れていない者もかなりいるようだ」

「そうか。それは嬉しいことよ。わしも殿下には随分と可愛がられ、大名にまで取り立ててもらった男だ。わしは早々に芸州《げいしゅう》に帰り、輝元公を大坂城へお呼びすることを伝えよう」

三成は頷き、「輝元公には西の丸から、西軍の大将として指揮をして欲しい」と輝元の出馬を要請した。

輝元はもともと三成派で、家康嫌いだ。

広島城で開かれた軍議で安国寺が西軍の優勢を説くと、家臣たちは三成派と家康派とに分かれたが、輝元は安国寺の力説を借りて、家臣たちを一本に纏めて、三成支持を表明した。

吉継は戦さの準備のため、一旦領国の敦賀に戻った。

いよいよ機が熟してきたと見た三成は、五千の兵を率いて佐和山を発ち、長束、前田玄以を伴って大坂城に入り秀頼、淀殿に拝謁した。

淀殿は近江の小谷城《おだに》で育ったことから、三成ら近江の者と親しく、秀吉の小姓であった三成とは気が合う。

「それがしは秀頼様の御代《みよ》を盤石のものにするため、家康を討つ兵を挙げます」

「どの大名も殿下の旧恩を忘れ、家康の尻馬に乗って、わが家の保身のみに汲々としておるというのに、三成はさすがに殿下が見込まれただけの男よ。豊臣家を忘れずにいてくれるわ」

淀殿は小袖で涙を拭った。

「殿下も草葉の陰でさぞ喜ばれておろう。さあ、秀頼様も三成に何か言葉をかけてやって下され」

秀頼はこの時七歳であったが、三成のことはよく覚えていた。

「秀頼はそなたの顔を見れば、懐しい父のことを思い出す。父はいつもそなたを頼りにしておったのう。わしは大坂城から三成の戦勝を祈っておるぞ」

「必ずや家康の首を土産に持って参りましょう」

三成は深く頭を下げた。

彼は大坂の増田長盛の屋敷に入り、西国の諸将たちに家康の罪を数え上げた廻文《かいぶん》（いわゆる内府違いの条々）を遣わし、彼らの参陣を促す。

また増田、前田、長束ら三奉行と相談して、大坂にいる諸将に大坂の諸街道筋を守備させた。

これにより大坂の出入往来は見張られ、諸大名の妻子を差し止めて人質とした。

廻文が功を奏して、西国からは続々と諸将が大坂に集まると、輝元を西軍の盟主と定め、大坂城の西の丸の留守を守っていた徳川方の佐野綱正《つなまさ》を追い出し、ここを西軍の本拠地とした。

小早川秀秋《ひであき》は小早川隆景の養子に入り、筑前三十万七千石の城主になった秀吉の甥なので、自分が秀吉の猶子《ゆうし》で秀次に次ぐ継承権の保有者だと思っていたが、秀頼が生まれたことで小早川家に養子に出されたことをいまだに根に持っていた。

（本来ならわしが秀頼に代わって西軍の総大将を務めるべきなのに、三成めが秀頼の威を借りて大将風を吹かしていることが腹立たしいわ）

三成はそんな秀秋の心底を察していたが、宥《なだ》めすかして彼を味方に取り込んだ。

その後、大坂へ集まる諸将は増え続け、九万五千の大軍となった。

毛利輝元、宇喜多秀家、石田三成、増田長盛、長束正家、毛利秀元、毛利秀包《ひでかね》、吉川広家、小早川秀秋、島津義弘、鍋島勝茂《かつしげ》、立花宗茂、小西行長らそうそうたる顔ぶれが揃い、大坂城下は兵で溢れた。

関ヶ原

「これを見よ」

家康は一通の書状を直政に手渡した。

「これは…」

(いよいよ殿が三成と天下を賭けて戦う時がきたか)

直政の体に戦慄が走った。

伏見城の攻撃が始まって間がない七月十九日江戸にきた書状には、「三成がまもなく挙兵するだろう」と書かれていた。

「差出人は増田長盛ですか」

彼は三成と同じ五奉行の一人で、当然三成派だ。

「この調子だと三成派も一枚岩ではないようだな」

「そのようですね。三成が挙兵するとわかっても、殿はこのまま『上杉征伐』へ向かわれますので」

家康はわかり切ったことを聞くなというように頷いた。

「わしが江戸から北上せねば、三成は兵を挙げまいからのう。今は待ち構えていた獲物が仕かけた罠に近づいてきているところだ。これから罠にかかるまでが一番大切なのだ」

予定を変更することなく、家康は七月二十一日に江戸を発ち、鳩ヶ谷を通り岩付《いわつき》につくと、大津城の京極高次《きょうごくたかつぐ》が大坂や伏見の様子を知らせてきた。

その後古河から下野の小山に着いた時、「もうすぐ三成が伏見城を包囲するだろう」と報告してきた。

（いよいよ罠に入りそうだ。秀吉のもとで長年辛抱してきた甲斐があったわ。それにしてもわしの屋敷へ逃げ込んできた三成を殺さずにおいてよかった。諸将たちは今のところ秀吉の恩義より三成憎しで固まっているが、これからどうやって彼らを一つに纏めるかだ）

家康は福島正則や加藤嘉明といった秀吉子飼いの大名たちの顔を一人一人思い浮かべた。

（まず、長政は大丈夫だろう）

長政は秀吉の参謀であった黒田如水《じょすい》の嫡男で、秀吉子飼いの正則や清正といった連中と親しく、三成を憎むといった点では他の武将と変わらない。だが、父の血を譲り受けたのか、武辺一辺倒の彼らとは異なり、少しは人物眼が鋭いところがある。

秀吉の死後、幼い秀頼では駄目だと見越し、如水が家康に擦り寄ってきたように、長政も次の天下人は家康だと読み、父が秀吉を天下人に押し上げたように、自分も家康に天下を取らせようという肚らしい。

（池田輝政はわが娘婿だ）

家康は小田原の北条が滅びると、北条氏直に嫁いでいた娘を離縁させ、輝政と再婚させた。

（やつは秀吉に可愛がられたが、特別に秀頼を支えねばならぬ恩義は持っていない。浅野長吉の倅の幸長も父親ほど秀吉に恩を感じてはおるまい。細川忠興は父の幽斎《ゆうさい》と同様に世渡りの術を心得ており、強者に靡く男だ。加藤嘉明も秀吉の一族ではなく、正則や清正ほど秀吉贔屓《びいき》ではない。やはり問題はあの二人だが、清正は肥後におるので心配はない。正則をどう口説くかだ。あやつが軍議の席で「秀頼様には逆らえない」などと騒ぎ始めると、収拾がつかなくなる。三成めは秀頼を担ぎ出し、旗頭とし

てわしと対決させようとするだろう)

家康は一旦言い張ると後に退かない頑固一徹者の顔を思い浮かべた。

家康はその夜、翌日の軍議に先立ち、徳川家の重臣たちを集め、彼らに鳥居から届いた書状を見せた。

「伏見城は松の丸の橋をはずして防戦していると申しておる。籠城というのは橋の架かっておらぬところに橋を架け、夜討ちをかけて敵の不意を突いてこそ、長く持ち堪えられるものだが、最初から橋をはずしているような調子では落城も近い」

家康は前置きをすると、重臣たちをじろりと睨んだ。

「さてこのまま『上杉征伐』に行くか、西上して三成と決戦するかをここで決めようと思う」

家康の肚はすでに西上と決まっているが、家康はいつも自分から先に意見を吐かず、家臣たちの総意を出させ、それを自分の結論に導かせるような手法を取る。

「ここは一旦集まっている諸将を領国へ帰すことが肝要かと。諸将の中には豊臣恩顧の者が多く、誰が敵に回るかわかりませぬ。われら徳川家臣だけで箱根の険を守り、西軍を箱根で食い止めましょう」

本多正信は秀吉の薨去以来、家康の天下取りのために様々な謀略に頭を絞ってきた男だが、戦さで武功を重ねてきた者から見ればこれは下策の域を出ない。

「馬鹿なことを申すな。それでは滅んだ北条家と同じではないか。千載一遇のこの好機を摑まねば、今度はこちらが三成に潰されてしまおう。一挙に西上して三成と雌雄を決するべきだ」

直政の意見に忠勝、康政らが声をあげて賛同する。

「それがしも直政と同じ考えだ。豊臣恩顧といっても、秀吉は没しており、彼らはどうやって自分の家を守ろうかということで頭の中は一杯だ。殿が天下人となると信じてここまでついてきているのだ。ここで躊躇すれば彼らの心は離れ、天下も殿の手中からこぼれ落ちてしまおう」

忠勝は、「今すぐに行動すべきだ」と主張した。

正信は彼の意見に口を挟もうとしたが、康政がそれを制した。

「軍略のことはわれらがやりましょう。本多殿は豊臣恩顧の諸将を繋ぎ止める策をお考え下され」

家康は重臣の意見が自分の考えに近づいてきたことを知ると、「正信の意見も一理はあるが」と一応正信の顔を立てた。

「明日、諸将を小山の本陣に集め軍議を開く。その際西上することを告げるが、問題はどのようにして諸将の心を繋ぎ止めるかだ」

家康はそのことで悩んでいる。

「豊臣恩顧の諸将のうちで、一番影響力のある男に西上の口火を切らせてはどうでしょう」と康政が勧める。

「お前が申す通り、正則が適役じゃな。やつは秀吉と血が繋がる縁者だ。やつがわしに付くと表明すれば、左顧右眄《さこうべん》していた豊臣家臣たちも、雪崩をうってわしに従うだろう」

家康は満足そうに頷く。

「殿から彼を説得されるより、同胞からさせた方が効果があろうと思いますが。長政から正則を口説かせたら如何でしょうか」

直政は長政が如水に似て謀略好きなことを知っている。

「長政か。やつは正則とも親しいからな。それはよい考えだ。直政、済まぬが長政のところまで出向いて、今すぐ彼をここに連れてきてくれぬか」

直政が長政の陣屋に行くと、彼はまだ起きていた。

「どうかされたのか。こんな夜更けに」

「伏見城から使いがきて、三成が挙兵したことを知らせて参った」

これを聞いた長政はさほど驚かなかった。

(長政はこのことをすでに知っているな。大坂方から、「大坂方が優勢である」という情報が流れており、諸将の心も三成の挙兵で揺れているようだ)

「それで徳川殿はわしに何をせよと仰せなのだ」

長政は家康の意図に薄々気付いている。

「まずは歩きながら話そう」

直政は長政と連れ立って家康の本陣へ向かう。

周囲に散在する諸将の陣屋は、明日の軍議での身の振り方について検討しているらしく、夜更けにもかかわらず明りが灯っている。

「殿は明日の軍議の成りゆきを心配され、『お主と相談したい』と申されておる」

「そうか。三成挙兵の噂が真実なら、諸将の心は千々《ちぢ》に乱れているであろうな」

「そうよ。そこでお主の出番だ」

「徳川殿の用件が何となくわかったような気がするわ。急ごう。老人は夜が早いからな」

二人が本陣に戻ると、家康はまだ寝ずに起きており、重臣たちも顔を揃えていた。

「これはこれは、夜遅く呼び出して済まぬ」

家康の顔はいつもに比べ、精気が漲《みなぎ》り、若者のように輝いていた。

(天下を取ろうと決心されたな)

長政は天下人の階段を一足飛びに駆け登った、あの時の自信に満ちた秀吉の顔を今も覚えている。

目の前の家康の顔が秀吉の顔に重なった。

「明日の軍議のことはお聞きだな」

長政は頷く。

「明日までに福島正則を口説いて欲しい。明日集まった連中は旗幟《きし》を明らかにせず、押し黙った暗い軍議となろう。その重苦しい雰囲気を正則が発言することで破ってもらいたいのだ」

長政は家康の言わんとすることをすぐに理解した。

「正則が『徳川殿にお味方し申す』と叫べばよいのですな」

「そうよ。もし誰かが先にわしの西上に反対でもし、他に追随する者が出ようものなら、軍議の場は壊れてしまおう。そうならぬためにも、正則が先頭を切ってわしに賛同して欲しいのだ。この大役をやれる者はお主しかおらぬ。やってくれるか。これが上手く行けば、三成との決戦も勝利しよう」

「これは大変な役目ですな。何とか正則を口説いてみましょう」

長政は家康の本陣を去ると、正則の陣屋に向かう。

陣屋には明かりが灯っており、覗くと正則を中心にして重臣たちが集まっていた。

「これは長政、何の用じゃ」

「明日の軍議のことで参った」

「聞くところによると、三成めが伏見城を攻めているとか。徳川殿もわれら豊臣恩顧の者の動静が気になるらしい。さっきから千客万来だ。われらもそのことについて今相談をしているところよ」

酒を飲んでいるのか、いつもの赤ら顔が海老のようになっている。

「さっき徳川殿と会ってな。『正則は三成に味方せぬか』と心配されておった。わしはそんなことは絶対にないと自信を持って答えてきたところだ」

「わしが三成に与することは神に誓ってもないが、秀頼様が出馬されると厄介だわ」

正則はそれを危惧していた。

「それはまず有り得ぬ。毛利輝元が大坂城を離れぬ限り大丈夫だ。毛利勢の動向は吉川広家が握っている。広家はわしを通じてすでに徳川殿に内応しているのだ」

「それは本当か」

正則は驚いた。

「毛利は動かぬので、秀頼様の出陣はない。毛利の四万が動かぬとなると、この戦さは徳川殿が勝つ」

「如水殿の指示か」

「いや、これは父とは関係はない。わし一人の謀略よ」

これを聞くと、正則の気難しそうな表情が崩れた。

「そうか、秀頼様は出馬せぬか。それでは三成めと心置きなく戦えるわ」

長政は上機嫌になった正則に畳みかけた。

「三成嫌いはわしとて同様だ。徳川殿は明日の軍議の成りゆきを案じられている。それで殿下子飼いのお主に『徳川殿にお味方します』と口火を切ってもらいたい肚なのだ」

「わしの危惧するのは秀頼様のことだ。徳川殿は三成を討っても秀頼様に危害を加えることはないのだな」

正則は念を押す。

「徳川殿は秀頼様が三成らの奸臣に牛耳られることを心配されておるのだ。三成を取り除くだけで、あくまで殿下の遺言を守られる」

「よし、お主を信用しよう」

正則は口火を切ることを約束した。

翌日は軍議の日だ。

諸将たちは家康の本陣に詰めかけ、用意された床几《しょうぎ》に腰を降ろす。

家康は舞台裏で軍議をうかがい、清正を除く六将は最前列に並び、家康の重臣たちと対峙する。

まず忠勝が上方の情報を声高に話す。

「三成と吉継らは秀家、輝元らを誘い出し、景勝と共謀して蜂起した」

諸将のうちには初めて聞く者もいて座がざわつく。

忠勝は手で騒ぎを抑えるとさらに続ける。

「諸将の内には妻子を大坂に置いているので、心許なく思われる方は、遠慮なく当地を引き払って下され。わが領内の通行や宿、人馬のことなど、少しも支障のないように取り計らおう」

忠勝が去就を諸将に任すことを告げると、その場の喧騒は一瞬に静まった。

お互いに顔を見合わせ、近隣の諸将や一族の顔色をうかがう。

直政は正則がいつ切り出すのかと、彼から目を離さずにいたが、正則は大きく咳払いをするとやおら立ち上がった。

「この度のことは、三成が秀頼様の名を騙《かた》って起こしたものだ。三成はこの時を待っており、天下を自分のものとする肚だろう。諸将の中で妻子の縁に引かれてこの場を去ろうと思われる者は去られよ。わしは家康殿のお味方をして身命を投げ打つ覚悟である」

（よく言ってくれたわ。これで戦さは勝つ）

直政は拍手したい気分であった。

（豊臣家の所縁の正則が家康の味方をするのなら、遅れてはならぬ）

堰を切ったように次々と諸将が名乗りを上げる。

家康は頬を緩めた。

（長政め、やりよったわ。やつの働きは戦場の一番首ものだ）

軍議が思惑通り進むと、家康はやおら舞台裏から姿を現わした。

「諸将の気持ちは有難く受け取った。ではこの席でこのまま会津へ攻め入るか、上方へ軍を返すか。諸将の存念を聞きたい」

家康の心は決まっているが、諸将からの総意で決まった風を装いたい。

「上杉は枝葉で、宇喜多、石田らが根本である。会津より上方征伐を急ぐべきだ」

諸将たちの意見で、軍議は西上することに決まった。

「それでは清洲、吉田の両城は敵地に最も近い。先鋒は城主の福島正則、池田輝政殿に頼むとしよう。われらは景勝に対する備えを行ってから西上しよう」

先鋒隊は正則、輝政に続いて、浅野幸長、黒田長政、中村一栄《かずしげ》、加藤嘉明、田中吉《よし》政《まさ》、筒井定次《さだつぐ》、藤堂高虎、山内一豊、金森左近《さこん》、富田信高、一柳《ひとつやなぎ》直盛《なおもり》、九鬼《くき》守隆《もりたか》、有馬豊氏《とようじ》、水野勝成《かつなり》、徳永寿昌《ながまさ》、稲葉道通《みちとお》、西尾光教《みつのり》、分部《わけべ》光嘉《みつよし》、市橋長勝《ながかつ》、有馬則《のり》頼《より》らが選ばれ、軍監には本多忠勝と井伊直政が付くことになった。

先鋒隊は七月二十六日に陣払いすると、先を争うように西上した。

西上途中、旗幟を決めかねている者も東軍に加わり、三万を越す先発の諸将らが清洲城に入ったのは八月十四日であった。

清洲から犬山までは六里、岐阜へは七里、竹ヶ鼻には五里の距離で、犬山、岐阜、竹ヶ鼻城が西軍についたので、犬山城を除いては木曽川を挟んで清洲城が東軍の最前線となる。

ところが、五、六日待っても、江戸にいる家康は一向に動こうとはしない。

江戸から清洲へ向かう街道筋の城は、小山会議で家康へ味方する証として諸大名が自分の城を家康に献上してしまっているので、駿府、掛川、浜松、吉田、岡崎、清洲城にはそれぞれ家康配下の者が城代として入っている。

清洲城にいる先鋒隊は、いつ家康がきてもすぐ出発できるように草鞋や銭を腰に付け、城内に槍立てを作り、長槍を立てかけ、床には馬印を並べて準備をしている。

「遅いのう、徳川殿はどうしてすぐに清洲へこられぬのか」

正則は気が短く、小山会議は自分の一声で成功させたという自負があるので、家康に不信感を持ち始めた。

軍監の直政と忠勝は正則を怒らせぬよう十分な気を配っている。

「近日中にはお見えになるでしょう。われらにも『福島殿の在陣をお慰めせよ』と申しておられます。今少しお待ち下され」

「徳川殿は昔から慎重なお方だからのう。まだわれらが信用できぬと思われて、西上することを躊躇《ためら》っておられるのやも知れぬ。人の上に立つお方がそんな風なら、兵たちも命懸けで働かぬわ」

正則は毒づいた。

「殿にはそんな気は毛頭ござらぬ。上杉を助けようと佐竹が動いているので、それへの備えで忙しいと聞いておる」

ともすればむきになる直政を忠勝は押さえる。

「正則殿のお腹立ちも尤もでござる。われらも再三使いを遣り、殿の西上を急がせておりますので、おっつけ参るでしょう」

宥める忠勝にまだ心が収まらない正則は毒舌を吐く。

「徳川殿はわれらを謀《たばか》ったわ」

「徳川殿はそのようなお方ではないぞ」

池田輝政は家康の娘婿だ。家康を庇った言い方に腹を立てた正則は輝政と摑み合いの喧嘩になりそうになった。

直政と忠勝が二人の中に入って二人を分けた。

「正則という男はまるで狂犬のようなやつだ。秀吉が彼を信頼して清洲を任せたと聞くが、秀吉も一代の成り上がり者なので、あのような者でも大身にせざるを得ぬのか。まったく扱いにくいやつだ」

直政はぼやく。

「まあしばらく堪えよ。この戦さが済めば、正則のような男は用済みとなろう」

「それはそうだが…」

直政はしぶしぶ頷かざるを得ない。

（忠勝は戦さぶりも立派だが、人間も練られて随分と懐が深い。わしも見習わねばならぬ。わしも幼い頃からの境遇で辛抱強い方だと自負していたが、忠勝と比べるとま

だまだ子供だわ）

八月十九日になると、やっと家康の使いがやってきた。

村越直吉《なおよし》という三百石取りの軽輩者だ。

（正則ら豊臣恩顧の諸将から、「いつ徳川殿が清洲へやってこられるのか」と迫られて、針のむしろに座っている気でいるのに、なぜこんな軽輩者を遣わされたのか）

直政は泣きたくなった。

「殿はいつこちらへこられるのか」

直政が問うと、「まだこれませぬ」としか村越は答えない。

（諸将たちの不満が爆発寸前になっているのに、一体殿はどう思われているのか）

忠勝もこの実直なことだけが取り柄の男を送ってきた家康の心境がわからない。

家康の心底を村越に聞いても無駄だとわかっているので、「殿からの口上をわれらの前で告げよ」と忠勝は命じた。

村越は最初渋ったが、「この戦さの勝敗を決めることだ」と直政は村越を脅した。

「主君が申されるのには」と村越は訥々《とつとつ》と話し始めた。

「『諸将が清洲城で大軍を擁しながら手を拱《こまね》いて晏然《あんぜん》と日を送っているとは解しがたい。なぜ木曽川を渡ってわしに味方したという証を示さぬのか。わしに対する誠意を示せば、わしは出馬しよう』と殿は申された」と村越は家康の言伝《ことづて》を告げた。

二人はこれを聞くと腰を抜かさんばかりに驚いた。

「殿はその方に、『その通りに告げよ』と申されたのか」

二人は村越に詰め寄った。

（村越がこの通りに話せば、正則をはじめ、焦っている諸将はへそを曲げ、大坂方へ走るだろう）

「おい村越、こっちへこい」

二人は人に立ち聞きされないところまで村越を引っぱっていくと、小声で囁いた。

「間違ってもそのまま言ってはいかんぞ。『殿は風邪で伏せっておられたが、快方に向かい、いよいよ江戸を発たれる。上方の逆徒を踏み潰そうと張り切っておられます』と最初に切り出せ。『味方の証を示せ』などと絶対に言うな。もし、そのことでお前に殿からお咎《とが》めがあれば、わしらの命に代えても申し開きはしてやるからな。よいか、わかったな」

二人は何度も念を入れ、事前に修正した口上を村越に言わせた。

「よし、それでよい。今日にもう遅い。翌朝、諸将を集めるので今の口上でやってくれ。くれぐれも間違えるなよ。殿からの直々の口上はいかんぞ。今直したのでやれ」

村越は納得したのか、素直に頷いた。

翌日、諸将の前に立った村越が声高に伝えたのは、直政と忠勝が言い含めた内容ではなく、家康直々の言葉を告げたのだ。

これを聞くと諸将らは一斉に席を蹴って立ち上がった。

「徳川殿はわれらを何だと思っておるのか。三成を討つためにわしらは清洲まできているのだ。それを自分はまだ江戸にいながら、われらに味方の証を示せとはどういう了見だ」

直政と忠勝は、「これはえらいことになったわ」と顔を歪めた。

その時、満座の中で急に笑い出した者がいた。

皆の視線が彼に集まる。

「こらっ、孫六、徳川殿がわれらを疑っているというのに、何がおかしいのだ」

正則が叫ぶと、諸将らが加藤嘉明を睨む。

「ご使者のおっしゃる通りだ。徳川殿の心も知らず、清洲で虚しく日々を送っていたわしらが愚かだったのよ」

「何を孫六、馬鹿を申すな」

「わしらは徳川殿に味方したとはいえ、殿下恩顧の者だ。三成は逆徒とはいえ、義兵と称して秀頼様を担いでおる。われらが徳川殿の味方という証拠を示さねば、徳川殿もわれらの心底がわからず江戸から動けぬのよ」

正則の朱に染まった表情が柔らぐと、彼は手にした扇を拡げて村越のところへ近寄り、汗が滴っている村越の顔を扇《あお》いでやった。

「われらは忠興と相談して、宇喜多秀家を味方に付けようとばかり思って油断して、目前にある城を落とすことを忘れておった。孫六の考えに感じ入ったわ」

これを耳にすると、忠勝と直政は思わず胸を撫でおろした。

この正則の一声で喧騒も静まり、諸将たちはわれ先にと、家康に宛てて誓約書を差し出した。

諸将たちの心が一つに纏まると、彼らは一堂に集まり岐阜か犬山の城のどちらを先に攻めるか相談した。

「犬山を攻めると偽り、敵の注意をそちらに向けて岐阜を突こう。岐阜城さえ落とせば、犬山城はすぐに降参するわ」

「敵が犬山城を攻めるぞ」という噂が流れると、岐阜城に詰めていた諸将は慌てて犬山へ戻る。

先陣は福島と池田と家康が決めていたが、どちらが大手口を攻めるかで二人は揉め始めた。

どちらも大手口から攻め込みたい。

軍監の直政と忠勝は正則を怒らせたら諸将が纏まらなくなることを危惧し、なるべく正則を刺激しないようにする。

「そなたは徳川の縁者なので、利害を捨てて下され」と忠勝は輝政を宥める。

正則が大手口攻めに決まると、今度は、「わしが上流の河田《こうだ》から渡る」と主張し始めた。

「わしがわざわざお前に大手口を譲ってやったのだ。お前は下流の尾越《おごせ》から渡れ」と輝政は怒りをぶつけ、二人は木曽川の渡し場のことでまた喧嘩を始めた。

当然、上流の河田から軍を渡す方が早く岐阜城に達する。

「やれやれ、福島殿には大手口を譲っておるし、この地の領主なので地理にも詳しかろう。福島殿は舟や筏を都合し易いが、池田殿はそうでない。ここは川上を池田殿に譲ってあげられよ」

不承不承に正則は頷くが、「われらが下流を渡り終え、狼煙を上げるまではお前は戦闘を始めるなよ」と輝政を牽制した。

「両者ともよろしいかな。これは西軍との戦さであって、両者の高名争いではござらぬ。それがわかればお互いに助け合って戦って欲しい」

　忠勝は独走しそうな二人に釘を差した。

　結局福島隊には京極高知《たかとも》、加藤嘉明、黒田長政、田中吉政、生駒《いこま》一正《かずまさ》、寺沢広高、蜂須賀《はちすか》至鎮《よししげ》ら一万六千人がつき従い、池田隊には一柳直盛、堀尾忠氏《ただうじ》、浅野幸長、山内一豊、中村一栄、有馬則頼、戸川達安《みちやす》ら一万八千人が行動をともにした。

　福島隊の監視には直政と忠勝がつく。

　結局、正則と輝政は喧嘩しながらも、岐阜城を落とすと、正則は岐阜城主の織田秀信の扱いについて口を出した。

「わしは織田家に加担する義理は無いが、秀信殿は信長公の孫になられるお方だ。味方にも織田家に恩顧ある諸将は多かろう。秀信殿を死罪にすることは忍びず、降参された以上は、助命せずばなるまい。これがもし徳川殿の心にそぐわぬなら、本日のわしの戦功をふいにしても構わぬ」

　忠勝、直政らは秀信の処置については一応家康の裁断を仰がなければならないが、ここで彼らとひと悶着起こすことを避けた。

「よろしい。殿にはよしなに伝えよう。ここは福島殿のお考え通りなされよ」

　二人は正則の顔を立てた。

午後三時頃、正則は本丸を開城した秀信と家老ら十数人に付き添って、上加納の円徳寺に移した。

その後秀信は髪をおろし、高野山に登ったが翌年病死した。

岐阜城が落ちると、犬山城に籠もる石川貞清《さだきよ》や加藤貞泰《さだやす》は東軍に下った。

黒田長政は正則や輝政が岐阜城を血眼《ちまなこ》で攻めるのを横目に見て、墨俣《すのまた》川の上流の合渡《ごうど》川を渡り大垣城を攻めようとした。

長政の意図を察して、田中吉政、藤堂高虎らが続く。

東軍の岐阜城攻めの報に、三成は驚愕した。彼は家康が江戸から出陣しないうちは動かぬと読んでいたからだ。

西軍は伊勢、北陸方面と大津、田辺城攻めに大軍を割いていたので、大垣城の三成の手元には二千ほどの兵しかいない。

彼は中山道の垂井の宿に布陣している島津義弘に千数百人の兵を墨俣へ移すよう頼むと、各方面に散っている諸将たちに至急大垣に集まるよう使者を遣った。

東軍が迫る合渡川へは家老の舞兵庫《まいひょうご》に千人の兵を付けて送り出した。

黒田隊は濃霧を利用して合渡川の上流から徒渉すると側面から舞兵庫隊を襲い、兵庫は力戦したが支えきれず呂久《ろく》川を渡って撤退した。

大垣から沢渡《さわたり》村に出張っていた三成は合渡川の敗戦を聞くと、大垣城へ退却しようとした。

「うろたえなさるな」

沢渡村へやってきた義弘は三成を窘《たしな》めた。

「わが島津隊はまだ墨俣にいる。石田殿が大垣へ退かれれば、わが兵は死地に陥ることになる。もし退かれるなら、墨俣のわが兵が撤退してからにして欲しい」

義弘は三成に敵陣への奇襲を力説する。

「敵は戦さに勝って驕っておろう。味方は先陣が敗れただけで、まだ後陣が控えている。わが隊と石田殿の新手の兵とが敵の側面を突けば必ず勝利しよう」

義弘は朝鮮では数十倍の明国兵をも撃退したほどの歴戦の強者である。

「敵が合渡川を越えてきたということは、岐阜城も落ちたと思われる。勝ち誇って勢いづいた敵と戦うことは粗忽というものだ。大垣へ兵を返すべし」

（こやつは完全に臆しておるわ）

義弘は失望した。

（こんな小心者が西軍を率いているようでは東軍に勝てぬやも知れぬ）

三成が撤兵しようとするのを目にした義弘の兵が三成の馬の轡を押さえた。

「わが兵たちを危地に陥れながらお主一人退くとは卑怯ではないか」

三成は鞭でその手を払うと、大垣城目指して駆け去った。

大垣城へ戻った三成のところへ、竹ヶ鼻、岐阜城が落城した知らせが届いた。

この日の午後、三成からの催促を受けた宇喜多秀家が兵一万七千を率いて伊勢からやってきた。

「黒田隊が今夜赤坂に布陣するらしいな。東軍はまだ岐阜に残っているので、黒田隊だけならせいぜい五、六千ぐらいだろう。彼らは今日の戦さで疲労困憊であろう。われらは移動しただけで少しも疲れてはおらぬ。今から出陣し赤坂村に火をかけ夜討ちすれば必ず勝てる。お主も早く出陣の準備をせよ」

秀家は二十八歳と若いが、朝鮮で大将として戦さを経験しているので、今が戦機だということがわかる。

「夜討ちというのは小勢で大軍を破る戦術だ。近日中に毛利秀元ら三万の大軍が伊勢から戻ってくるだろう。そうなれば岐阜と赤坂の三万足らずの東軍を破るのに手間はかからぬ」

（理屈は三成の言う通りだが、戦さは理屈通りには動かぬ。こやつは戦さというものを知らぬ。今を逃せば敵を勢いづかせるということがわからぬのだ）

「毛利秀元殿がここへ着く頃には、岐阜城を落とした諸将も赤坂へ集結するだろう。へたをすれば江戸から家康も着陣しているかも知れぬ。その時まで待って雌雄を決しようとするより、今の目の前の敵を叩くことが先だ」

「なるほど秀家殿の勇気には感じ入るが、万事はこの三成に任せてもらいたい。赤坂を攻めるかどうかは長束、大谷らが着きしだい相談するつもりだ」

（大垣が危ないというので伊勢から飛んできたのに、こやつは理屈が先行し、人の気持ちが読めぬやつだ）

その日の夜討ちは取り止めとなったが、秀家の予想通り、岐阜城を落とした正則や輝政ら三万の兵たちが次々と赤坂村に集結すると、そこに布陣し始めた。

大垣城からは二里半ほどの距離で彼らの動きは城からも眺められる。

直政、忠勝は家康が赤坂村にきた時の本陣となるところを捜す。

岡山という五十メートルほどの小山に目をつけ山の頂に登ってみると、ここからは南東にある大垣城がよく望める。

九月に入ると、北陸から赤座《あかざ》、朽木《くつき》、平塚、小川らを引き連れた大谷吉継の七千の兵が大垣に到着し、伊勢からも毛利秀元、吉川広家、安国寺恵瓊、長曾我部盛親《もりちか》、長束正家らが戻ってきた。

（こちらも軍勢が集まったことだし、これでいよいよ決戦ができそうだ）

だが、三成の思いとは裏腹に、毛利勢二万と長束・安国寺の三千は大垣から西に離れた関ヶ原の南宮山《なんぐう》に布陣し、長曾我部六千は南宮山の東の峰続きの栗原山の山麓に陣を構えた。

（毛利は山の上で日和見するつもりか）

三成は安国寺を通じて毛利軍に山を降りるよう要請したが、「いずれ時期を見て」と返事するだけで一向に動く気配はない。

「毛利は怪しい。若い秀元が総大将だが、実際に毛利を牛耳っているのは吉川広家だ。やつは安国寺を嫌っており、広家に家康の手が伸びていたら大変なことになる」

吉継は危惧する。

「これでは埒《らち》が明かぬわ。わしが行こう」

三成は南宮山へ足を運び広家と会った。

「わしはここで輝元公の下知を待っている」

広家は西軍の総大将は輝元だと主張し、三成の命令を無視した。

「山頂に秀元の一万五千が布陣し、山腹に吉川広家が三千で、南宮大社の東山麓に安国寺の一千八百が陣営を構えている。山腹の広家が動かぬことには山頂の秀元は動けず、また安国寺が動こうとすると、広家から襲われるような格好だ。これでは毛利秀元も動けぬわ」

三成が愚痴をこぼせるのは気心の知れた吉継だけだ。

「大坂城にいる輝元公は大垣にくるのか」

吉継は西軍で最大の勢力を有する毛利の動向がこの戦さの鍵を握っていると思う。

「いや、急がせてはいるが、いまだ輝元は大坂から動かぬ」

吉継にはもう一つ懸念することがある。

「金吾《きんご》の動きが怪しいのだ。やつは殿下の甥であるくせに、家康めに恩を感じているらしい」

金吾こと小早川秀秋は秀吉の妻の甥で、十八歳の若者である。

小早川隆景の養子となった後、朝鮮での戦さぶりが軽率であったため、小早川領を取り上げられ越前北の庄へ転封と決まっていたが、秀吉が死んでしまったため、家康の働きで旧領の筑前名島《ちくぜんなじま》への復帰が叶ったという経緯があった。

そのため秀秋は大いに家康に恩義を覚えていたのだ。

「金吾はわれらに味方することを躊躇しているように思われる。伏見城攻めの折りもあまり戦意が感じられなかったし、伊勢での戦いぶりも嫌々われらに従っているようであった。近江の高宮《たかみや》で病と称して大垣に参陣しないのも怪しい。よし、わしが金吾に会ってこよう」

　吉継は秀秋と懇意なので、松尾山に秀秋を訪ねた。

　二百九十三メートルある松尾山の山頂はすでに地ならしされており、山の尾根筋には新たに多数の曲輪が築かれていた。

　秀秋はまだ病み上がりなのか、床几に座っていたがどこか落ち着かない様子だ。

「憚《はばか》りながらあなたは殿下にことの他可愛がられ、高官大禄を授けられたお方だ。殿下への恩顧もひとかたならぬ身である。この上は秀頼様を補佐なされ、天下を治められるべきで、間違っても家康などに騙されてはなりませぬぞ。宇喜多、長束らがあなたの心中を疑うことはあっても、それがしはあなたの味方です。あなたは豊臣家の縁や恩を大切になされ、関東からの甘言に惑わされて秀頼様に異心など抱かれてはなりませぬ。ただ天下泰平のことのみを思って行動していただきたい」

　秀秋は力なく頷いた。

　秀秋だけでは頼りなく思った吉継は、秀秋の家老の平岡石見《ひらおかいわみ》と稲葉佐渡とを呼び出した。

「われらの遅陣でいろいろとあらぬ噂が流れているようです。若い主君は大谷殿から見れば粗忽な挙動に思われるかも知れぬが、われら年寄りがおりますれば、ご安心下され」

二人は胸を張って返答した。

大垣城へ戻った吉継が秀秋の様子を告げると、三成も秀家も納得がいかない表情だ。

「金吾の心底は怪しいわ。彼に関白職を与えてでも、やつの心を繋ぎ止めておかねばならぬ」

それでも心配性の三成は、「秀秋が裏切ると、この戦さは敗れるかも知れぬ」と額に皺を寄せた。

「松尾山の北に中山道を挟んで小高い山がある。わしがやつの盾となってこの山に籠もり、秀秋を牽制しよう。もしやつが裏切れば、わしが金吾と心中しよう」

この吉継の決意を聞くと、三成はやっと安堵のため息を吐いた。


江戸にいる家康は二十五日間も腰を上げなかったが、正則や輝政らが清洲から出陣し、岐阜城を落としたことを知ると、愁眉を開き、家康はやっと西上を決意した。

九月一日に家康は三万二千の兵を率いて江戸を出発すると、十一日に清洲城に入り、長良川を舟で渡ると、十四日に赤坂村に到着した。

赤坂から大垣までは五十町ほどの距離だ。

直政と忠勝は赤坂の岡山の地で家康の本陣を準備しており、家康が赤坂に着くと、

「この岡山というところは縁起がよい地で、天武天皇が大友皇子と戦った折り、勝ったことを奏上した行宮《あんぐう》の地と呼ばれているところです」と忠勝は岡山の由緒を説いた。

「殿はお身体の具合はよくなられましたのか。風邪を召されたと聞きましたが…」

直政は五十七歳になる家康を気づかった。

二人は家康の目が若者のように輝いているのを見て、彼がこの一戦にすべてをかけていることを知った。

(殿は戦さとなると、まるで人が変わったように生き生きとなされるわ)

「お前たちの活躍を耳にした途端、風邪などどこかへ吹っ飛んでしまったわ。ところでしばらく上方から離れており、西軍の様子がはっきりと摑めぬ。軍議の前にお前たちから詳しく話してもらおう」

忠勝が岐阜城と合渡川での合戦の模様を語ると、家康は満足そうに頷いた。

「お前たちは正則をよく押さえてくれた。あやつさえ手なずけておけば、豊臣恩顧の諸将は離反せぬであろう。実はお前たちに見せたいものがある」

家康は懐から一枚の書状を取り出し、忠勝に手渡した。

その書面には細かい文字が書き連ねてあった。

――一、赤坂に集結した敵は今日にいたるも何の行動も起こさず、何かを待っているように見うけられ、皆が不審がっている。
一、昨日、自分は長束、安国寺の陣所を訪れたが、とに角敵を恐れて、人馬も通わず、水もない山の奥に陣所を構えている。これでは味方のみでなく、敵も不審に思うだろう。
一、人の噂では増田と家康の間に、ひそかに話しあいがあって、人質の妻子は一人も成敗していないと言っている。
一、間者の報告では小早川秀秋が敵と内通し、敵方が勇気づいているらしい。
一、毛利輝元が出馬しないことで、味方の諸将は不審がり、いろいろ噂を立てている。
一、宇喜多秀家の覚悟は天晴《あつぱ》れなもので、一命を棄てても働こうとの態度であり、貴公も秀家を見習って欲しい――
読み終えた二人は顔を見合わせた。

三成の苦悩が手に取るようにわかる。

「これは三成が大坂にいる増田に宛てた手紙じゃ。なぜかこれがわしの手元にきよってのう。三成の手の内が鏡のようにわかるわ。やつは人を動かすことも、やることも甘いわ。秀吉があのような者に目をかけておったとは不思議な気がする。やつは戦さに向かぬ男だのう」

家康は頬を緩めた。

直政は小田原合戦の時に見せた三成の兵站《へいたん》の手際のよさを覚えている。

(三成は兵站や検地など経綸《けいりん》の手腕は優れているが、戦さは下手だ。戦さをやるには人として魅きつけるものがいる。やつは人間としての器が小さい。これでは殿や秀吉などと異なり、諸将たちも命を張って働こうとはせぬわ)

直政は三成の冷涼な顔を思い浮かべた。

「黒田長政はどうしておる。あやつに吉川広家と小早川秀秋の内応を命じておるのだが…」

家康は長政の調略のことが気にかかる。

「吉川は早々に内応の申し入れをしており、また小早川とは人質の交換を済ませております。長政は正則のように武功に逸るところはありますが、殿を天下人に仕立てようと励んでおりますようで…」

忠勝は長政の離反工作が進んでいることを告げた。

「秀秋には殿の命で上方で二ヶ国を与えると約束しておきました。秀秋はまんざらでもない様子でした」

直政がつけ加える。

「結局この戦さは毛利と小早川を味方につけた方が勝つ。お前たちも彼らから目を離さず、長政の尻を叩け」

岡山の山頂に家康の金扇が翻ると、家康の到着を知った西軍の諸将たちは色めき立った。

「家康はまだ奥州で上杉との合戦の最中だ。こんなに早く赤坂へこられる筈がない。家康が着陣したとわれらを欺いておるのだ」

三成は間者を遣って家康の有無を確めさせたが、「家康の着陣は間違いございませぬ。本陣付近には家康の重臣たちの旗差物が並んでおります」と彼らは報告した。

「味方がこのように浮き足立っては、これからの決戦に悪影響を与えましょう。それがしが人数をくり出して、敵を誘い、先陣を切り崩してやりましょう」

島左近は初戦で勢いを付けようとする。

大垣と赤坂の間を杭瀬《くいせ》川が流れ、岡山の東から大垣の西を流れる。

杭瀬川の左岸に木戸、一色《いっしき》、笠縫《かさぬい》、笠木の村々が散在し、東軍は川の右岸に布陣している。

島左近と蒲生郷舎《さといえ》は一千の兵を連れて村の百姓家や木の茂みに伏兵を置くと、彼らは杭瀬川を徒渉し、稲を刈って敵を誘った。

東軍の中村一栄、有馬豊氏の兵がこれに気づき彼らを追いかけると、彼らは踏み止まって戦っては後退し、ついに川を渡って逃げる。

家康は食事の最中であったが、岡山の高台から中村らの戦さぶりを見物していた。

「兄の中村一氏は千軍万馬の強者だった。家中の者もやつの薫陶を受けて敵を追う様子は頼もしい限りじゃ」

家康は上機嫌だ。

ところが中村、有馬の兵が猛然と敵を追い川を渡り始めると、顔をしかめた。

「馬鹿め、深追いしすぎだ」

家康の危惧したように、川の左岸に潜んでいた西軍が、中村、有馬隊の側面から姿を現わすと、川原からは宇喜多秀家の八百が彼らの前後を挟んで銃撃する。

「中村、有馬らを引き揚げさせせよ」

家康が叫ぶと直政と忠勝がそれに応じる。

二人は取りかけていた食事もそこそこに、自分の陣所に走る。

「おい、急なことなので具足はどうする」と直政が忠勝に問う。

「このままでは戦えまい。とりあえず具足を付けよう」

直政が陣所に戻り具足を付けている間に、忠勝はそのまま中村、有馬隊に駆け込み、具足を付けた直政が戦場へ駆けつけた時には、敵を牽制した忠勝が味方を対岸まで誘導していた。

「忠勝汚いぞ。抜け駆けしよって」

立腹した直政は槍を振り回し、川岸まで寄せてきた敵兵を突き倒した。

「陣所まで戻っていては間に合わぬと思ったからだ」

忠勝の弁解に直政は耳を貸そうとはしない。

年は一回り忠勝が上だが、競争相手が東海随一と呼ばれる戦さ巧者の忠勝だけに、直政はどうしても負けたくない。

直政の負けず嫌いを知っている忠勝は、別に謝ろうとはしない。

(こいつは勇猛果敢なやつだが、一旦怒ると我を忘れるところが欠点だ。しばらくやつの頭が冷えるまで放って置くしかないわ)

家康が毛利と小早川が勝利の鍵を握っていると読んだように、三成もまたそれを知り焦っていた。

三成は安国寺を大垣城に招いて、毛利、小早川の動向について相談する。

「杭瀬川の初戦に勝ったことは味方の士気を大いに上げた。わしは小早川秀秋の動きがどうも気にかかる。それにわしが任されている毛利も怪しい。毛利本陣を指揮する秀元は西軍の構えを崩してはいないが、吉川広家らの一門衆が彼を牽制しておるようだ。三成殿は宇喜多や小西や大谷殿と相談されて、秀秋を説得されよ。それがしは毛利の陣所へ行き、広家と秀元の心底を確かめよう」

安国寺は三成に最後の詰めを勧めると、自陣の南宮山へ戻った。

三成はさっそく大谷、小西と相談し、書状を認《したた》めると、使者を松尾山へ遣った。

秀秋の家老、平岡と稲葉は書状を見て驚いた。

——一、秀頼様が十五歳になるまで、秀秋殿に関白職を譲り渡す。
一、従来の筑前に加えて、播磨一国を進呈する。
一、稲葉、平岡両家老には近江において十万石の地を与える。
一、当座として稲葉、平岡両人に黄金三百枚ずつ与える——
二人は代わる代わる書面を眺めてため息を吐いた。

(これは西軍に付いた方が恩賞がよかったわ)

二人はお互いの顔を見合わせた。

「このような大盤振る舞いをなされるとは、三成殿はわが小早川家を大層買っておいでのようだ。われらは太閤殿下の恩を忘れるものではない。必ず西軍に付くのでご心配は要らぬ」

二人は明言した。

だが、すでに秀秋は東軍と密約を交わしており、家康からも長政からも軍監が派遣されている。

一方毛利秀元と吉川広家の説得を任された安国寺は、南宮大社の南から南宮山の山頂への山道を登る。

南宮山は北は朝倉山、東は栗原山と峰続きの大きな山塊で、北は中山道に接し、西は伊勢街道が走る。

中腹に吉川隊が陣を構えており、山頂に毛利本陣が布陣していた。

広家は安国寺の姿を見ると、露骨に嫌な顔をした。

「何の用で参られたのか。お主は毛利家のために働くべきなのに、三成の提灯《ちょうちん》持ちのようなことをしておる。毛利元就公のご恩を忘れたのか」

安国寺が何か言おうとしたが、「毛利は三成の私兵ではないわ。わが兵は毛利家のために動く。よけいな差し出口は控えろ」と広家は邪険に安国寺を突き放した。

この夜、岡山では家康が諸将を集めて軍議を開いた。

「大坂へ行くか、それともこのまま大垣城を攻めるか。直政ならどうする」

「それがしは大垣城に籠もる三成と秀家とを倒せば、西軍は潰れると考えます」

直政の考えに池田輝政が賛同し、諸将たちも頷く。

「忠勝はどう思う」

「それがしは直政と異なり、まず大坂へ上り、西軍の総大将の輝元を降し、人質を取り返すことが肝要かと思います。そうすれば諸将らの心は一つとなり勝利を収められるかと存じまする」

「忠勝殿の申される通りだ」

正則の胴間声《どうまごえ》は戦場でなくてもよく響く。

諸将の考えは二つに割れた。

「先程の杭瀬川の初戦を見れば、大垣城の兵たちの戦意は高いようだ。城を落とすのに日数がかかろう。そうしているうちに大坂から後詰めがあるやも知れぬ。この城には一隊を止めておいて、本隊は大坂へ向かい、途中に佐和山を落として京都に出ることにする」

家康は城攻めが苦手だ。

彼は西軍を大垣城から誘《おび》き出そうとして、「東軍が大坂へ進軍する」という噂を大いに流した。

一方西軍も大垣城で軍議を開いていた。

「家康は大坂へ向かうとのことだ。彼らを秀頼様のおられる大坂に遣ることは何としても避けたい。こちらから出撃し、関ヶ原辺りで迎え討とう」

島左近は岡山へ偵察隊を放っており、東軍の動きを把握していた。

「新着の諸隊はどれも一夜だけの陣であった。それから見ても彼らの進軍が急であったことがわかる。敵の備えの兵が大垣に布陣してからでは、城から出撃しにくくなる。早く出発すべきである」

出陣が決まると、大垣城内は急に慌ただしくなる。

福原長堯《ながたか》をはじめ、垣見、木村、相良《さがら》、秋月、高橋ら七千五百の兵を城に残して、全軍関ヶ原を目指す。

一番隊の石田隊は午後七時頃、馬の口を縛り、全員が篝火もつけず大垣城を発つ。

次いで島津、小西と続き、最大兵力を有する宇喜多隊が殿《しんがり》を務める。

大垣城を出る頃から、小降りであった雨が急にひどくなり、周囲は墨を流したような真っ暗闇だ。

だが、南宮山の東山麓に連なる栗原山だけは、まるで蛍が飛び交っているように微かな明かりが漏れる。

（あれは長曾我部の陣営の篝火だ）

西進する三成はその篝火で方向を確かめながら、南宮山の南を迂回して野口村を通過する。

野口村からは狭い山あいの牧田路となり、兵たちはずぶ濡れになりながら四里あまりを歩くが、彼らの肌着まで雨が浸み込み、身体が冷えて震えが止まらない。尿意を催したり、腹を下し糞を漏らす者もいる。

三成は数名の供を連れて本隊と別れ南宮山に向かう。どうしても毛利の動向が気になるのだ。

山麓に陣する長束、安国寺を訪ねると、「どうしても秀元は山から降りようとはせず、強いて押すと、『わしは毛利輝元以外の命令は受けぬ』と言い張るのだ」と安国寺は愚痴をこぼした。

「吉川広家はどうだ」

「やつはわしが毛利輝元を軽んじてお主や宇喜多殿と相談しているのを苦々しく思っ

ておるようだ」

秀元と広家を説得できなかった安国寺は、「わしの力が足りず、済まぬ」と三成に頭を下げた。

三成が関ヶ原に到着したのは午前一時頃で、彼は関ヶ原の北西の小関村に布陣し、南を走る北国街道を押さえた。

北には伊吹《いぶき》山に連なる笹尾山がある。

ここから小早川秀秋が籠もる松尾山までは南に二十町ぐらいの距離だ。

三成は疲れていたが、馬に乗って小早川の陣へ向かった。二百九十三メートルある松尾山の山頂まで登り、平岡と稲葉とに対面する。

「わが隊の後方の笹尾山から狼煙を上げるので、その時は小早川隊は東軍の側面を突いて欲しい」

三成が二人に要請していると、目を擦りながら秀秋が姿を現わした。

「関白職をわしに譲るという話は間違いないだろうな」

秀秋は疑い深そうな目で三成に念を押す。

（これは脈がある）

「書面の通りでござる」

「戦さは西軍が勝ちそうか」

秀秋は欲張った声を出した。

「もちろんでござる。人数でも圧倒的にわが方が東軍を凌駕しており、陣所もすでに押さえており、地の利もわが方にあります。あとは秀秋様に横槍を入れてもらえば西軍が必ず勝ちます」

「わかった。そうしよう。明日が楽しみだ」

（西軍優勢で戦さが推移すれば、金吾は必ず西軍に付くわ）

秀秋の様子から三成は彼が味方する見込みは高いと判断した。

大谷吉継の陣は、中山道を挟んで松尾山と向きあう山中村の小高い山から、「関の藤川」と呼ばれる藤古川《ふじこ》の手前にかけて築かれていた。

脇坂、朽木、小川、赤座の四将の兵四千を山裾に配置し、周囲には柵を築き東軍よりも南の小早川隊に備えた。

吉継自身は兵千五百で山頂に本陣を構え、山の尾根から山麓にかけて腹心の平塚為《ため》広《ひろ》と戸田重政ら六百あまりの兵を置いた。

ここから松尾山までは十町もなく、昼間なら松尾山の山頂に翻る小早川の旌旗が望める。

三成は松尾山を下りると、山中村の山中で吉継と出会う。

「金吾と南宮山の毛利の様子はどうか」

吉継は顔前を白い布で覆っている。

「どちらも腰が重く、形勢のよい方に付こうとしている。金吾も秀元も殿下のご恩を忘れておるようだ」

三成は肩を落とした。

「ここまでくれば、やつらが裏切ろうと、それは問題ではない。誰もが家康に尻尾を振る中で、お前は十九万石の小身でありながら、十万近い西軍の諸将を集めた。それだけで十分だ。戦さは時の運。もしわれら西軍に勢いがあれば、やつらも東軍に横槍を入れるやも知れぬ。やつらのことは念頭から消せ。未練になる」

三成の頬が濡れているのは雨のせいだけではない。

「そう言ってくれるのはお前だけだ。わしは生涯の友としてお前と知りあったことを誇りに思う」

（あのへいくわい者の三成が人前で泣いている）

吉継には負けず嫌いの三成の今の心境が痛いほどわかる。

「早く陣へ戻って陣型を整えよ。夜明けまでもう時がない。金吾のことは心配するな。もしもの時は、わしが身体を張ってやつと心中しよう」

「有難い。今度会う時はあの世でか、勝って再びこの地で再会するかのどちらかだ。それではこれで失礼する」

見えない吉継にも三成の姿は寂し気に映った。

石田隊五千八百は小関村と北の笹尾山に布陣し、その南の北国《ほっこく》街道沿いに島津義弘一千七百が陣した。

小西隊六千は島津の右翼で梨の木川を前にして、北天満山の斜面に二段に構える。

西軍最大兵力を誇る宇喜多隊一万七千が小西隊の右側の南天満山に前後二段に陣を張る。

大谷隊は宇喜多隊のさらに南にいて、中山道を扼《やく》して展開した。

前線には嫡子・吉治と次男・木下頼継《よりつぐ》を配し、平塚、戸田らがその左右を守る。

一方家康は西軍の夜襲に備えていたが、十五日の午前二時頃に、「敵兵が大垣城を出て野口村から牧田路に向かった」という報告を受けると、寝床から飛び起きて、「すぐ出発する」と進軍を開始した。

福島、黒田隊が先陣で、加藤、細川、藤堂らがこれに続く。

西軍の殿の宇喜多隊と東軍の先鋒の福島隊とが接触しそうになるほど、東軍は先を争って中山道を西進し、関ヶ原を目指した。

家康は本陣を南宮山と峰続きの北西にある桃配《ももくばり》山に置いた。

中山道を挟んで左翼の福島隊の六千が宇喜多隊の南の松尾村の「関の藤川」の川岸に陣し、右翼の黒田長政の五千四百は相川山と峰続きの岩手山の丸山に布陣した。

その中間に前陣として京極、藤堂、田中、加藤、細川らが布陣し、直政が彼らの監視役である。

後陣は生駒、金森、古田重勝、織田長益が陣を敷き、それを忠勝が見張るのだが、この地は伊勢街道も扼しており、忠勝は秀秋の万一にも備えている。

さらに後方に有馬、山内、浅野、池田らが南宮山の西軍に備えて配置された。

西軍八万二千に対して東軍は八万九千で、兵力は伯仲していた。

家康の桃配山から西軍陣地までは約二十町しか離れていない。

前夜からの雨は小降りになってはいたが、依然降り続いており、西軍が布陣する伊吹山から東へ峰続きの相川山それに天満山から南へ山中《やまなか》村の低い山から松尾山まで、濃霧がその山塊と兵たちの姿を隠していた。

「この地はかの大海人皇子（のちの天武天皇）が不破《ふわ》の地に出陣なされ、大友皇子と戦われた折り、この地に陣を構えられ、兵たちにこの地の名産である山桃を配られたという縁起のよいところでございます」

霧に苛立つ家康を、忠勝が宥める。

「中山道からの秀忠の軍が間にあわぬ。味方は豊臣恩顧の者ばかりだ。今日はやつらだけに武功を一人占めさせてはならぬ。徳川の面目に賭けてもお前と直政が存分に働け。それに忠吉はこれが初陣だ。直政、倅をよろしく頼むぞ」

家康の四男、忠吉は、直政の娘婿になる。

忠吉は十九歳の若者で、武蔵忍《おし》城の十二万石を領している。勇猛な彼は兄・秀忠に先立って赤坂へ参陣していたのだ。

家康は忠吉のために、豊臣恩顧の武将である加藤嘉明に、彼の武功にあやかるようにと具足始めを頼んだ。

忠吉は心ひそかに敵陣一番乗りを念じて、義父の直政にその思いを漏らした。

「よくぞ申された。徳川の意地を示すべき戦さなのに、いまだ秀忠様は参陣されず、徳川軍には譜代の者がほとんどきておりませぬ。喜んで直政が忠吉様の初陣のお手伝いをさせてもらいましょう」

「義父が力になってくれれば、これほど力強いものはない。よろしく頼む」

頬を緩めた忠吉は、直政に礼を言うと自陣に戻った。

朝七時を過ぎても雨は降り続いていたが、濃霧は少しずつ晴れてきていた。

直政は家臣を三十人ほど引きつれて忠吉の陣所へ行った。

「さあ、出陣なされよ。これより戦場での兵たちの働きぶりをその目でしっかりとご覧下され」

直政は忠吉を連れ出そうとした。

「何をなさるのか」

慌てた家老の小笠原、富永が陣営から飛び出してきて、直政の馬の轡を握って放さない。

「忠吉殿は初めての合戦で、後学のためにとくと戦さを見物されたいのだ。心配致すな。大殿からの許しをもらっておる」

直政が二人を睨《ね》めつけて怒鳴ると、彼の気迫に押された家老たちは思わず引き下がった。

彼らは薄れてくる霧の中を西へ進むと、大軍とぶつかった。

近づくと山道の旗が見えた。

左翼の最前線の福島隊だ。

彼らの横をすり抜けると、福島隊の先頭にいた兵が彼らを咎めた。

「今日の先鋒は福島隊でござる。抜け駆けは許されぬぞ」

相手は直政もよく知っている福島隊の可児才蔵《かにさいぞう》だ。

（拙《まず》い男と出会ったものだ）

「この方は家康様の四男の忠吉様だ。これが初陣で戦さの後学のために、検分に参られる。わしは井伊直政である」

「徳川殿の倅殿か。偵察なら大人数は要らぬわ。小勢のみで参られよ」

「尤もなことだ」

直政は半分ほどの家臣をそこに残してさらに前進すると、少し風が出てきた。するると急に霧が晴れてきた。

前方には小高い山から平地にかけて太鼓の丸の旗印が風に翻っている。

（宇喜多隊の前に出てきたのか）

ちょうどこの時、右翼にいる長政の陣所の丸山から狼煙が上がった。これを見た西軍の笹尾山、天満山からも数本の白い煙の筋が風に流される。

（いよいよ始まった）

直政の全身に戦慄が走った。

直政たちを見つけた宇喜多隊は前進を始め、銃撃を加える。

「それ、井伊に遅れるな」

　正則がこれを見て鉄砲隊を指揮して南へ迂回し、宇喜多隊と交戦を始めたのは午前八時頃だった。

　宇喜多隊は福島隊の攻撃に備え、二段から五段に戦列を変えると、鉄砲の応酬が始まった。

　人数で優る宇喜多隊の戦意は高く、家臣も勇猛果敢な者が多く、福島隊は押されて敗走しそうになった。

　これを目にした正則は怒りで顔を真っ赤に染めて、「逃げようとする卑怯者は首を刎《は》ねるぞ。逃げずにここで死ね。退くな。ひき返せ」と叫ぶ。

　家老たちも馬を降り、「見苦しい振る舞いをするな」と兵たちを大声で怒鳴りつけ、前進をする。

「福島隊がまた盛り返しましたぞ」

　直政が忠吉に声をかけようとした時、忠吉は大柄な敵兵と向きあっていた。

　相手は見るからに剛の者で、長い太刀を軽々と扱い、近寄る者もいない。

（これは危ないぞ。若殿の太刀の腕は上達しているが、相手が悪い）

　忠吉が三尺の太刀で男の冑めがけて打ち下ろすが、男は軽く受け流しざま鋭い太刀を忠吉に浴びせた。

男の太刀は忠吉の右腕の鎧の肘当てを打った。

「くそ！」

逆上した忠吉は力一杯相手の冑に斬りつけると、幸いにも男の顔面を切り裂いた。

相手が怯むと、馬を寄せた忠吉が、男に飛びかかり、二人は馬から落ちた。

忠吉は上になったり、下になったりしていたが、ついに忠吉が相手に馬乗りになって首を掻こうとするが、男は脇差を抜き、下から忠吉を刺そうとした。

直政は助けに行こうとするが、周囲に群がる敵が邪魔をする。

その時駆けつけた忠吉の家臣が男の首を掻き落とした。

忠吉は馬を失い徒歩で戦っていたところ、直政の家臣の渡辺五右衛門が忠吉に近づき自分の馬を勧めた。

それを目にした武藤六兵衛が馬から飛び降りて渡辺に、「お主は馬がなくては歩くのも不自由だろう。自分の馬に乗れ。忠吉様にはわしの馬に乗ってもらおう」と馬の手綱を忠吉に渡す。

見れば渡辺の股からは血が流れている。

二人が忠吉の側を離れず群がる宇喜多兵を追い散らす姿を見て、直政はほっと胸を撫でおろした。

「あやつはさぞ名のある武将に違いないぞ」

　宇喜多の兵たちは立派な鎧姿の直政を目がけて群がってくるが、この時一騎駆けする直政を危惧した木俣、鈴木らの重臣たちが手の者を率いて駆けつけた。

　井伊隊の先手は木俣守勝で、二番隊が鈴木重好だ。二千あまりの赤備えの軍団が宇喜多隊に突っ込む。

　これに勢いを得た福島隊も一緒になって宇喜多隊に向かっていく。

　直政は一騎駆けの癖が抜けず、宇喜多隊の五段構えを崩そうと先頭を駆けるので、鉄砲玉が彼に集中し、顔面を掠《かす》めるが、彼はそれを物ともせずに進む。

「殿、無茶はなりませぬ。先頭はわれらが務めましょう」

　武田遺臣たちが直政を庇って彼の周囲をとり囲む。

「どけ！　わしが宇喜多秀家の首を取るのだ。やつを討てば西軍は崩れるわ」

　周囲の遺臣たちを振り払い、直政は槍をかざして突進した。

　五段構えの宇喜多隊は自由自在に隊型を変えて鉄砲を放つ。

　宇喜多隊の攻撃が福島隊に移ったことを知ると、直政は自らの兵を二隊に分け、左右から宇喜多隊を分断しようとした。

この攻撃で宇喜多隊に乱れが生じ、押されていた福島隊が息を吹き返した。

「今だ、攻めかかれ」

直政は宇喜多隊の本陣を目指すが、井伊隊の優勢もここまでで、西軍最大の兵力を誇る宇喜多隊が家老の明石全登《あかしたけのり》の采配ぶりで盛り返し、井伊隊は押され出した。

「進め、退くやつは斬り棄てるぞ」

直政は踏んばってこの地に止まろうとするが、隊は徐々に後退する。

時間がたつと徳川軍の左翼の福島隊をはじめ、藤堂、京極隊は大谷隊に押されだし、正則が声を枯らして兵たちを叱咤するがじりじりと後退する。

宇喜多隊の奮戦によって大谷と小西隊が勢いづき、徳川の左翼は潰れそうになった。

右翼は丸山の黒田長政が中心となり、両軍の間を流れる梨の木川を渡り、細川、加藤らが後に続き、笹尾山麓の三成の本陣を目指した。

三成を毛嫌いする長政は、三成の首を挙げようと決意している。

三成隊を指揮するのは島左近だ。

島は六千の兵を二分して、一部は蒲生郷舎が柵の前で統率し、島自身は別の一隊を率いて陣の前面に現われた黒田隊に当たる。

島は倍近い長政隊を難なく撃退すると、田中吉政隊三千は島の勇猛果敢な戦いぶりに肝を潰して一斉に退却してしまった。

この時三成は勝利を確信した。

「山麓から島を狙え」

長政は岩手山の丸山からさらに西の相川山の山麓まで鉄砲隊を迂回させた。

「突出してくる島だけを狙って必ず仕留めよ」

黒田隊はわざと鬨の声をあげて島隊を誘い、じりじりと山際へと退却する。

島は前方十町（約一キロ）ほどのところに家康が本陣を進めていることを知り、さらに軍を進めた時、突然山際から山を揺るがすような銃声が響き、左の脇腹に激しい衝撃を覚えた。

その瞬間、馬ががくっと膝を折り、島は馬から振り落とされた。

島の周りに兵たちが集まり、彼らは島を背中に担いで柵内まで退いた。

三成が島のところへ駆け寄ると、島は青ざめた顔で戸板の上に寝かされていた。

「思わぬ不覚を取りましたわ。後は蒲生郷舎に任せます」

蒲生は柵の前に置かれていた大砲を連射させ、敵が怯んだところを島隊の残兵と共に討って出た。

彼の奮戦は目覚ましく、迫っていた田中、加藤隊を押し戻す。

三成は敵が退くのを見て、予備隊に命じて北の相川山から迂回してあと十町にまで迫ってきた家康の本陣を突こうとしたが、敵の動向を監視する忠勝がそれに気づき激戦となった。

黒田、細川、加藤らが忠勝を援護したので、三成は兵を自陣に収容した。

三成の西軍は南宮山の毛利軍と、松尾山の小早川軍を除いた四万ほどの兵で、九万近い東軍と戦っている。

それが互角以上に西軍が東軍を押している。

三成は南宮山と松尾山に向かって何度も狼煙を上げるが、彼らは依然として山から下りる気配がない。

苛立つ三成は松尾山へ急使を遣るが、秀秋からは曖昧な返事しか返ってこない。

午前八時から始まった合戦は正午を回っても膠着状態で、どちらかといえば西軍優勢に進んでいる。

気が気でない家康は戦場から忠勝を呼び出した。

「南宮山の毛利と吉川が南宮山を下り、西軍と示し合わせてわれらを挟み込むような危険はないか」

家康はあくまで用心深い。

「もし彼らに戦意があれば、とっくに山を下りている筈です。乱戦を目の前にしても山から下りないのは、彼らがわれらに内通している証拠です」

忠勝の返答に安堵した家康は、今度は長政のところに使番の山上郷右衛門《やまがみごうえもん》を遣る。慌てていた山上は馬上の長政を認めると、「甲州（長政）、殿からの仰せ付けだ」と彼を呼び捨てにした。

「甲州は秀秋の裏切りは間違いないと思うか」

長政は三成軍との戦闘で忙しい。

「やかましいわい。小身の分際で偉そうにわしを呼び捨てにするな。許しがたいやつめ。たとえ秀秋がわれらを裏切っても何を狼狽《うろた》えることがあろう。三成を討ち取った後に、秀秋を料理すればよいだけのことではないか。秀秋のことまで考えておる余裕はないわ」

山上が去ると、「軍中にも礼儀があろうに、あやつは馬も下りずにわしを『甲州』と呼び捨てにしよって。戦さの最中でなければ斬り殺してやったものを…」と長政は口の中でぶつぶつと呟いた。

山上が家康に長政が言ったままを伝えると、「あやつはいつも豪気な男だ」と家康は独りごちた。

進展しない戦さの展開に家康は苛立ち始め、しきりに爪を噛む。

「今が勝敗を決する時機だというのに、あの小倅めはこのまま日和見《ひよりみ》を続けて好機を逸してしまうつもりか。わしはあの小倅めに騙されたか」

家康は立腹のあまり、腰に差していた太刀を抜き、傍らに立てかけてある旌旗を斬り裂いた。

（もし秀秋が西軍に味方すれば、南宮山の毛利や吉川も呼応するやも知れぬ。ここは徳川の旗本三万を西軍に突っ込ませようか。いや待てよ。もしもここで三万のわしの手駒を出してしまったところを、秀秋や毛利に横槍を入れられたら大崩れするやも知れぬ）

家康はあくまで慎重だった。

「鉄砲頭の布施孫兵衛《ふせまごべえ》を呼べ」

布施が家康のところへくると、「松尾山の山麓へ行き、小早川に誘い鉄砲を撃ってやつらの様子を探れ」と命じた。

松尾山では家康の軍監の奥平貞治《おくだいらさだはる》と、長政から派遣されていた大久保猪之助《いのすけ》らが、態度をはっきりとさせない秀秋に気を揉んでいた。

大久保は小早川家の家老・平岡頼勝《よりかつ》の草摺《くさずり》を摑み、「戦さが最中であるのに、いまだ内応の兆しがないのはおかしい。万一長政様の約束を守らぬ時は、それがしはお主と刺し違えるぞ」と脅す。

「われらは内応の頃合を見ておるのだ。采配はわれらに任せてもらおう」

平岡は平然として、脅しに屈する様子もない。

山麓からの鉄砲の轟音が山中に鳴り響いたのはこの時であった。

平岡はこのまま日和見を続ければ、今度は家康が小早川軍を襲いかねないと判断したので、平岡は稲葉と相談した。

「今すぐに西軍を攻撃しなければ、東軍から敵と見なされます」

二人は秀秋を脅した。

驚いた秀秋は、「これより山を下り、大谷隊を突く」と大声で喚いた。

山頂では螺貝《ほらがい》が鳴り響き、旌旗が翻り、一万五千の小早川隊が鯨波《げいは》をつくり、山を駆け下りると、山全体が震える。

彼らは一目散に北西の大谷隊に向かって駆けた。

吉継は秀秋の挙動を怪しみ、予め柵を設けていた。

秀秋の裏切りを知ると、大谷隊の先鋒の平塚、戸田、吉継の息子の大谷吉治と木下頼継は、戦っていた藤堂、京極や寺沢隊を棄てて、小早川隊に立ち向かう。

吉継は白に蝶を墨絵にした鎧直垂《ひたたれ》、朱色の佩楯《はいだて》に頬当てをして、冑はつけず、絹の薄い青色の覆面をしている。

彼は家臣が担ぐ駕籠に乗って采配を振り、「不義不道の金吾め。金吾の首を見ぬうちは、わしはどうしても死ねぬ。お前たちは命を捨てて敵を追いたて、金吾を討ち果たせ」と大声を張り上げた。

平塚、戸田と大谷本隊の奮戦で十倍以上の小早川軍を数百メートルも押し返し、小早川軍があわや総崩れしそうに見えた時、小早川軍の側面にいた脇坂、小川、朽木、赤座隊が大谷、平塚、戸田隊の側面を突いたので、優勢であった大谷、平塚、戸田隊も乱戦となる。

こうなると小早川軍は息をふき返し、彼らは三方から大谷、平塚、戸田隊を攻める。

吉継は少なくなった手勢を纏めると、雪崩込んでくる小早川軍を一時支えたが、次第に押され始めた。

そこへ吉継の家臣の湯浅《ゆあさ》五助《ごすけ》が駆けてくると、「平塚、戸田様が討死になされ、味方の兵はほとんど残ってはおりませぬ。わずかに大谷吉治、木下頼継様が防戦されているだけです」と涙ながらに訴えた。

「よく戦ってくれたが、戦さはこれまでだ。残った家臣たちにこれを分けてやってくれ」と、吉継は掛硯《かけすずり》から金子《きんす》を取り出し、湯浅に命じた。

「今まで付き合ってくれたことを感謝する。ここでお前たちが全員討死にしても無駄死ににになる。その方たちはこの金子を路用にして、いずれなりとも逃げ延びてくれ」

吉継は一緒に死のうとする家臣たちを諭した。

「わしの首は人目につかぬところへ隠せ」

彼は崩れた顔を人目に晒されることを嫌った。

湯浅は吉継を介錯し、主君の言いつけ通り、首を羽織に包んで田の中に埋めた。

秀秋の裏切りに大谷隊が壊滅すると、まず北に布陣する小西隊が崩れ始め、ついに潰走し、その余波が隣の宇喜多隊にも及んだ。

「こうなれば、先手は疲れているので、わしは新手の旗本を率いて秀秋の本陣へ斬り込み、金吾めと刺し違えてやろう。南宮山の毛利秀元が約束を守らぬとなってはもう勝つことはむずかしい。今こそ討死にして太閤殿下のご恩に報いる時だ」

「大将が自棄《やけ》を起こしてはなりませぬ」

家老の明石全登は秀家の袖を捕まえて放さない。

「お腹立ちはわかりますが、粗忽な振る舞いはいけませぬ。たとえ降参しても命さえ長らえれば、いつの日にか豊臣家が興隆する折りもございましょう。秀頼様のためにも、この場は一先ず落ち延びて下され」

明石はなおも駆け出そうとする秀家を説得し続け、二十人ほどの屈強な家臣に守らせて、彼を戦場から落とした。

大谷と小西隊が崩れ、今また宇喜多隊が逃走し始めると、東軍の攻撃は北に布陣する石田隊に集中した。

家康は西軍が次々と崩れるのを目撃し、「これで戦さは勝ったぞ。それ押し出せ」と奮い立つ。

彼は本陣に控えていた三万の徳川軍のうち、二万を三成の陣へ投入した。

それを見た藤堂、京極、織田隊が三成隊の右側から攻めかかる。

八万を越す大軍が五千足らずの三成の陣へ押し寄せた。

「あれを見よ」

三成は床几に腰を降ろしている島左近に南宮山を指差した。

島の腹には血止めの晒が巻かれている。

「南宮山の毛利、吉川それに長束、安国寺らは、この大事な戦さに手を出さずに見物しているわ。あのような頼り甲斐のない者を味方に誘ったことは情けない限りじゃ」

「今更悔いてもしかたがござらぬ。こうなれば、後世に名を残すよう華々しく散るのみでござる。殿はそれがしへの餞《はなむけ》に大きな花火を上げて下され。それがしは花火を眺めながら最期の一暴れを殿にご覧に入れましょう」

「こんな頼りないわしに、長年よく仕えてくれた。礼を申す」

三成は島の手を握り、深々と頭を下げた。

「もったいなきお言葉。これで何も思い残すことはござらぬ」

数門の大筒が柵の前に並べられ、轟音を響かせて密集した東軍の中で炸裂する。それを合図に家臣に手伝わせて馬に乗った左近が三成を振り返った。

「さらばでござる」

左近が大筒で腰が引けた東軍目がけて突っ込むと、群がる大軍が島隊を避けて隙間が開いていくが、小勢の左近たちの姿はやがて大軍の中に消えてしまった。

三成の陣の前では、蒲生郷舎が押し寄せてくる前面の大軍を防いでいた。

「いよいよ、それがしも出陣します。殿には長らくお世話になり申した。これでお別れ致す」

郷舎は左近の残兵を纏めてそのまま敵中に駆け込んでいった。

午後二時頃になると、ついに石田隊も崩潰《ほうかい》し始め、三成は落ちることを決意し、北西の伊吹山の渓谷を目指した。

　戦場に踏み止まったのは、一千足らずの島津隊のみであった。

　義弘は丘に登って戦況を眺めていたが、豊久や阿多盛淳《あたもりあつ》ら重臣たちを呼んだ。

「かかる際には味方が敗走する方へ逃げるのはむずかしいものだ。向かってくる敵を打ち破って進もう」

　義弘は敵中突破を決心した。

「袖の合印を裂き、馬印を棄てよ。敵を十分に引きつけてから撃て。焦って鉄砲の早撃ちはするな。一太刀振って構わず、一槍突いて敵の首を取るな。立ち止まって組打ちせず、一団となって斬り抜けよ」

　島津兵たちは前方に迫る大軍を目前にして、固唾を呑んで義弘の命令を聞く。

「よし、行くぞ。敵陣を駆け抜けよ」

　前方の六千の兵は福島隊だ。

「げえッ、島津が突っ込んできたぞ」

　島津の勇猛果敢ぶりは朝鮮での戦さで十分耳にしている。

（戦いはすでに決している。島津とは戦いたくない）

「島津は死兵だ。あれに構うな」

島津隊は東軍の兵に行く手を遮られたが、勢いは衰えず、福島隊の横を掠めて、家康の本陣に迫る。

「島津が本陣に向かうぞ」

直政は螺貝《ほらがい》を吹かせ、三千五百の兵に鬨をあげさせて島津隊に向かう。

これを見た豊久衆が直政隊に突っ込み乱戦となった。

その隙に、義弘は兵たちに守られて家康の本陣を掠めて右に折れると、南宮山の西山麓を抜けて伊勢街道を目指す。

「くそッ！　島津を逃がすな」

本陣の手前を踏み荒らされた家康は立腹した。

忠勝が島津隊を追う。

島津兵たちは義弘を逃そうと、街道の木陰に身を潜め、追撃してくる敵を鉄砲で狙う。隊の先頭を駆ける忠勝に弾丸が集中し、馬は胴を撃たれ忠勝は落馬したが、家臣の馬に乗り替えた。

忠勝の後を、直政と忠吉の隊が競いあうように追いかけてくる。

豊久は戦闘で一時義弘とはぐれたが、南宮山の山麓を牧田川に沿って逃げていると、烏頭《うとう》坂で義弘と再会した。

後ろを振り返ると、本多、井伊隊が迫ってくる。

「ここで自刃する」

義弘は逃走を諦めたが、豊久は、「伯父上は早く先を急がれよ」と必死になって諭す。

豊久はどうしても義弘に逃げ延びて欲しい。

豊久の思いに胸をつかれた義弘は、「済まぬ。お主も死ぬなよ」と言葉を詰まらせた。

「さらばでござる」

豊久は一礼すると、敵に向かって坂を駆け登った。

その後を豊久衆が二十人の塊となって続く。

（一刻でも長く敵を食い止めるのがわしの役目だ）

父、家久《いえひさ》が亡くなり、十八歳で家督を継いだ豊久を温かく見守ってくれたのは伯父の義弘だった。

豊久は義弘の陣羽織を宝物のようにして身につけている。

「わしは島津豊久じゃ。討ち取って高名せよ」

敵兵は豊久と聞いて群がってきた。

豊久は槍を振り回し、なかなか敵を寄せつけなかったが、あまりの奮戦に槍が折れると、敵の繰り出す槍衾に豊久の身体は、まりのように馬上に突き上げられた。

本多隊に豊久の首を取られた直政は怒った。

「忠勝のみに手柄をやるな。義弘の首は必ずわれらが取れ」

直政は兵たちを叱咤して先を急がせると、鳥頭坂を越え、牧田村の上野部落に入ったところで、直政は島津本隊に追いついた。

島津兵たちは、義弘を囲んで牧田川沿いを駆けていた。

関ヶ原から駆け通しで、馬の足も鈍っており、徒立ちの者も鉄砲を肩に担いで走っていた。

「いたぞ。義弘の首を取れ」

井伊の赤備えが西からの太陽の光に反射して輝きを増す。

先頭を駆けるのは黒半月に乗る直政だ。

直政は義弘の首を土産に忠吉の初陣を飾ってやりたい。

島津兵は義弘を討たせまいと、二、三人が一塊となって、槍を構えて井伊隊に立ち向かってきた。

「邪魔をするな。欲しいのは義弘の首だけだ」

大将を逃がすために、死を覚悟して向かってくる兵たちを見て、直政は彼らの健気さに心を打たれたが、ここは戦場だ。

そんな甘い感情が入り込む余地はない。

直政は彼らを槍で振り払うと義弘に迫った。

敵の姿を見た義弘は討死にを覚悟し、井伊隊に突っ込もうとするが、家老の阿多盛淳が彼を押し止めた。

「畏れ多いですが、それがしが殿の名を騙《かた》って殿の身代わりを務めます。殿はその間に早く退いて下され」

義弘は盛淳の手をとり、「盛淳よ、わしのために済まぬ」と礼を言った。

義弘が退くのを確かめると、「それがしは島津義弘じゃ」と盛淳は大声で叫ぶ。

三十人ほどの兵が彼に続き、殺到する井伊隊に突入し、壮絶な討死にを遂げた。

「義弘の首を取ったぞ」

直政の家臣が破顔して盛淳の首を直政のところへ運んできた。

「これが義弘の首でござる」

大手柄を立てた家臣の目が輝いている。

「阿多盛淳か、島津家にはさても主君思いの家臣が多いことよ」

直政は見知った盛淳の首に手を合わせた。

盛淳を討った直政はなおも追撃の手を緩めず、義弘を追う。

千人いた島津兵はすでに百名にまで減っていた。

義弘らが牧田村から牧田川を越え、和田部落に入ると井伊隊が追い縋ってきた。

家臣たちは義弘を逃がすために「捨て奸《すがまり》」をやる。

これは島津特有の戦法で、後続の一隊が本隊が撤退するのを助けるために、彼らは道路脇や路上に座って鉄砲を構え、追ってくる敵に向かって発射し、銃を撃ち尽くせば、立てかけている槍を手に敵に突っ込むのだ。

そうして彼らが敵の追撃の時間を稼いでいるうちに、本隊は敵から遠ざかる。

家臣たちは次々と義弘の元を離れて、井伊隊を待つ。

「殿の姿はそこから見えるか」

「もう見えぬぐらい退かれたわ」

街道上では「捨て奸」の者たちが、義弘が遠のいたかどうか話しあっている。

川上四郎兵衛忠兄《ただえ》は銃撃隊隊長で、特に腕に自信のある者を前列に配置した。

「雑魚《ざこ》は無視して、立派な鎧の者を狙え。そやつが大将だ」

「もうやってきたぞ」

二千もの兵たちの喚声と馬蹄の響きが山の空気を震わせた。

直政は街道に点在する島津の兵たちを見つけた。

彼らは大軍を目にしても恐れる様子もなく、街道上で井伊隊が近づいてくるのを待っているようだ。

案山子《かかし》が立っているようで、ここが戦場でなければ長閑な風景に思われる。

「殿、あれは島津特有の『捨て奸』という戦法ですぞ。鉄砲に注意して下され」

木俣が直政に追いつくと、大声で叫んだ。

「心配は要らぬ。鉄砲玉の方がわしを避けるわ」

直政は意に介さずぐんぐんと速度をあげて島津兵に迫る。

敵を待つ島津兵に戦慄が走る。

「あの先頭の男を撃て」

天を衝くような脇立の冑をつけた男が馬にしがみつくように、背を屈めて疾走してくる。

柏木源蔵はその男に狙いをつけ、引き金に手をかけて弾丸を放つと、轟音が響きその男が落馬した。

「当たった。敵の大将をやったぞ」

「捨て奸」の者たちは歓喜の声をあげた。

直政の鎧に衝撃が走り、馬上で踏み堪えようとしたが、落馬した。

一瞬気を失ったが、すぐに正気に戻った。

気がつくと右肘から血が流れており、槍をとり落としたので、それを拾おうとしたが、右腕に力が入らない。

だが、直政はゆっくりと立ち上がると、槍を逆手に持ち直して、源蔵目がけて駆けてきた。

直政の形相は目が血走り、殺気が溢れていた。

直政が迫ってくると源蔵は急に恐ろしくなり、鉄砲を放り投げて逃げた。

街道の島津兵たちは近づいてくる井伊隊に鉄砲を放ち行く手を遮ろうとしたが、大軍の前に次々と倒される。

午後の三時を回ったところで、家康の本陣から引き揚げの法螺貝の音が響き、直政の元にも戦いの終了を知らせる伝令がやってきた。

直政はだらりと右腕を下げたまま、忠吉のところへ行くと、忠吉も腕に傷を負っていた。

「その腕の傷はどうされたのか」

「それがしより親爺殿の具合の方が悪そうだ」

忠吉は血が滴れている直政の右腕を指差した。

「擦り傷じゃ、ご安心を」

戦闘が終わり、緊張の糸が切れると直政の肘の痛みは堪えがたくなった。

だが、直政はこみ上げてくる呻き声を押し殺した。

「まず傷の手当てをなされよ」

忠吉は傷の手当ての心得のある家臣を呼び、直政の鎧を脱がせた。

彼の右肘の部分の皮膚が大きく割れて、紫色に腫れあがっている。

「血を止めるために、塗薬を塗りますぞ。少し痛いが我慢して下され」

処置が済むと、首から布を巻いて右腕をそれに通した。

「戦さはもう済んだ。義弘を取り逃したことは残念だが、これで徳川の世になる」

右肘に痛みはあったが、直政の胸中には満足感が溢れていた。

(これで太閤恩顧の家臣たちは殿に靡くようになろう。殿が天下人となられる日は近い。わしの井伊家も安泰だ)

すると直政の脳裏には井伊谷の龍潭寺が過《よ》ぎり、見慣れた井戸が浮かんできた。

井戸はいつものように満々と水を湛《たた》えており、覗き込むと底には直虎の顔が映っていた。

直虎は直政を見て微笑んだ。

「あなたの父上も直政殿の活躍を喜ばれておりましょう。あなたは三河以来の重臣に混じって徳川家の屋台骨を支えてきたのですから。また、本多、榊原といった猛将以上の働きをされました。あなたの活躍でわたしも鼻が高いです。これからも家康様のため、井伊家のためにも励んで下され。天上からあなたを見守っておりますよ」

直政は茫然とその場に立ち尽していた。

直虎と再会できたような気がして、右肘の痛みを忘れた。

夕方になると一時止んでいた雨が再び降り始め、本陣にいる家康は傘がわりに冑を被ると、周囲に集まった諸将たちも家康を真似て冑を被る。

「昔よりわが国には『勝って冑の緒を締めよ』と、慢心を戒める有難い諺《ことわざ》がある」

家康は目の前に並べられた敵の首実検をやりながら上機嫌だ。

「われらが手を下さずとも、各々方の働きで勝つことができた。家康、礼を申す」

諸将たちは返礼のため、被った冑を再び脱がなければならなかった。

「長政殿、殿の前へお進みあれ」

忠勝が長政を名指しすると、家康は長政の両手をしっかりと握った。

「今日の勝利は長政殿の戦功の賜物だ。お主の恩に報いる言葉が見つからぬ。徳川家は代々黒田家を粗略に扱わぬことを約束しよう。これは当座の引出物だ。受け取ってくれ」

家康は長政を労い、吉光の脇差を与えた。

長政が上座から下がると、忠勝は次に福島正則を招く。

「お主の勇猛な戦さぶりは、いつ見ても心が躍るわ」

豊臣恩顧の筆頭の正則も、家康からこう褒められれば悪い気はしない。

「いえいえ、それがしはわが国随一と言われる忠勝殿の兵の扱いの精妙さに、ただただ言葉を失いましたわ」

「敵兵が弱かっただけです」

忠勝は、正則の精一杯の称賛をさらりと受け流す。

家康が諸将に礼を述べていると、直政と忠吉が遅れてやってきた。

見れば忠吉は腕を絹で包んで襟にかけており、直政は靭《うつぼ》の長緒で腕を括《くく》り、長緒を首にかけて郎党に身体を支えられている。

「忠吉、負傷したのか」

「なに、擦り傷でござる」

忠吉は傷など意に介さぬかのように下座についた。

集まった諸将は、その忠吉の態度にどよめく。

「本日の合戦で忠吉様より先を駆けている者はおりませず、やはり逸物の鷹の子は逸物でございましたわ」

直政は忠吉を褒めた。

「逸物である鷹匠の扱いがよいからよ」

家康も満座で息子を褒められて、まんざらでもない。

「われらは諸将を出し抜いて先駆けしたのではなく、物見に行った折り、戦さが始まってしまい止むを得ずあなっただけで、意図的に先陣を狙ったのではござらぬ。これは誤解のないように願いたい」

「そんなことでお前に遺恨を持つようなものはこの場にはおらぬわ。直政の戦功は今に始まったことではない。誰もお前が抜け駆けしたなどと思ってはおらぬ」

家康は笑い、直政を庇った。

抜け駆けは軍法破りの処罰ものだが、家康は倅の初陣を盛り立ててくれた直政に感謝した。

「どれ、わしにお前の傷の具合を見せよ」

家康は床几から立ち上がり、直政の傷を見ると、懸硯から薬壺を取り出し、自らの手で直政の傷口に塗薬をつけてやった。

「これはわしが調合した薬で、斬り傷や鉄砲傷によく効く。忠吉と一緒に使え」

残った薬を直政に手渡した。

「有難いことにござります」

直政は思わず平伏した。

「ところで秀秋はどうしたのか」

諸将たちが周囲を見回すが、どこにも秀秋の姿はない。

「金吾殿は何か都合の悪いことがあってこの席にこられぬらしい。よし村越、お前が呼んでこい」

村越直吉に連れられた秀秋は、戦功を立てたにもかかわらずおどおどしていた。家康は床几から立ち上がり、高貴な豊臣家の連枝に冑を脱いで、「軍礼も略式で許されよ」とうやうやしく従三位中納言秀秋卿を出迎えた。

これを見ると、秀秋は下郎のように地面に這いつくばって家康に大勝を祝った。

「おい、あれを見よ。まるで鷹と雉子との出会いだわ」

長政が肘で正則の脇をつつくと、正則は、「いや、それはお主の贔屓目《ひいき》よ。鷲と雉子よ」と長政に呟く。

「秀秋殿の今日の戦功に免じて、参陣に遅れたことは許そう。秀秋殿には佐和山の三成の居城を攻め落としてもらおう」

十八日の朝、佐和山を落とした家康は八幡に泊まり、十九日に草津を発って二十日には大津に着いた。

中山道を進軍していた秀忠軍は信州上田城の真田昌幸に手こずり、城を落とすこともできずに九月十七日、妻籠《つまご》で関ヶ原の戦勝を知った。

二十日に草津に到着した秀忠は家康への対面を願い出たが、立腹した家康は彼と会おうともしない。

秀忠は大津まで行ったが、家康は対面を拒んだ。

「おい、どうする。大殿は秀忠様を勘当なさるやも知れぬぞ」

思いあまった忠勝は直政に相談する。

「大津にこられてから三日になるが、一向に対面される様子がない。せめて康政の口からでも遅参の理由がわかれば、大殿の腹立ちが少しは収まるやも知れぬ」

二人は康政の申し開きを取り上げてもらうよう家康に訴えると、さすがに父子の不和の噂が広がるのを気にしてか、「康政だけなら会おう」と家康は折れた。

「この度の遅参の罪はひとえにそれがしにあり、若殿には一切責任がありませぬ」

康政は一人で遅参の罪を被ろうとした。

「われらが上田城を攻め落とせず、関ヶ原合戦にも間にあわなかったことを不審がる向きもありますが、このことには大殿にも責任がございます」

「何！　わしにも非があると申すのか」

「そもそも大殿は江戸を発たれて十一日に清洲に着き、わずか二日後に美濃に出陣なされ、十五日には合戦が済んでしまいました。もし若殿とご一緒に三成を討とうとされていたのなら、われらに参陣を促される使いをもっと早く出され、清洲の城に止まってわれらを待って下さるべきでした。なぜこの一戦を急いでやられたのか。それをまるで若殿が怠けていたような言い様は、康政聞くに堪えませぬ」

家康はじろりと大目玉を康政に向けたが、彼の眼光は幾分か柔らかくなっている。

「だからこそ、中山道へ急ぎの使者を遣わしたのだ」

「その使いは九月九日に信州の小諸《こもろ》に着きましたので、われらは日本一の難所と呼ばれる木曽の細道を大雨に打たれながら一日十五、六里の道のりを馬で飛ばし、人馬とも泥まみれで走り続けました。これは大変なことでございました」

康政の申し開きだけでは納得できぬ家康は、使いをした者をその場に呼び出した。

「康政の申すように、なぜそんなに日数がかかったのか」

「霖雨《りんう》のため、人はおろか馬も渡れぬほど木曽川の水嵩《かさ》が増してとても通行できぬ有様でした。それで思いのほか、時がかかったのでござる」

　使者は自分の責任でないと抗弁した。

　家康はこの申し開きで一応納得がいったのか頷いた。

「若殿は壮年ですから、これから天下を担うべきお方です。大殿にも責任があるにもかかわらず、若殿を勘当なさるようでは大殿の浅慮と申す以外ありませぬ」

「わしは何も秀忠を勘当するなどとは申していないわ」

　家康の心底は怒っていなかった。家臣の手前、立腹している振りをしなければ示しがつかない。

　涙ながらの康政の訴えは家康の心を揺さぶった。

(倅のことを切腹覚悟で直言してくれる康政は、わが家の家宝だ)

　翌日家康は大津城に重臣たちを集め、秀忠と対面し遅参の罪を許した。

「天下分け目の戦いというのは囲碁の勝負と同じで、元石さえ取れば他のところを相手方に取られても負けぬものだ。真田ごとき小身の者がいくら城を堅く守っていても、最後には開城せざるを得なくなるものだ。それもわからぬとは情けない」

　一同の前で、家康は秀忠に苦言を呈した。

　その夜、忠勝と直政は康政を慰めようと一席を設けた。

「この度の合戦の一番の功労者は康政だな」

二人は口を揃えて康政を褒める。

「わしは若殿を任されておりながら、合戦の役に立てなかった。どんな武功があるというのだ」

康政はまだ遅参のことを気にしている。

「お主が身を棄てて大殿を諌め、父子の仲を平らかにしてくれたのは、徳川家のため、いや天下のためにも喜ばしい限りじゃ。お主の功績は戦場の功にも勝るものだ」

直政が康政を励ますと、打ちしおれたような康政の表情が明るくなった。

「わしには一つわからぬことがあるのだが」

忠勝はどうしても納得がいかない。

「お主はあれほど激しく大殿を諌めるくせに、なぜ本多正信ごときに従ったのだ。徳川家でも武勇に優れた康政が、戦いも知らぬ正信などに遠慮するとは解《げ》せぬわ」

正信は逸って上田城を落とそうとする康政に反対して、籠城を続ける真田に押さえの兵を残して、早く家康のところへ向かうことを主張した。

正信の言葉が逆に康政を刺激し、上田城攻めを長びかせる結果となってしまった。

康政はもう一度準備をしてかかれば上田城を攻め落とすことができると思ったが、

日数が限られていたので正信の主張が通り、関ヶ原へ向かったのだ。

「もし上田城を落として早々にこちらへきておれば、たとえ合戦に間にあわなくても大殿の不興を買うようなことはなかったものを」

康政は黙って忠勝の話に耳を傾けていたが、「わしは正信が苦手じゃ」と吐き棄てるように言う。

「それはわしらも同じだ。武功はないくせに大殿に謀略を囁き、近頃では大殿もやつを重宝がっておられるわ」

直政と忠勝は取り澄ました正信の顔を思い出したのか、「今日は目出度い日じゃ。正信のことは忘れて心ゆくまで飲み明かそう」と康政に酒を注いでやった。

関ヶ原から姿を消していた三成が、農民からの訴えで湖北の古橋村に潜んでいるところを捕えられ、三成は本多正信の息子の正純《まさずみ》の屋敷に預けられた。

直政は家康の命で三成と対面した。

三成は逃亡中から腹を下し、顔色も冴えず、直政が知っている三成とは別人のように窶《やつ》れていた。

「石田殿はどこか気分が優れぬようだが、何か薬でも持ってこさせようか」

「少々腹の具合が悪くて難儀しており申す。韮《にら》味曾などあれば有難いが…」

直政は敵ながら東軍の肝を冷やさせた三成の辣腕ぶりを目にしていたので、敗軍の将となった三成の変わりように哀れみを覚えた。

「関ヶ原での石田殿の働きぶりはまことに立派でござった。勝敗は時の運。この度はわれらが勝ちを拾ったが、石田殿のことは後の世まで代々語り継がれることであろう。石田殿の心中をお察し申す」

正則や忠興に罵声を浴びせられた後なので、親身に話しかけてくれる直政に三成は心の殻を開いた。

「それがしは若年の頃より太閤殿下のご恩を蒙ってきた者ゆえ、その恩に報いるため、秀頼様に天下をお渡ししたいと思い立ち上がったのだ。徳川殿との戦さに敗れたことは別に残念とは思いませぬ。今回は徳川殿にご運があったということでござる」

その後、関ヶ原から逃亡した小西、安国寺の二人も捕えられ、三成を含む三人は身柄を京都へ移され三条河原で処刑された。

家康は大坂城西の丸にいた毛利輝元を説得して城から出すと、本丸の秀頼に戦勝報告をし、自らが西の丸に入った。

九月二十七日、家康は西の丸に重臣を集め、諸将の勲功に照らして論功行賞を発表した。

「何じゃ、これは…。われらは正則や長政や輝政らに引けを取らぬ働きをしたと思うが…。徳川の者たちには薄く、豊臣恩顧の大名には篤い扱いではないか」

直政は不満を漏らした。

「わしは三成の居城の佐和山十八万石で箕輪の頃より六万石の加増だが、このような小出しの加増などには納得いかぬわ」

「わしは旧領安堵で上野館林で十万石だ。若殿を補佐しながら合戦に遅参したので文句が言える筋合いではないが、直政が怒るのも無理はない。徳川譜代の者は武功の割に加増が少ないわ」

康政もこの評価には大いに不満だ。

「わしは大多喜から伊勢の桑名へ転封だ。十万石はそのままよ」

物事に淡白な忠勝も加増がなく立腹した。

「大殿は吝嗇《りんしょく》だからな。まあこの度は正信の献策を受けて、大殿が豊臣恩顧の諸将に気をつかわれてのことだろう。実際彼らがわれらから離反しておれば、勝利はなかったからな。それを思えばこれで満足するしかないわ」

康政の慰めに、忠勝と直政も黙って頷いた。

箕輪からの引っ越しは、翌年の慶長六年になってから行われた。

直政は木俣ら重臣を連れて大手口から佐和山に登る。

大手口は緩斜面で、山の両側には武家屋敷が焼け残っていた。

山は人が手を広げたような格好をしており、尾根と谷とが入り組んでいる。

尾根は削平されて曲輪が作られており、南の尾根にある曲輪は太鼓丸と呼ばれ、北の尾根には二の丸、三の丸を挟んで山頂には本丸が位置する。

大手口からの登り道は太鼓丸と三の丸との尾根に挟まれた谷筋の道になる。

「ここが女郎ヶ谷と呼ばれたところで、秀秋軍に攻められた石田の家臣の妻子たちが飛び降りたところです」

木俣の指差す谷は切り立った崖で、ごつごつとした岩が顔を覗かせている。

直政は戦さの犠牲となった女や子供たちに両手を合わせた。

二百二十三メートルの山頂に立った直政は、その城の規模の大きさに驚いた。

(さすがに秀吉の懐刀であった三成の城だけのことはある)

西には琵琶湖が望め、北を向くと琵琶湖の内湖が山麓まで近づいている。

東には中山道が迫り、南には六角氏が本拠地とした観音寺山と、信長が城を築いた安土山が並んでおり、その奥に秀次の居城があった八幡山が霞んでいる。

直政は佐和山の西の山麓に屋敷を構えた。

「戦さには勝ったが、まだまだ秀頼を担ごうとする豊臣恩顧の大名は多い。ここは江戸を守る西の最前線だ。油断はするな」

直政は凱旋気分の家臣たちを戒める。

「佐和山は三成の本拠地で、われらはここではよそ者じゃ。できるだけ三成の政事を引き継ぎ、旧佐々木や浅井や石田の遺臣を招き、関ヶ原で勝ったことに驕るな」

直政は生前の三成のことを思い出した。

秀吉絶頂時、豊臣政権の一翼を担う彼は、直政にとって巨大な輝く存在であった。武功派に嫌われて佐和山に蟄居させられたが、誰もが家康に靡《なび》く中で、西国大名を集めて果敢にも家康に立ち向かってきた。敵ながら天晴れな男であった。

西国大名を押さえるために、秀吉がこの佐和山を三成に任せた訳がよくわかった。

直政は三岳山の山頂に立っているような錯覚を覚えた。

真近に見える琵琶湖が浜名湖のように映った。

（よし、わしはこの地に根を張り、井伊谷のようにしてやろう。西の琵琶湖に向かって城下町を拡げ、新たに井伊家の菩提寺を作らねば…）

直政の脳裏にこれからやろうとすることが、あれこれと過ぎった。

（大坂には秀吉の遺児・秀頼がいる。世の中は殿を中心に治まる気配が濃いが、秀頼を巡ってもう一波乱あるやも知れぬ。それまでにこの佐和山を大坂方に備えて完全なものとしておかねばならぬ。それまではまだ死ねぬわ）

直政の鉄砲傷は思ったより深く、右肘の傷口は赤く腫れており、少しよくなったかと思うと傷口から黄色の膿汁が出た。

右腕に力が入らず、そのため太刀も振ることができない。いつも熱があるようで、慣れぬ力仕事をすると寝込む日が続いた。

人一倍気力、体力とも溢れていた彼は、先のことに不安を覚えた。

跡取りの万千代は病弱で性格も大人しい。

病身となっても直政の日常は、徳川家の重臣であるため多忙であった。

家康に言上することを直政に取り次いでもらうため、来客が多かったのだ。

島津の戦後処置を巡っては直政が交渉の窓口となっていたので、島津の外交を任された鎌田政近《まさちか》が直政を訪れた。

交渉話から雑談となった。

「ところでわしを撃った者はどのような者か」

直政は自分ほどの男をこのような身体にさせた相手のことを知りたくなった。

「名もない雑兵でござる」

「徳川にその人ありと言われるほどの男を撃ったのだ。大手柄をあげて、義弘殿よりさぞ高禄を頂いたであろう」

「いえ、やつは直政殿が迫ってくると鉄砲を放り投げて逃げたような男で、武士としては失格でござるわ。『そんな卑怯な者に高禄などやれるか』と義弘様は激怒され、やつを改易させてしまわれました」

「わしにはやつがそんな卑怯者には見えなんだわ。鎌田殿からその男をぜひ義弘殿に取り成してもらいたい。いざとなればわしが義弘殿を説得しよう。仮にもわしを撃った男だ。その者を帰参させずば、わしの名にも疵がつくわ」

後日政近の口利きで柏木源蔵は帰参が叶い、お礼のため佐和山を訪れた。

「やはり思っていた通りの男だ」

柏木を一目見て気に入った直政は、彼に引出物を与え大いにもてなした。

その年も暮れになると、さすがの直政も屋敷で伏せる日が多くなり死期を悟った。

気になるのは井伊家の先行きだ。

嫡男の万千代は十歳とまだ若く病弱である。次男はまだ正式に井伊家の籍には入れてはいない。

直政は木俣を屋敷へ呼んだ。

「わしはもう長くはないようだ。ぜひそなたに言い残しておきたいことがある。実はわが嫡男のことだ。万千代が跡を継ぐことになろうが、万千代はまだ若輩で世間のことに疎《うと》いし、性質もわしに似ず大人しい。もっと逞しく育てなかったことが悔やまれるが、これもしかたがないわ」

直政はため息を吐いた。

「わしの死後、お前に万千代を補佐してもらいたいのだ。それともう一つ気になるのは鈴木重好のことだ。鈴木は井伊谷からの三人衆の一人で、わが家臣となってから長い。やつはお前と共にわが家を担ってきた功労者の一人だ。やつは武勇もさることながら、人に折れることのない男だ。わしの生きているうちは鈴木もわしに逆わぬが、倅の代になると万千代ではやつを扱うことがむずかしい。やつが家中を乱す元ともなりかねぬ。そこでお前には辛い役目となろうが、やつを押さえ、万千代を助けてやってくれ」

あの剛毅《ごうき》な直政が目に涙を浮かべている。

木俣もさすがに胸が詰まった。

(家康様のお声がかりで直政殿の与力となり、その腐れ縁でここまできてしまった。こうなれば井伊家と心中するしかあるまい)

木俣が頷くと、直政は小姓に命じて冑を持ってこさせた。

「これをそちに譲ってやろう」

三尺もの天衝《てんつき》の脇立がついた直政自慢のものだ。

「これは殿がいつも戦場で使われた…」

「もうわしには用がなくなったようだ」

直政はぽつりと呟いた。

翌日から直政は起き上がることができなくなり、枕元に重臣の中野直之の妻を呼んだ。彼女は奥山家の一族で、直政の母の姉にあたる。

「一つお願いしてよろしいか」

伯母にはどことなく亡き母の面影が残っていた。

「何なりと遠慮のう言うて下され」

伯母は直政の顔色を見て、彼の命がそう長くないことを悟った。

「それがしに代わって井伊谷の龍潭寺の墓へ詣ってもらいたい」

直政はこれだけを言うと疲れたのか目を閉じた。

枕元には次々と一族や重臣たちが集まり始めた。

直政は夢と現実との間を彷徨《ほうこう》していた。

彼は井戸の傍らに立っていた。その脇には橘の大木が繁っており、井戸はいつもと変わらず満々たる水を湛えていた。

するとそこへ直虎が姿を現わし手招きをする。

直政が山門を潜ると、龍潭寺の本堂の前に両親と南渓が笑顔を浮かべて待っていた。

「ただ今戻りました」

直政が帰国の挨拶をすると、四人は相好を崩して頷いた。

「よく井伊家の再興をやってくれた。お前のお陰で井伊家の名は誰も知らぬ者がないほどに知れ渡った。ご先祖様もきっと喜んでおられよう。お前も大役を果たしたのだから、もうこの辺でわれらのところへきてもよかろう」

枕元に集まった人々には、直政の頬が緩んだように見えた。

（完）

本書は、書き下ろし作品です。

【参考文献】

『遠江井伊氏物語』武藤全裕　龍潭寺
『井伊軍志』中村達夫　彦根藩史料研究普及会
『改正三河後風土記（上・中・下）』桑田忠親（監修）秋田書店
『家康公伝　現代語訳徳川実紀』一～五　大石学（編著）吉川弘文館
『証義・桶狭間の戦い』尾畑太三　ブックショップマイタウン
『桶狭間古戦論考』尾畑太三　中日出版社
『松下加兵衛と豊臣秀吉』冨永公文　東京図書出版会
『築山殿と徳川家康』冨永公文　青山ライフ出版
『新編藩翰譜第一巻』新井白石　人物往来社
『史伝石田三成』安藤英男　白川書院
『関ヶ原島津血戦記』立石定夫　新人物往来社
『岐阜落城軍記と慶長記』鈴木勝忠　中川書房
『北条史料集』萩原龍夫（校注）人物往来社

『高天神城戦史』増田又右衛門・増田実（編著）　高天神城戦史研究会
『高天神の跡を尋ねて』藤田清五郎　中島屋
『信康と二俣城』坪井俊三　天竜市商工観光課
『関八州古戦録』中丸和伯（校注）　新人物往来社
『家康史料集』小野信二（校注）　人物往来社
『関ヶ原の戦い』歴史群像シリーズ4　学習研究社
『徳川家康』歴史群像シリーズ11　学習研究社
『岡崎市史別巻　徳川家康と其周圍（上・中・下）』岡崎市役所（編纂）　国書刊行会
『新編岡崎市史　中世2』新編岡崎市史編集委員会　新編岡崎市史編さん委員会
『関ヶ原戦記』柴田顯正　岡崎市役所
『岩崎城の戦』武田茂敬　日進市教育委員会
『長久手町史　資料編六（中世　長久手合戦史料集）』
長久手町史編さん委員会（編集）　長久手町役場
『井伊谷三人衆』丸山彭（編集）　愛知県鳳来町長篠城跡保存館
『龍潭寺』龍潭寺（編集）　龍潭寺
『佐和山城ガイドブック』彦根市教育委員会・滋賀県教育委員会（編集）

『蟹江城合戦物語』　武田茂敬　武田茂敬
彦根市教育委員会文化財部文化財課
『浜松城時代の徳川家康の研究』　小楠和正　小楠和正
『今川義元のすべて』　小和田哲男（編者）　新人物往来社
『松平家忠日記』　盛本昌広　角川選書
『天正壬午の乱』　平山優　戎光祥出版
『関ヶ原―名所・古跡―』　関ヶ原町歴史民俗資料館せきがはら史跡ガイド　関ヶ原町
『関ヶ原合戦』　藤井治左衛門　関ヶ原観光協会
『歴史の道を歩く』　今谷明　岩波新書
『あわうみ　湖の雄井伊氏』　しずおかの文化新書16　創碧社
公益財団法人静岡県文化財団

人物文庫

直虎《なおとら》と直政《なおまさ》

二〇一六年八月一〇日［初版発行］

著者——野中信二《のなかしんじ》

発行者——佐久間重嘉

発行所——株式会社学陽書房

東京都千代田区飯田橋一-九-三 〒一〇二-〇〇七二
〈営業部〉電話＝〇三-三二六一-一一一一
FAX＝〇三-五二一一-三三〇〇
〈編集部〉電話＝〇三-三二六一-一一一二
振替＝〇〇一七〇-四-八四二四〇

フォーマットデザイン——川畑博昭

印刷所——東光整版印刷株式会社

製本所——錦明印刷株式会社

ISBN978-4-313-75299-3 C0193